É ASSIM QUE COMEÇA

Obras da autora publicadas pela Galera Record

***Série* Slammed**
Métrica
Pausa
Essa garota

***Série* Hopeless**
Um caso perdido
Sem esperança
Em busca de Cinderela
Em busca da perfeição

***Série* Nunca jamais**
Nunca, jamais
Nunca, jamais: parte 2
Nunca, jamais: parte 3

***Série* Talvez**
Talvez um dia
Talvez agora

***Série* É Assim que Acaba**
É assim que acaba
É assim que começa

O lado feio do amor
Novembro, 9
Confesse
Tarde demais
As mil partes do meu coração
Todas as suas (im)perfeições
Verity
Se não fosse você
Layla
Até o verão terminar
Uma segunda chance

É ASSIM QUE COMEÇA

COLLEEN HOOVER

Tradução:
Priscila Catão

2ª edição

Galera
RIO DE JANEIRO
2024

REVISÃO
Cristina Freixinho
Renato Rosário

CAPA
Danielle Mazzella Di Bosco

IMAGEM DE CAPA
Adobe Stock

DIAGRAMAÇÃO
Abreu's System

TÍTULO ORIGINAL
It Starts With Us

CIP-BRASIL. CATALOGAÇÃO NA PUBLICAÇÃO
SINDICATO NACIONAL DOS EDITORES DE LIVROS, RJ

H759e

Hoover, Colleen, 1979-
É assim que começa / Colleen Hoover ; tradução Priscila Catão. - 2. ed. - Rio de Janeiro : Galera Record, 2024.

Tradução de: It starts with us
ISBN 978-65-5981-506-7

1. Ficção americana. I. Catão, Priscila. II. Título.

24-88574

CDD: 813
CDU: 82-3(73)

Meri Gleice Rodrigues de Souza - Bibliotecária - CRB-7/6439

Texto revisado segundo o Acordo Ortográfico da Língua Portuguesa de 1990.

Direitos exclusivos de publicação em língua portuguesa somente para o Brasil
adquiridos pela
EDITORA GALERA RECORD LTDA.
Rua Argentina, 120 – Rio de Janeiro, RJ – 20921-380 – Tel.: (21) 2585-2000,
que se reserva a propriedade literária desta tradução.

Impresso no Brasil

ISBN 978-65-5981-506-7

Este livro é dedicado à corajosa e valente Maria Blalock.

Nota da Autora

Caro leitor,

Este livro é a continuação de *É assim que acaba* e começa bem no momento em que o primeiro livro termina. Para que você tenha a melhor experiência de leitura, *É assim que começa* deve ser lido como o segundo livro da duologia.

Após publicar *É assim que acaba*, jamais imaginei que um dia escreveria uma continuação. Também jamais imaginei que o livro seria recebido como foi por tantas pessoas. Sou muito grata a todos que acharam a história de Lily tão empoderadora quanto eu acho a da minha própria mãe.

Quando *É assim que acaba* virou febre no TikTok, recebi uma enxurrada de pedidos por mais Lily e Atlas. E como eu poderia dizer não a uma comunidade que mudou a minha vida? Este romance foi escrito como um agradecimento pelo enorme apoio, e, por isso, quis proporcionar uma experiência bem mais leve.

Lily e Atlas merecem.

Espero que você curta a jornada deles.

Com todo o meu amor,
Colleen Hoover

1. Atlas

A maneira como *palhiaço* está escrito com spray vermelho na porta dos fundos do Bib's me faz pensar na minha mãe. Ela sempre acrescentava uma letra *i* ao pronunciar a palavra. Eu sentia vontade de rir toda vez que ouvia, mas era difícil achar graça na infância quando eu era sempre o alvo do insulto.

— Pa...*lhi*...aço — sussurra Darin. — Só pode ter sido uma criança. A maioria dos adultos sabe soletrar essa palavra.

— Aí é que você se engana.

Toco na tinta, mas ela não suja meus dedos. Seja quem for que tenha pichado deve ter feito isso logo após fecharmos ontem à noite.

— Por que será que estão te chamando de palhaço? — pergunta ele.

— Por que acha que foi para *mim*? Pode ter sido para você ou para o Brad.

— O restaurante é seu. — Darin tira o casaco e o usa para remover um grande caco de vidro da janela. — Talvez tenha sido algum funcionário insatisfeito, não?

— E eu tenho funcionários insatisfeitos?

Não consigo pensar em ninguém da folha de pagamento que faria algo assim. Faz cinco meses que a última pessoa pediu demissão, e ela saiu de maneira amistosa, após ter se formado na faculdade.

— Tinha aquele cara que lavava louça antes de você contratar Brad. Qual era o nome dele mesmo? Era o nome de alguma pedra ou algo assim. Era bem esquisito.

— Quartzo — falei. — Era apelido.

Faz tanto tempo que não penso nesse sujeito que duvido que ainda tenha algum rancor em relação a mim. Demiti-o logo após a inauguração porque descobri que ele só lavava a louça quando conseguia ver sujeira nela. Pratos, copos, prataria... Ele colocava direto no escorredor tudo que voltava de alguma mesa para a cozinha com a aparência relativamente limpa.

Se eu não o tivesse demitido, a vigilância sanitária teria fechado o restaurante por causa dele.

— É melhor ligar para a polícia — sugere Darin. — Vamos precisar apresentar um relatório para o seguro.

Antes que eu proteste, Brad aparece na porta dos fundos, com os sapatos esmagando os cacos de vidro sob seus pés. Ele estava lá dentro conferindo se alguma coisa tinha sido roubada.

Ele coça a barba por fazer.

— Levaram os croutons.

Há uma pausa de perplexidade.

— Você falou croutons? — pergunta Darin.

— Isso. Levaram todo o recipiente de croutons que foram preparados ontem à noite. Mas não parece estar faltando mais nada.

Não era mesmo o que eu esperava que ele fosse dizer. Se uma pessoa invade um restaurante e não leva equipamentos ou objetos de valor, é porque deve estar com fome. Conheço por experiência própria esse tipo de desespero.

— Não vou denunciar.

Darin se vira para mim.

— Por que não?

— Porque talvez eles prendam a pessoa.

— É esse o objetivo.

Pego uma caixa vazia na caçamba de lixo e começo a remover alguns cacos.

— Já invadi um restaurante uma vez. Roubei um sanduíche de peru.

Agora Brad e Darin estão me encarando.

— Você estava bêbado? — questiona Darin.

— Não. Estava com fome. Não quero que ninguém seja preso por roubar croutons.

— Tudo bem, mas talvez a comida tenha sido apenas o começo. E se a pessoa voltar para pegar equipamentos na próxima vez? — observa. — A câmera de segurança ainda está quebrada?

Faz meses que ele insiste para que eu mande consertar.

— Tenho andado ocupado.

Darin pega a caixa de cacos das minhas mãos e começa a tirar o que ainda falta.

— Deveria resolver isso antes que a pessoa volte. Pô, ela pode até tentar no Corrigan's hoje à noite, já que o Bib's foi um alvo tão fácil.

— As câmeras do Corrigan's estão funcionando. E duvido que ela vá vandalizar meu novo restaurante. Foi uma questão de conveniência, não um arrombamento para me atingir.

— Isso é o que você *espera* — diz Darin.

Abro a boca para responder, mas sou interrompido por uma mensagem. Acho que nunca peguei meu celular tão rápido. Quando vejo que não é de Lily, desanimo um pouco.

Esbarrei com ela hoje de manhã quando estava resolvendo coisas na rua. Fazia um ano e meio que a gente não se via, mas ela estava atrasada para o trabalho e eu acabara de receber a mensagem de Darin avisando do arrombamento. Nós nos despedimos meio sem jeito, e ela prometeu que me mandaria uma mensagem quando chegasse ao trabalho.

Faz uma hora e meia que isso aconteceu, e ainda não tive notícias dela. Uma hora e meia não é nada, mas não consigo ignorar o incômodo no meu peito tentando me convencer de que ela tem suas dúvidas a respeito do que dissemos na nossa conversa de cinco minutos na calçada.

Não tenho dúvida nenhuma a respeito do que *eu* disse. Talvez eu tenha me entusiasmado demais ao ver o quanto Lily parecia feliz e descobrir que ela não está mais casada. Mas tudo o que eu falei foi a sério.

Estou pronto para isso. *Mais* do que pronto.

Abro o contato dela no meu telefone. Quis escrever para ela tantas vezes no último ano e meio, mas, da última vez que nos falamos, deixei a decisão em suas mãos. Lily estava com a vida tumultuada, e eu não queria complicá-la ainda mais.

Agora ela está solteira, contudo, e falou como se finalmente estivesse pronta para dar uma chance ao que quer que possa acontecer entre nós dois. Porém, ela teve uma hora e meia para pensar na nossa conversa, e uma hora e meia é tempo suficiente para se arrepender. Cada minuto que se passar sem uma mensagem dela vai parecer um dia inteiro.

Seu contato ainda está salvo como Lily Kincaid no meu celular, então edito as informações e troco seu sobrenome para Bloom.

Sinto Darin atrás de mim, olhando a tela por cima do meu ombro.

— É a *nossa* Lily?

Brad se anima.

— Ele está mandando uma mensagem para Lily?

— *Nossa* Lily? — pergunto, confuso. — Vocês só a viram uma vez.

— Ela ainda está casada? — pergunta Darin.

Balanço a cabeça.

— Que bom para ela — comenta ele. — Ela estava grávida, né? Era menino ou menina, afinal?

Não quero falar de Lily porque ainda não tenho do que falar. Não quero dar a impressão de que é mais do que talvez seja.

— Uma menina, e esta é a última pergunta a que vou responder. — Concentro-me em Brad. — Theo virá hoje?

— É quinta. Ele vem, sim.

Entro no restaurante. Se vou conversar sobre Lily com alguém, vai ser com Theo.

2. Lily

Ainda estou com as mãos trêmulas, apesar de já terem se passado quase duas horas desde que esbarrei com Atlas. Não sei se estou tremendo de agitação ou se é porque, de tão ocupada, não consegui comer nada desde que cheguei. Mal tive cinco segundos de paz para assimilar o que aconteceu, quanto mais para comer o café da manhã que trouxe.

Aquilo realmente aconteceu? Será que fiz mesmo uma série de perguntas tão constrangedoras para Atlas que vou morrer de vergonha até o ano que vem?

Se bem que ele não pareceu se constranger. Pareceu muito feliz em me ver, e quando me abraçou, foi como se uma parte de mim que estava adormecida tivesse despertado novamente.

No entanto, este é o primeiro momento que tive para ir ao banheiro, e após me olhar no espelho agora, eu meio que quero chorar. Estou com as bochechas coradas, com manchas de cenoura na camisa e o esmalte descascando desde, tipo, janeiro.

Não que Atlas espere ou queira perfeição. É só que imaginei esbarrar com ele muitas vezes, mas em nenhum desses cenários era no meio de uma manhã caótica, meia hora após ser alvejada por uma bebê de onze meses com as mãos cheias de comida.

Ele estava tão bonito. Tão cheiroso.

Já eu devo estar com cheiro de leite materno.

Estou tão abalada pelo possível significado do nosso encontro inesperado que demorei o dobro do tempo para organizar tudo para o motorista da entrega desta manhã. Nem conferi nosso site para ver se havia novos pedidos. Dou uma última olhada no espelho, mas tudo que vejo é uma mãe solo exausta e esgotada.

Saio do banheiro e volto para o caixa. Pego um pedido na impressora e começo a preparar o cartão. Minha mente nunca precisou tanto de uma distração, então aprecio a manhã movimentada.

O pedido é de um buquê de rosas para alguém chamada Greta, de alguém chamado Jonathan. A mensagem diz: "Desculpe por ontem à noite. Me perdoa?"

Solto um gemido. Buquês de desculpa são os que eu menos gosto de montar. Sempre fico obcecada tentando descobrir por que a pessoa está pedindo perdão. Será que ele se esqueceu de que os dois iam sair? Chegou tarde em casa? Eles brigaram?

Será que ele bateu nela?

Às vezes sinto vontade de escrever o telefone do abrigo local para vítimas de violência doméstica nos cartões, mas preciso lembrar que nem todo pedido de desculpa tem a ver com coisas terríveis, como os pedidos de desculpa que eu costumava receber. Talvez Jonathan seja um amigo de Greta e esteja tentando animá-la. Talvez ele seja seu marido e tenha exagerado numa pegadinha.

Qualquer que seja o motivo por trás das flores, espero que elas representem algo positivo. Insiro o cartão no envelope e o coloco no buquê de rosas. Ponho-o na prateleira de entrega e estou pegando o próximo pedido quando recebo uma mensagem.

Corro para o celular como se ele fosse se autodestruir e eu só tivesse três segundos para ler a mensagem. Estremeço quando olho a tela. Não é de Atlas, e sim de Ryle.

Ela pode comer batata frita?

Respondo com rapidez.

As macias.

Largo o celular ruidosamente no balcão. Não gosto que Emerson coma batata frita com frequência, mas Ryle só fica com ela um ou dois dias na semana, então tento alimentá-la melhor quando está comigo.

Foi bom passar alguns minutos sem pensar em Ryle, mas sua mensagem me fez lembrar de que ele existe. E enquanto ele existir, temo que qualquer relacionamento, ou até mesmo amizade com Atlas, *não possa* existir. Como Ryle vai reagir se eu começar a sair com Atlas? Como vai reagir se eles precisarem conviver?

Talvez eu esteja colocando a carroça na frente dos bois.

Encaro o celular e me pergunto o que devo dizer a Atlas. Falei que escreveria para ele depois de abrir a floricultura, mas havia clientes esperando antes mesmo de eu destrancar a porta. E agora que Ryle mandou mensagem, lembrei que ele também está presente neste cenário, o que me faz hesitar em relação a falar com Atlas.

A porta da frente se abre, e Lucy finalmente chega. Ela está sempre muito bem-vestida, mesmo quando seu mau humor é evidente.

— Bom dia, Lucy.

Ela afasta o cabelo dos olhos e coloca a bolsa no balcão, suspirando.

— É mesmo um bom dia?

Lucy não é muito simpática de manhã. É por isso que eu ou Serena, minha outra funcionária costumamos ficar no caixa pelo menos até as onze, enquanto Lucy monta arranjos nos fundos. Ela lida muito melhor com os clientes após uma xícara de café. Ou cinco.

— Acabei de descobrir que os marcadores de lugar não chegaram porque foram descontinuados, e agora já é tarde demais para pedir mais. O casamento é em menos de um *mês*.

Tem tanta coisa dando errado antes do casamento que me dá vontade de dizer a ela para desistir. Porém, não sou supersticiosa. Espero que ela também não seja.

— Está na moda fazer marcadores artesanais — sugiro.

Lucy revira os olhos.

— Detesto coisas artesanais — murmura ela. — Já nem quero mais uma festa de casamento. Parece que o planejamento está demorando mais do que nosso namoro. — *É verdade.* — Talvez a gente cancele tudo e vá para Las Vegas. Você foi se casar lá, não foi? Você se arrepende?

Não sei o que responder primeiro.

— Como pode detestar coisas artesanais? Você trabalha numa floricultura. E sou divorciada, então é óbvio que me arrependo de ter me casado daquele jeito. — Entrego-lhe uma pequena pilha de pedidos que ainda não preparei. — Mas *foi* divertido — admito.

Lucy vai para os fundos e começa a organizar o restante dos pedidos, e volto a pensar em Atlas. E em *Ryle*. E no Armagedom, pois é isso o que acontece com os dois no meu cérebro ao mesmo tempo.

Não faço ideia de como isso poderia dar certo. Quando Atlas e eu nos encontramos, foi como se todo o resto sumisse, inclusive Ryle. No entanto, agora Ryle está começando a se infiltrar de novo nos meus pensamentos. Não da maneira como ele ocupava meus pensamentos *antes*; agora é mais como um bloqueio na estrada. Minha vida amorosa enfim tem seguido em linha reta, sem solavancos nem curvas, mais ou menos porque deixou de existir há mais de um ano e meio, mas agora me parece que, diante de mim, há apenas um terreno irregular e obstáculos e penhascos.

Será que vale a pena? É óbvio que *Atlas* vale a pena.

Mas será que vale a pena *nós dois* ficarmos juntos? Será que nós dois termos um relacionamento compensaria o estresse que isso causaria em todas as outras áreas da minha vida?

Faz um bom tempo que não me sinto tão dividida. Parte de mim quer ligar para Allysa e lhe contar que vi Atlas, mas não posso. Ela sabe como Ryle ainda se sente em relação a mim. Sabe o que ele pensaria se eu trouxesse Atlas para a nossa vida.

Não posso conversar com minha mãe porque ela é minha mãe. Por mais próximas que tenhamos nos tornado nos últimos tempos, eu jamais falaria abertamente sobre minha vida amorosa com ela.

Tem apenas uma mulher com quem eu me sentiria à vontade para conversar sobre Atlas.

— Lucy?

Ela reaparece dos fundos e tira um fone do ouvido.

— Você me chamou?

— Pode ficar no meu lugar por um tempo? Preciso sair para resolver uma coisa. Volto em uma hora.

Ela vem para trás do balcão, e eu pego minha bolsa. Não tenho muito tempo sozinha agora que Emerson nasceu, então de vez em quando roubo uma horinha aqui e ali durante o trabalho, quando tenho alguém para me substituir na floricultura.

Às vezes gosto de ficar sentada refletindo, e é impossível fazer isso na presença de uma criança, pois mesmo enquanto ela dorme estou na função *mãe*. E com o fluxo constante de clientes no trabalho, é difícil eu ter um momento de paz sem ser interrompida.

Descobri que quando estou sozinha no carro, com a música ligada e, de vez em quando, com uma fatia de torta da Cheesecake Factory, é tudo o que preciso para colocar as ideias no lugar.

Depois de estacionar de frente para o Porto de Boston, reclino o banco e pego o bloco de notas e a caneta que trouxe. Não sei se isso vai me ajudar tanto quanto uma sobremesa às vezes me ajuda, mas preciso dar vazão aos meus pensamentos da mesma maneira como eu fazia no passado. Esse método já me ajudou antes, quando precisei que as coisas se encaixassem direito. Desta vez, no entanto, tudo o que eu espero é que as coisas não se desmantelem por completo.

Querida Ellen,

Adivinha só quem está de volta?

Eu.

E Atlas.

Nós dois.

Esbarrei com ele quando estava com Emmy indo encontrar Ryle hoje de manhã. Foi muito bom encontrá-lo. Porém, por mais que tenha sido reconfortante vê-lo e saber em que momento da nossa vida nós estamos, a despedida foi um pouco esquisita. Ele estava com pressa devido a uma pequena emergência no restaurante, e eu estava atrasada para abrir a floricultura. Nós nos despedimos depois que prometi escrever para ele quando chegasse à loja.

E quero escrever. Quero mesmo. Sobretudo porque vê-lo me levou a pensar no quanto me faz falta o que eu sinto quando estou com ele.

Só percebi como estava me sentindo sozinha quando passei aqueles poucos minutos com Atlas. Mas desde que eu e Ryle nos divorciamos... Ah, espera.

Caramba. Não te contei do divórcio.

Faz tempo demais que não te escrevo. Vou voltar um pouco.

Decidi que minha separação de Ryle deveria ser permanente após dar à luz Emmy. Pedi o divórcio logo depois que ela nasceu. Não quis ser cruel em relação ao momento, mas só tomei minha decisão quando a segurei no colo e soube, do fundo do meu coração, que faria tudo o que fosse necessário para interromper o ciclo de violência doméstica.

Sim, pedir o divórcio foi sofrido. Sim, fiquei de coração partido. Mas, não, eu não me arrependo. Minha escolha me fez perceber que, às vezes, as decisões mais difíceis que a pessoa toma costumam levar aos melhores resultados.

Não posso mentir e dizer que não sinto falta dele, porque eu sinto. Sinto falta da família que poderíamos ter sido para Emerson. Porém, sei que tomei a decisão certa, apesar de, às vezes, me sentir sobrecarregada com o peso dela. É difícil porque ainda preciso interagir com Ryle. Ele ainda tem todas as qualidades pelas quais me apaixonei, e agora que não estamos mais juntos, é raro eu ver o lado negativo que levou ao fim do nosso casamento. Acho que é porque ele tem se comportado muito bem. Ele teve que colaborar e não resistir muito, pois sabia que eu poderia tê-lo denunciado por todos os episódios de violência doméstica pelos quais passei com ele. Ryle poderia ter perdido muito mais do que a esposa, então, na hora de negociarmos a guarda, as coisas foram mais tranquilas do que eu esperava.

Talvez tenha sido mais porque eu resisti ainda menos do que ele. Minha advogada foi muito direta quando falei que queria guarda unilateral. A não ser que eu estivesse disposta a contar a um juiz as partes mais feias dos nossos piores momentos, eu não tinha muito o que fazer para impedir Ryle de visitar Emerson. E ainda que eu mencionasse a violência doméstica, minha advogada falou que é raríssimo um pai disposto e bem-sucedido, sem antecedentes criminais, que ajuda financeiramente, ter algum direito seu suspenso.

Eu tinha duas opções: podia decidir denunciá-lo e entrar na Justiça, correndo um grande risco de ter que aceitar a guarda compartilhada. Ou eu podia tentar chegar a um acordo com Ryle que satisfizesse a nós dois, mantendo nossa relação coparental.

Acho que se pode dizer que chegamos a um meio-termo, muito embora nenhum acordo no mundo fosse me fazer aceitar com tranquilidade o fato de eu ter que entregar minha filha a alguém que eu sei que tem pavio curto. No entanto, escolher o menor dos males é tudo o que posso fazer em termos da guarda de Emmy — e também esperar que ela jamais veja esse lado dele.

Quero que Emmy seja próxima do pai. Nunca quis mantê-la longe dele. Quero apenas garantir a segurança dela, e foi por isso que implorei para que Ryle aceitasse visitas diurnas nos primeiros anos. Nunca lhe disse que é porque não sei se confio plenamente nele com nossa filha. Talvez eu tenha colocado a culpa na amamentação e no fato de que ele pode ser chamado pelo hospital a qualquer momento, mas, no fundo, tenho certeza de que ele sabe por que nunca quis que ela dormisse na casa dele.

Nós não falamos da violência do passado. Falamos de Emmy, falamos de trabalho, colocamos um sorriso no rosto quando estamos com nossa filha. Às vezes parece forçado e falso, ao menos para mim, mas prefiro isso ao que poderia ter acontecido caso eu tivesse entrado na

Justiça e perdido. Posso muito bem fingir um sorriso até os dezoito anos dela se isso significar que não preciso dividir sua guarda nem possivelmente expô-la com mais regularidade às piores partes do pai.

Até agora tem dado certo, se não considerarmos o gaslighting *ocasional e seus flertes indesejados. Por mais que eu tenha deixado meus sentimentos evidentes durante o divórcio, ele ainda tem esperanças quanto a nós dois. Às vezes diz coisas que demonstram que não abriu mão por completo da ideia de reatarmos. Receio que boa parte da cooperação de Ryle se baseie na ideia de que ele poderá me reconquistar caso se comporte bem o bastante, por tempo o bastante. Ele enfiou na cabeça que vou acabar cedendo com o tempo.*

Mas as coisas não vão acontecer como ele quer, Ellen. Um dia vou dar outro rumo para minha vida, e, sendo bem sincera, espero que esse rumo inclua Atlas. É cedo demais para saber se isso é uma possibilidade, mas tenho certeza absoluta de que meu rumo nunca mais incluirá Ryle, por mais tempo que passe.

Faz quase um ano que pedi o divórcio, mas faz quase dezenove meses da briga que causou nossa separação. O que significa que estou solteira há mais de um ano e meio.

Um ano e meio entre dois possíveis relacionamentos parece bastante, e talvez fosse mesmo, se não estivéssemos falando de Atlas. Mas como posso fazer isso dar certo? E se eu mandar uma mensagem para Atlas e ele me convidar para um almoço? E se o almoço for maravilhoso, o que certamente seria, e virar um convite para jantar? E se o jantar nos levar de volta ao ponto em que paramos quando éramos mais jovens? E se nós dois ficarmos felizes e nos apaixonarmos de novo e ele se tornar uma parte da minha vida?

Sei que parece que estou me precipitando, mas é de Atlas que estamos falando. A não ser que ele tenha passado por um transplante de personalidade, creio que você e eu sabemos o quanto acho fácil me apaixonar por ele, Ellen. É por isso que estou hesitando tanto: tenho medo que dê tudo certo.

E se der certo, o que Ryle vai achar do meu novo relacionamento? Emerson tem quase um ano de idade, e nós passamos este ano inteiro sem muito drama, mas sei que é porque encontramos um bom ritmo que não foi afetado por nada. Então por que me parece que qualquer menção a Atlas vai causar um tsunami?

Não que Ryle mereça essa preocupação que estou sentindo com a situação, mas ele pode transformar minha vida amorosa em um verdadeiro inferno. Por que Ryle ainda ocupa uma parede inteira nas muitas camadas dos meus pensamentos? É isso que parece — é como se todas essas coisas maravilhosas acontecessem, mas, à medida que as vou assimilando, elas acabam alcançando uma parte de mim que ainda toma decisões com base em Ryle e suas possíveis reações.

Suas reações são o que mais temo. Queria ter esperanças de que ele não fosse sentir ciúme, mas sei que vai. Se eu começar a sair com Atlas, Ryle vai dificultar a situação para todos. Apesar de saber que o divórcio foi a decisão certa, ainda assim essa decisão tem suas consequências. E uma delas é que Ryle sempre pensará que foi Atlas quem causou o fim do nosso casamento.

Ryle é o pai da minha filha. Independentemente do homem que, de agora em diante, entrar na minha vida ou sair dela, Ryle é a única constante que sempre terei de apaziguar se quiser que Emerson tenha a experiência mais tranquila possível. E se Atlas Corrigan voltar para minha vida, Ryle jamais será apaziguado.

Queria que você pudesse me dizer o que fazer. Devo sacrificar algo que sei que me deixará feliz, a fim de evitar o tumulto inevitável que a presença de Atlas causaria?

Ou será que sempre terei um buraco com a forma de Atlas no meu coração, a não ser que eu lhe permita preenchê-lo?

Ele está esperando uma mensagem minha, mas acho que preciso de mais tempo para assimilar tudo. Nem sei o que lhe dizer. Não sei o que fazer.

Eu te conto se decidir alguma coisa.

Lily

3. Atlas

— "Finalmente chegamos à *costa*"? — diz Theo. — Você *realmente* disse isso pra ela? Em voz alta?

Eu me remexo no sofá, constrangido.

— Quando éramos mais jovens, a gente gostava de *Procurando Nemo*.

— Você citou uma *animação*. — Theo balança a cabeça, dramaticamente. — E não deu certo. Faz mais de oito horas que vocês se encontraram, e ela ainda não deu sinal de vida.

— Talvez esteja ocupada.

— Ou talvez você tenha sido intenso demais — responde Theo, inclinando-se para a frente. Ele une as mãos entre os joelhos e se concentra. — Bem, e o que aconteceu depois que você disse essa breguice aí?

Ele é cruel.

— Nada. Nós dois tínhamos que ir trabalhar. Perguntei se ela ainda tinha meu telefone, e ela disse que tinha decorado o número, então a gente se desp...

— Calma aí — interrompe Theo. — Ela *decorou* seu número?

— Pelo jeito, sim.

— Tá. — Ele parece esperançoso. — Isso quer dizer alguma coisa. Ninguém decora mais o número de ninguém.

Estava pensando o mesmo, mas também me perguntei se ela não teria decorado meu número por outros motivos. Quando o anotei e o coloquei dentro da capa de seu celular, foi para o caso de uma emergência. Talvez parte de Lily temesse precisar dele um dia, e assim ela o teria decorado por motivos que não têm nada a ver comigo.

— E o que eu faço então? Mando uma mensagem? Ligo para ela? Espero até que entre em contato comigo?

— Faz só oito horas, Atlas. Pega leve.

Os conselhos dele estão sendo contraditórios.

— Dois minutos atrás, você disse que oito horas sem receber nenhuma mensagem era tempo demais. E agora está dizendo que devo pegar leve?

Theo dá de ombros e chuta minha escrivaninha para fazer sua cadeira girar.

— Eu tenho doze anos. Nem tenho celular ainda, e você quer minha opinião sobre as regras para enviar mensagens?

Fico surpreso por ele ainda não ter celular. Brad não parece ser um pai rígido.

— Por que você não tem celular?

— Meu pai disse que vou ganhar um quando fizer treze anos. Faltam dois meses — responde ele ansiosamente.

Theo tem vindo ao restaurante depois da escola umas duas vezes por semana desde que Brad foi promovido, seis meses atrás. Ele me disse que quer ser terapeuta quando crescer, então o deixo praticar comigo. No começo, nossas conversas eram para beneficiá-lo. Ultimamente, porém, acho que sou eu que estou me beneficiando.

Brad espia meu escritório, à procura do filho.

— Vamos. Atlas tem que trabalhar.

Ele gesticula para que Theo se levante, mas o menino simplesmente continua girando na minha cadeira.

— Foi Atlas quem me chamou aqui. Ele estava precisando de conselhos.

— Nunca vou entender esse lance de vocês — comenta Brad, apontando para o espaço entre mim e Theo. — Que conselhos são esses que você recebe do meu filho? Como evitar ajudar nos afazeres domésticos e como vencer no Minecraft?

Theo se levanta e alonga os braços por cima da cabeça.

— São sobre garotas, na verdade. E o que importa no Minecraft não é vencer, pai. É mais para socializar mesmo. — Theo olha para mim por cima do ombro enquanto sai do escritório. — Mande logo uma mensagem para ela — sugere ele como se fosse a solução óbvia.

E talvez seja mesmo.

Brad o puxa para fora do escritório.

Eu me recosto na cadeira e encaro a tela sem notificações do celular. *Talvez ela tenha decorado o número errado.*

Abro seu contato e hesito. Talvez Theo tenha razão. Pode ser que eu tenha sido intenso demais hoje de manhã. Não dissemos muita coisa quando nos encontramos, mas o que foi dito tinha intenção e significado. Talvez ela tenha se assustado com isso.

Ou... talvez eu esteja certo e ela tenha decorado o número errado.

Meus dedos pairam por cima do teclado do celular. Quero mandar uma mensagem, mas não quero pressioná-la. No entanto, nós dois sabemos que nossas vidas teriam sido bem diferentes se eu não tivesse cometido tantos erros com ela no passado.

Passei anos inventando desculpas que explicassem por que minha vida não era boa o bastante para ela, mas Lily sempre se encaixou. Ela sempre se encaixou perfeitamente. Desta vez, não vou deixar que ela se afaste sem me esforçar um pouco mais. A primeira coisa que vou fazer é garantir que ela tem meu número certo.

Gostei de te ver hoje, Lily.

Espero para ver se ela vai me responder. Quando vejo os três pontinhos aparecerem, seguro a respiração de tanta expectativa.

Eu também.

Encaro sua resposta por tempo demais, esperando que ela mande mais alguma coisa. Mas ela não manda. É só isso que recebo.

Foram apenas duas palavras, mas consigo ler nas entrelinhas.

Suspiro frustrado e largo o celular na escrivaninha.

4. Lily

A minha situação com Ryle tem sido incomum desde que Emerson nasceu. Acho que poucos casais dão entrada no divórcio na mesma hora em que assinam a certidão de nascimento da filha recém-nascida.

Por mais que eu tenha me decepcionado com Ryle por ele ter me levado à decisão de acabar com o nosso casamento, não quero impedi-lo de se conectar com a nossa filha. Coopero o máximo possível com ele, pois sei que seus horários são caóticos. Às vezes, até a levo para visitá-lo no hospital durante o almoço.

Ryle também tem a chave do meu apartamento desde antes de Emerson nascer. Dei uma cópia a ele porque estava morando sozinha e tinha medo de entrar em trabalho de parto e ele precisar entrar no apartamento. Porém, ele nunca a devolveu após o nascimento, embora eu tenha pensado em pedi-la de volta. Ele a usa nas raras ocasiões em que opera até tarde e tem tempo sobrando de manhã para ficar com Emmy depois que saio para o trabalho. Foi por isso que não a pedi de volta. Mas, ultimamente, ele tem usado a chave quando leva Emmy para casa.

Ele me mandou uma mensagem pouco antes de eu fechar a floricultura mais cedo e me disse que Emmy estava cansada, então ia levá-la para minha casa e colocá-la para dormir. A frequência com que ele tem usado minha chave faz com que eu me pergunte se ele também não está tentando passar mais tempo com outra pessoa além de Emmy.

A porta da frente está destrancada quando finalmente chego em casa. Ryle está na cozinha. Ele me olha ao ouvir a porta se fechar.

— Trouxe o jantar — anuncia ele, erguendo uma sacola do meu restaurante tailandês favorito. — Você não comeu ainda, comeu?

Não estou gostando disso. Ele está ficando cada vez mais à vontade aqui. No entanto, já estou emocionalmente exausta depois do dia de hoje, então balanço a cabeça e decido confrontar a questão em outro momento.

— Não comi, obrigada.

Coloco a bolsa na mesa e passo pela cozinha, indo para o quarto de Emmy.

— Acabei de colocá-la na cama — avisa.

Paro perto da porta do quarto e encosto o ouvido nela. Está silencioso, então recuo e volto para a cozinha sem acordá-la.

Estou me sentindo péssima por ter dado uma resposta curta para Atlas mais cedo, mas esta interação com Ryle confirma todas as minhas preocupações. Como eu começaria algo com alguém novo quando meu ex ainda me traz comida para jantar e tem a chave do meu apartamento?

Preciso estabelecer limites firmes com Ryle antes de poder sequer considerar a ideia de Atlas.

Ryle escolhe uma garrafa de vinho tinto da minha adega.

— Posso abrir?

Dou de ombros enquanto sirvo o *pad thai* no meu prato.

— Pode, mas não vou querer.

Ryle devolve a garrafa e decide tomar um chá. Pego uma água na geladeira e nós dois nos sentamos à mesa.

— Como ela estava hoje? — pergunto a ele.

— Um pouco rabugenta, mas eu tinha muita coisa para resolver. Acho que ela cansou de tanto entra e sai na cadeirinha. Estava melhor quando passamos na casa de Allysa.

— Quando é seu próximo dia de folga?

— Ainda não sei. Eu te aviso.

Ele estende a mão para a frente e usa o polegar para limpar alguma coisa na minha bochecha. Eu me retraio um pouco, mas ele não percebe. Ou talvez finja não perceber. Não sei se ele repara que, sempre que sua mão se aproxima de mim, minha reação é negativa. Conhecendo Ryle, ele deve achar que me retraí por ter sentido alguma química entre a gente.

Depois que Emmy nasceu, houve alguns momentos em que *realmente* senti uma química entre a gente. Ele dizia ou fazia algo meigo, ou estava segurando Emmy enquanto cantava para ela, e eu sentia aquele desejo familiar por ele surgindo dentro de mim. Porém, todas as vezes encontrei forças para afastar isso. Basta uma lembrança ruim para atenuar imediatamente quaisquer sentimentos passageiros que eu tenha na sua presença.

Foi um percurso longo e turbulento, mas finalmente esses sentimentos foram embora.

Atribuo isso à lista que fiz de todos os motivos pelos quais decidi me divorciar de Ryle. Às vezes, depois que ele vai embora, vou para o quarto e a leio para reiterar que o nosso esquema atual é o melhor para todos nós.

Bem. Talvez não *tudo* do esquema. Ainda quero minha chave de volta.

Estou prestes a comer outra garfada de macarrão quando ouço uma notificação abafada vindo da minha bolsa no outro lado na mesa. Solto o garfo e estendo o braço rapidamente para pegar meu celular, antes que Ryle o pegue. Não que ele fosse ler minhas mensagens, mas a última coisa que eu quero neste momento é que, por uma questão de educação, ele vá pegar meu celular para mim. Ele poderia ver que a mensagem é de Atlas, e não estou preparada para a tempestade que isso causaria.

A mensagem não é de Atlas, entretanto. É da minha mãe. Ela enviou fotos que tirou de Emmy no começo da semana. Coloco o celular na mesa e pego o garfo, mas Ryle está me encarando.

— Era minha mãe — digo.

Nem sei por que digo isso. Não lhe devo nenhuma satisfação, mas não gosto da maneira como ele está me encarando.

— Quem estava *esperando* que fosse? Você praticamente se jogou por cima da mesa para pegar o celular.

— Ninguém.

Tomo um gole de água. Ele ainda está me encarando. Não sei o quanto Ryle percebe, mas ele parece saber que estou mentindo.

Ele gira o garfo no macarrão e olha o prato, retesando o maxilar.

— Você está saindo com alguém? — pergunta ele com uma certa veemência na voz.

— Não que isso seja da sua conta, mas não.

— Não estou dizendo que é da minha conta. Estou apenas puxando papo.

Não respondo porque sei que é mentira. Nenhum marido que se divorciou recentemente e que pergunta à ex-esposa se ela está saindo com alguém está apenas puxando papo.

— Eu realmente acho que, em algum momento, a gente precisa conversar sobre namoro — diz ele. — Antes de eu e você trazermos outras pessoas para perto de Emerson. E talvez estabelecer algumas regras.

Faço que sim.

— Acho que precisamos estabelecer regras para muitas outras questões também.

Ele semicerra os olhos.

— Tipo o quê?

— Seu acesso ao meu apartamento. — Engulo a seco. — Quero minha chave de volta.

Ryle me encara inexpressivamente antes de responder. Então limpa a boca e diz:

— Não posso colocar minha filha para dormir?

— Não é isso que estou dizendo.

— Você sabe que meus horários são frenéticos, Lily. Já é difícil conseguir vê-la.

— Não estou dizendo que quero que você a veja menos. Só quero minha chave de volta. Eu valorizo a minha privacidade.

Ryle está com uma expressão tensa. Está chateado comigo. Eu sabia que ficaria, mas ele está exagerando. Isso não tem nada a ver com o quanto eu quero que ele veja Emmy. Não quero que ele tenha acesso fácil ao meu apartamento, só isso. Tive meus motivos para sair da nossa casa e me divorciar dele.

Não vai ser uma mudança imensa, mas é uma que precisa acontecer. Senão, ficaremos presos para sempre nessa rotina que nos faz mal.

— Então ela pode começar a dormir lá em casa — diz ele com muita convicção enquanto me olha para ver a minha reação.

Sei que ele está sentindo o incômodo que de repente começou a me sufocar.

Mantenho a voz calma:

— Não sei se estou pronta para isso.

Ryle solta o garfo no prato ruidosamente.

— Talvez a gente devesse alterar o acordo de guarda compartilhada.

Suas palavras me irritam, mas consigo impedir que a raiva transborde. Levanto e pego meu prato.

— Está falando sério, Ryle? Peço a chave do *meu* apartamento de volta e você ameaça me colocar na Justiça?

Nós dois aceitamos o acordo, mas ele está agindo como se o acordo fosse para o *meu* bem, e não para o dele. Ele sabe que eu poderia ter pedido guarda unilateral depois de tudo que vivenciei com ele. Caramba, nem pedir a prisão dele eu pedi. Ele deveria é se sentir grato por eu ter sido tão generosa quanto fui.

Quando chego à cozinha, coloco o prato na bancada e seguro a beirada dela, deixando minha cabeça pender entre os ombros. *Calma, Lily. Ele só está reagindo.*

Ouço Ryle suspirar arrependido, e em seguida ele vem para a cozinha atrás de mim. Ele se apoia na bancada enquanto passo água no prato.

— Você pode pelo menos me dar um prazo? — diz ele com a voz mais baixa. — Quando ela vai poder dormir lá em casa?

Pressiono o quadril na bancada e me viro para ele.

— Quando ela souber falar.

— Por quê?

Odeio o fato de precisar dizer isto em voz alta:

— Porque assim ela pode me contar se alguma coisa acontecer, Ryle.

Depois de assimilar completamente as minhas palavras, ele morde o lábio inferior e faz que sim sutilmente. Percebo sua frustração pelas veias saltando em seu pescoço. Ele tira as chaves do bolso e remove a do meu apartamento. Joga-a na bancada e se afasta.

Após ele pegar o casaco e sair, sinto uma culpa familiar se infiltrando furtivamente no meu peito. A culpa sempre vem acompanhada de dúvidas do tipo: "Será que estou sendo dura demais com ele?" e "E se ele tiver mesmo mudado?".

Eu sei as respostas para essas perguntas, mas às vezes é bom relembrar. Vou até meu quarto e tiro a lista do meu porta-joias.

1) *Ele te deu um tapa porque você riu.*
2) *Ele te empurrou de uma escada.*
3) *Ele te mordeu.*
4) *Ele tentou te estuprar.*
5) *Você precisou levar pontos por causa dele.*
6) *Seu marido te machucou fisicamente mais de uma vez. E isso teria se repetido várias e várias vezes.*
7) *Você fez isso pela sua filha.*

Passo o dedo na tatuagem no ombro, sentindo as pequenas cicatrizes que ele deixou ali com os dentes. Se Ryle fez essas coisas comigo nas melhores épocas do nosso relacionamento, o que ele seria capaz de fazer nas piores?

Dobro a lista e a guardo no porta-joias para a próxima vez que eu precisar de um lembrete.

5. Atlas

— Você era o alvo, sim — afirma Brad, encarando a pichação.

Quem quer que tenha vandalizado o Bib's duas noites atrás, decidiu passar no meu novo restaurante ontem à noite. O Corrigan's está com duas janelas danificadas, e há outra mensagem em tinta spray na porta dos fundos.

Vá se foder, Atl<u>asno</u>.

A pessoa acrescentou o *no* e sublinhou o *asno* em meu nome. Admito que o trocadilho foi bom, mas não estou para piadinhas esta manhã.

Ontem à noite, o vandalismo mal me abalou. Não sei se foi porque tinha acabado de esbarrar com Lily e ainda estava eufórico por isso, mas, hoje de manhã, acordei grilado com o fato de ela estar aparentemente me evitando. Assim, os danos causados ao meu novo restaurante parecem estar me atingindo um pouco mais.

— Vou dar uma olhada na gravação da câmera de segurança.

Espero que ela mostre algo de útil. Ainda não sei se quero ir à delegacia. Se for algum conhecido meu, talvez eu possa ao menos confrontar a pessoa antes de ser obrigado a recorrer à polícia.

Brad vem comigo até o escritório. Ligo o computador e abro o aplicativo da câmera de segurança. Acho que Brad pode sentir minha frustração, pois não diz nada enquanto analiso vários minutos de gravação.

— Ali — diz ele, apontando para o canto inferior esquerdo da tela.

Diminuo a velocidade do vídeo até vermos uma silhueta.

Quando aperto o play, nós dois encaramos a tela, confusos. Tem alguém encolhido nos degraus dos fundos, imóvel. Passamos cerca de meio minuto vendo, depois eu volto o vídeo. Segundo o horário da gravação, a pessoa ficou ali nos degraus por mais de duas horas. Sem cobertor, em outubro, em Boston.

— A pessoa *dormiu* aqui? — exclama Brad. — Ela não estava nada preocupada em ser flagrada, né?

Volto a gravação ainda mais, até a pessoa aparecer na imagem pela primeira vez, depois de 1h. Como está escuro, é difícil ver suas feições, mas parece alguém jovem, mais um adolescente do que um adulto.

A pessoa dá uma avaliada durante alguns minutos. Vasculha a caçamba. Confere o cadeado da porta dos fundos. Pega a tinta spray e deixa sua mensagem engraçadinha.

Ela usa a lata de tinta spray para tentar quebrar as janelas, mas as janelas do Corrigan's são de vidro temperado, então a pessoa acaba ficando de saco cheio ou se cansando de tentar fazer um buraco grande o bastante para poder entrar por ele, como fez no Bib's. É quando ela se deita nos degraus dos fundos e pega no sono.

Pouco antes do amanhecer, ela se levanta, olha ao redor e vai embora casualmente, como se a noite jamais tivesse acontecido.

— Você a reconhece? — pergunta Brad.

— Não. E você?

— Não.

Paro a gravação na cena em que dá para ver a pessoa mais nitidamente, mas a imagem está muito granulada. Ela está de calça jeans e moletom preto, com a cabeça encapuzada para que não vejam seu cabelo.

Seria impossível reconhecê-la pessoalmente, seja quem for. A imagem não é nítida o bastante, e a pessoa não olhou para a câmera em nenhum momento. A polícia nem mesmo acharia essa gravação útil.

Envio o arquivo para o meu e-mail, de todo jeito. Assim que clico para enviar, ouço a notificação de um celular. Olho para o meu, mas foi Brad quem recebeu uma mensagem.

— Darin disse que está tudo bem lá no Bib's. — Ele guarda o celular no bolso e se dirige à porta do escritório. — Vou começar a arrumar as coisas.

Espero o arquivo terminar de ser enviado para o meu e-mail, depois vejo a gravação de novo, sentindo mais pena do que irritação. Isso me lembra as noites frias que passei naquela casa abandonada, antes de Lily me abrigar em seu quarto. Só de pensar nisso, eu praticamente posso sentir o frio em meus ossos.

Não faço ideia de quem possa ser. O fato de a pessoa ter escrito meu nome na porta é inquietante, e ainda mais inquietante é ela ter se sentido à vontade para ficar aqui e tirar um cochilo de duas horas. É como se ela estivesse me desafiando a confrontá-la.

Meu celular começa a vibrar na escrivaninha. Estendo o braço para pegá-lo, mas é um número desconhecido. Não costumo atender essas chamadas, mas ainda estou com Lily na cabeça. Ela pode estar me ligando do número do trabalho.

Meu Deus, estou sendo ridículo.

Levo o celular ao ouvido.

— Alô?

Ouço um suspiro do outro lado da linha. Uma mulher. Ela parece aliviada por eu ter atendido.

— Atlas?

Também suspiro, mas não aliviado. Suspiro porque não é a voz de Lily. Não a reconheço, mas pelo jeito qualquer pessoa que não seja Lily me decepcionaria.

Eu me recosto na cadeira.

— Pois não?

— Sou eu.

Não faço ideia de quem seja esse *eu*. Penso em todas as ex-namoradas que podem estar me ligando, mas nenhuma delas tem a voz assim. E nenhuma delas diria apenas "sou eu" e presumiria que eu saberia quem é.

— Quem está falando?

— *Eu* — repete ela, com ênfase, como se fosse fazer alguma diferença. — Sutton. *Sua mãe.*

Afasto o celular do ouvido na mesma hora e olho o número outra vez. Só pode ser alguma pegadinha. Como minha mãe conseguiria meu número? Por que ela iria *querer* meu número? Faz anos que ela deixou bastante explícito que nunca mais queria me ver.

Não digo nada. *Não tenho nada para dizer.* Alongo as costas e me inclino para a frente, esperando que ela diga logo o motivo que enfim a levou a entrar em contato comigo.

— Eu... hum.

Ela faz uma pausa. Ouço uma televisão ao fundo. Parece o programa *The Price Is Right*. Quase consigo imaginá-la sentada no sofá, com uma cerveja na mão e um cigarro na outra, às 10h da manhã. Ela costumava trabalhar à noite quando eu era pequeno, então ela jantava e ficava acordada para assistir a *The Price Is Right* antes de dormir.

Era o pior momento do meu dia.

— O que você quer? — digo com a voz seca.

Ela faz um barulho no fundo da garganta, e apesar de já terem se passado anos, sei que está irritada. Sei pela sua exalação que ela não *queria* me ligar. Está ligando porque *precisa.* Ela não entrou em contato para se desculpar, ela entrou em contato porque está desesperada.

— Você está morrendo? — pergunto. É a única coisa que me impediria de desligar.

— *Morrendo?* — Ela repete a pergunta com uma risada, como se eu estivesse sendo absurdo e insensato e um *pa-lhi-aço.* — Não, não estou *morrendo.* Estou ótima.

— Está precisando de dinheiro?

— E quem não precisa?

Toda a ansiedade que ela me causava vem à tona após esses poucos segundos ao telefone com ela. Desligo imediatamente. Não tenho nada para lhe dizer. Bloqueio seu número, arrependido de ter lhe dado tanto tempo para falar. Deveria ter encerrado a ligação assim que ela se apresentou.

Eu me inclino para a frente na escrivaninha e coloco a cabeça nas mãos. Meu estômago está embrulhado com o choque dos últimos minutos.

Para ser sincero, estou surpreso com minha reação. Imaginei que isso talvez fosse acontecer algum dia, mas achei que não fosse me importar. Pensei que não ligaria para o fato de ela ter reaparecido na minha vida, assim como não liguei quando ela me obrigou a sair da sua. Naquela época, no entanto, eu não ligava para muitas coisas.

Mas agora eu realmente *gosto* da minha vida. Tenho orgulho do que conquistei. Não tenho absolutamente nenhum desejo de permitir que alguém do passado retorne e ameace isso.

Passo as mãos no rosto, assimilando os últimos minutos, depois me afasto da escrivaninha. Vou lá fora ajudar Brad com os consertos e faço o que posso para deixar o momento para trás. Mas é difícil. É como se meu passado estivesse me atingindo por todas as direções, e não tenho com quem conversar sobre isso.

Após trabalharmos em silêncio por alguns minutos, digo a Brad:

— Você precisa dar um celular para Theo. Ele tem quase treze anos.

Brad ri.

— E você precisa de um terapeuta que seja mais próximo da sua idade.

6. Lily

— Já decidiu o que vai fazer no aniversário da Emerson? — pergunta Allysa.

Ela e Marshall fizeram uma festa tão grande no primeiro aniversário da filha deles, Rylee, que parecia mais um baile de quinze anos.

— Acho que vou só comprar um bolinho para fazer uma espécie de *smash the cake* e dar alguns presentes. Não tenho espaço para nada maior do que isso.

— A gente pode fazer alguma coisa lá em casa — sugere Allysa.

— Quem eu convidaria? Ela vai fazer um ano, não tem amigos. Nem sabe falar ainda.

Allysa revira os olhos.

— Nós não fazemos festas infantis por causa dos *bebês*, e sim para impressionar os amigos.

— Você é minha única amiga, e não preciso te impressionar. — Entrego para Allysa um pedido tirado da impressora. — Vamos jantar hoje?

Nós jantamos juntas pelo menos duas vezes na semana na casa dela. Ryle passa lá de vez em quando, mas planejo propositalmente as visitas para as noites em que ele está de plantão. Não sei se Allysa já percebeu. Se tiver percebido, ela provavelmente me entende. Ela diz que é difícil ver Ryle perto de mim porque também suspeita de que ele ainda tem esperanças de reatar comigo. Allysa prefere ficar com ele quando não estou presente.

— Os pais de Marshall chegam na cidade hoje, lembra?

— Ah, é. Boa sorte.

Allysa gosta dos pais do Marshall, mas acho que ninguém fica muito animado em ter os sogros em casa por uma semana.

O sino da porta toca, e Allysa e eu olhamos para cima ao mesmo tempo. Porém duvido que o mundo dela tenha começado a girar como o meu.

Atlas está vindo na nossa direção.

— Aquele é o...

— Meu Deus — sussurro baixinho.

— Sim, ele é *mesmo* um deus — cochicha Allysa.

O que ele está fazendo aqui?

E por que ele se parece *mesmo* com um deus? Assim fica bem mais difícil pensar na decisão que tenho que tomar. Não consigo nem encontrar as palavras para cumprimentá-lo. Apenas sorrio e o espero chegar até a gente, mas o trajeto da porta até o balcão parece estar um quilômetro mais longo.

Ele não tira os olhos de mim enquanto anda. Quando se aproxima, ele finalmente cumprimenta Allysa com um sorriso. Depois olha de volta para mim enquanto põe um pote de plástico tampado no balcão.

— Trouxe seu almoço — diz ele casualmente, como se trouxesse meu almoço todos os dias e eu devesse estar esperando por isso.

Ah, essa voz. Esqueci o quanto ela me afeta.

Pego o pote, mas não sei o que dizer com Allysa parada do meu lado, observando nossa interação. Encaro-a e lhe dou aquele olhar. Ela finge não perceber, mas, como não paro de encará-la, ela acaba cedendo.

— Tudo bem. Vou colocar flores nas... *flores*.

Ela se afasta para nos dar privacidade.

Volto minha atenção para o almoço que Atlas trouxe.

— Obrigada. O que tem aqui?

— Nosso especial de fim de semana — diz Atlas. — É a massa *por que você tá me evitando.*

Chego a rir com isso, mas estremeço logo em seguida.

— Não estou te evitan... — Balanço a cabeça com um rápido suspiro, sabendo que não posso mentir para ele. — Tudo bem, eu *estou* te evitando. — Apoio os cotovelos no balcão e cubro o rosto com as mãos. — Desculpa.

Atlas está quieto, então acabo olhando para ele. Ele parece sincero quando diz:

— Prefere que eu vá embora?

Nego com a cabeça, e assim que faço isso os cantos dos seus olhos se enrugam um pouco. Mal é um sorriso, mas sinto um calor descendo pelo meu peito.

Ontem de manhã, quando esbarrei com ele, eu falei demais. Agora estou muito confusa para falar. Não sei como posso ter uma conversa séria com ele sobre tudo o que passou pela minha cabeça nas últimas vinte e quatro horas quando perco a fala perto dele.

Ele me afetava da mesma maneira quando eu era mais nova, mas naquela época eu era mais ingênua. Não sabia que homens como Atlas são tão raros, então não sabia a sorte que era tê-lo na minha vida.

Agora eu sei, e é por isso que morro de medo de estragar tudo. Ou de *Ryle* estragar tudo.

Ergo o pote de massa que ele trouxe.

— O cheiro está ótimo.

— E a *comida* está ótima. Eu que fiz.

Eu deveria rir disso, mas minha reação não combina com a conversa. Coloco o pote no balcão. Quando o olho novamente, ele vê a minha expressão tensa e responde com um olhar tranquilizador. Não dizemos muito, mas os sinais não verbais que estamos trocando já dizem o bastante. Meus olhos pedem desculpa pelo meu silêncio; ele me diz silenciosamente que tudo bem, e nós dois estamos nos perguntando o que vai acontecer em seguida.

Atlas desliza a mão lentamente no balcão, aproximando-a da minha. Ergue o dedo indicador e o passa ao longo do meu mindinho. É um gesto tão pequeno e carinhoso, mas meu coração dá uma cambalhota.

Ele afasta a mão e cerra o punho como se tivesse sentido o mesmo que eu. Limpa a garganta.

— Posso te ligar hoje à noite?

Estou quase assentindo quando Allysa sai de repente pela porta lá de trás, de olhos arregalados. Ela se aproxima e cochicha:

— Ryle está quase chegando.

Parece que meu sangue congela nas veias.

— *O quê?*

Não digo isso para que ela repita. Digo porque estou chocada, mas ela repete de todo modo.

— Ryle está chegando. Ele acabou de me mandar uma mensagem. — Ela acena a mão na direção de Atlas. — Você tem dez segundos para escondê-lo.

Tenho certeza de que Atlas consegue ver o pânico no meu rosto quando o olho, mas ele diz com bastante calma:

— Para onde devo ir?

Aponto para meu escritório e vou rapidamente com ele até lá. Depois que entramos, questiono minha decisão.

— Talvez ele entre aqui. — Cubro a boca com a mão, tremendo enquanto penso, e depois aponto para o armário de materiais. — Pode se esconder ali dentro?

Atlas olha para o armário e depois para mim. Aponta para a porta.

— Dentro do armário?

Ouço a campainha da porta da frente e sinto uma urgência ainda maior.

— Por favor?

Abro a porta do armário. Não é o lugar ideal para esconder um ser humano, mas é espaçoso. Ele vai caber com tranquilidade.

Nem consigo encará-lo quando ele passa por mim e entra no armário. Eu poderia morrer. Que vergonha! Enquanto fecho a porta, tudo que consigo fazer é sussurrar:

— Desculpa.

Faço o possível para me recompor. Allysa está conversando com Ryle quando saio do escritório. Ele me cumprimenta com a cabeça, mas está prestando atenção em Allysa. Ela está vasculhando a bolsa à procura de alguma coisa.

— Estava aqui antes — diz ela.

Ryle tamborila os dedos com impaciência.

— O que está procurando? — pergunto a ela.

— A chave. Trouxe-a sem querer, e Marshall precisa da SUV para ir buscar os pais no aeroporto.

Ryle parece irritado.

— Tem certeza de que não a deixou em outro canto quando falei que eu vinha buscá-la?

Inclino a cabeça e me concentro em Allysa.

— Você sabia que ele ia vir?

Como ela pôde se esquecer de me dizer que Ryle estava a caminho quando Atlas apareceu aqui?

Ela enrubesce um pouco.

— Fiquei distraída com... acontecimentos inesperados. — Ela ergue a mão, triunfante. — Achei! — Solta-a na palma de Ryle. — Beleza, tchau, pode ir embora.

Ryle se movimenta como se estivesse prestes a ir, mas depois se vira e cheira o ar.

— Que aroma bom é esse?

Os olhos dele e de Allysa se voltam para o pote ao mesmo tempo. Allysa o puxa para perto de si e o segura.

— Preparei um almoço para mim e para Lily.

Ryle ergue a sobrancelha.

— *Você* cozinhou? — Ele estende o braço para o pote. — Preciso ver. O que tem aqui?

Allysa hesita antes de lhe entregar o pote.

— É frango... *barabadoula.*

Ela me encara, e seus olhos estão arregalados. *Ela mente muito mal.*

— Frango *o quê*? — Ryle abre o pote e o inspeciona. — Parece uma massa com camarão.

Allysa limpa a garganta.

— Pois é, eu cozinhei os camarões no... caldo de frango. É por isso que o nome é frango barabadoula.

Ryle tampa de volta e me olha preocupado enquanto empurra o pote para Allysa por cima do balcão.

— Eu pediria uma pizza se fosse você.

Dou uma risada forçada, Allysa também. A risada de nós duas faz nossa reação parecer exagerada para uma piada que nem foi engraçada.

Ryle franze a testa, recuando alguns passos com um olhar de suspeita. Deve estar acostumado ao fato de nós duas termos piadas internas das quais ele não faz parte, pois nem pergunta nada. Ele se vira e sai da floricultura, com pressa de levar a chave para Marshall. Allysa e eu ficamos paradas como duas estátuas até termos certeza de que ele saiu e de que não pode mais nos escutar. Então olho para ela sem acreditar.

— Frango barba *o quê*? Acabou de inventar uma língua nova, foi?

— Eu tinha que dizer *alguma coisa* — responde ela, na defensiva. — Você ficou parada como uma árvore! De nada.

Espero alguns minutos para garantir que Ryle teve tempo de ir embora. Vou até a frente da floricultura para ver se o carro dele realmente não está mais lá. Então ando tristemente até meu escritório e me dirijo ao armário para avisar a Atlas que ele está a salvo. Expiro antes de abrir a porta.

Atlas está aguardando pacientemente, encostado numa estante de braços cruzados, como se ficar escondido num armário não o incomodasse nem um pouco.

— Me desculpe.

Não sei quantas vezes vou precisar me desculpar para compensar o que acabei de pedir que fizesse, mas estou disposta a dizer isso mais umas mil vezes.

— Ele já foi?

Faço que sim, mas, em vez de sair do armário, Atlas segura minha mão, me puxa para perto e fecha a porta.

Agora nós dois estamos no armário.

No armário *escuro*. Mas não tão escuro assim: consigo ver o brilho em seus olhos indicando que ele está se segurando para não sorrir. *Talvez ele não me deteste tanto assim pelo que fiz.*

Atlas solta minha mão, mas está tão apertado para nós dois aqui dentro que partes dele roçam em partes minhas. Sinto um frio na barriga, então pressiono as costas na estante atrás de mim, tentando não me apertar contra ele, mas parece que ele está me cobrindo como um cobertor macio. Ele está tão próximo que consigo sentir o cheiro do seu xampu. Com muita calma, tento respirar para diminuir o nervosismo.

— E então? Posso? — pergunta ele, a voz um sussurro.

Não faço ideia do que ele está me perguntando, mas quero responder veementemente que *sim*. Em vez de aceitar algo que nem sei o que é, conto na minha cabeça até três. Então digo:

— Pode o quê?

— Te ligar hoje à noite.

Ah. Ele voltou à conversa que estávamos tendo lá na frente, como se Ryle nem tivesse nos interrompido.

Mordo o lábio, querendo dizer *sim*, pois quero que Atlas me ligue. Mas também quero que Atlas saiba que escondê-lo de Ryle dentro de um armário provavelmente já reflete como será o restante das nossas interações, já que Ryle sempre estará por perto devido ao fato de termos uma filha.

— Atlas... — digo seu nome como se fosse falar algo terrível depois, mas ele me interrompe.

— Lily — responde ele sorrindo, como se nada que eu pudesse dizer depois do seu nome conseguisse ser terrível.

— Minha vida é complicada.

Não queria que isso parecesse um alerta, mas é o que acontece.

— Quero te ajudar a descomplicá-la.

— Temo que sua presença vá complicá-la ainda mais.

Ele ergue a sobrancelha.

— Vai complicar a *sua* vida ou a de *Ryle*?

— Todas as complicações dele se tornam *minhas*. Ele é o pai da minha filha.

Atlas abaixa a cabeça só um pouco.

— Exatamente. Ele é o pai dela. Não é seu marido, então você não deveria deixar sua preocupação com os sentimentos dele convencê-la a desistir do que seria a segunda melhor coisa que já te aconteceu.

Ele diz isso com tanta convicção que parece que meu coração está despencando no meu peito. *A segunda melhor coisa que já me aconteceu?* Adoraria que essa confiança que ele tem em nós fosse contagiosa.

— E qual foi a *melhor* coisa que já me aconteceu?

Ele me olha com atenção.

— Emerson.

Ouvi-lo dizer isso quase me faz derreter. Eu me abraço e me seguro para não sorrir.

— Você vai dificultar as coisas para mim, não é mesmo?

Atlas balança a cabeça devagar.

— A última coisa que eu quero é dificultar algo para você, Lily. — Ele se afasta e a porta começa a se abrir, trazendo luz para dentro do armário. Ele me encara com uma das mãos na porta e a outra na parede. — Qual é um horário bom para eu te ligar hoje de noite?

Ele parece tão à vontade com a conversa que quero puxá-lo de volta para dentro do armário e beijá-lo — assim talvez alguma parte de sua confiança e paciência passe para mim.

Minha boca parece algodão quando digo:

— Qualquer horário.

Seus olhos se cravam nos meus lábios por um instante, e todo o meu corpo reage ao seu olhar. Mas então Atlas fecha a porta, deixando-me sozinha dentro do armário.

Eu mereci isso.

Uma mistura de vergonha, nervosismo e talvez até um pouco de desejo está inundando minhas bochechas. Continuo parada até ouvir o som baixo do sino da porta da floricultura, indicando que ela foi aberta.

Estou me abanando quando Allysa abre a porta do armário alguns instantes depois. Ponho as mãos nos quadris com rapidez para disfarçar o efeito que a presença de Atlas causa em mim.

Allysa cruza os braços na frente do peito.

— Você o escondeu no armário?

Meus ombros se abaixam de vergonha.

— Pois é.

— *Lily*. — Allysa parece decepcionada comigo, mas o que ela esperava que eu fizesse? Apresentasse um ao outro de novo?

— Bem, foi bom você ter feito isso porque não sei o que teria acontecido, mas... você o escondeu no *armário*. Você simplesmente o guardou aqui dentro como um casaco velho.

Ela discutir o ocorrido não está me ajudando a me recuperar do momento. Vou para a frente da floricultura com Allysa logo atrás de mim.

— Não tive escolha. Atlas é a última pessoa do mundo que Ryle aprovaria como meu namorado.

— Sinto muito em lhe informar, mas Ryle só aprovaria uma pessoa como seu namorado, e essa pessoa é o próprio Ryle.

Não respondo porque morro de medo de que ela esteja certa.

— Espera — diz Allysa. — Você e Atlas estão *namorando*?

— Não.

— Mas você acabou de dizer que ele é a última pessoa que Ryle aprovaria como seu namorado.

— Falei isso porque, se Ryle o tivesse visto aqui, é o que ele teria presumido.

Allysa cruza os braços por cima do balcão e parece cabisbaixa.

— Estou me sentindo muito excluída nisso tudo. Tem muita coisa que você precisa me contar.

— Muita coisa? Como assim?

Tento parecer ocupada puxando um vaso para perto de mim e mudando algumas flores de lugar. Allysa tira o vaso das minhas mãos.

— Ele te trouxe almoço. Por que faria isso se vocês não estivessem se falando? E se vocês estão se falando, por que não *me* contou?

Pego o vaso de volta.

— A gente se esbarrou ontem. Não foi nada. Eu não falava com ele desde antes do nascimento da Emmy.

Allysa pega o vaso de novo.

— Eu vivo esbarrando em antigos amigos por aí e eles não me trazem almoço.

Ela me devolve o vaso. É como se quem o segurasse tivesse permissão para falar.

— Seus amigos não devem ser chefs de cozinha. É isso que chefs fazem, eles preparam almoço para os outros. — Ela está tão concentrada que é como se estivesse tentando ler minha mente para ignorar todas as mentiras que acha que estou contando. — Juro que não é nada. *Ainda*. Se algo mudar, você será a primeira a saber.

Ela parece se satisfazer momentaneamente com a resposta, mas noto alguma coisa em seu rosto antes de ela desviar o olhar. Não sei se é preocupação ou tristeza. Não pergunto, pois sei que isso é difícil para ela. Imagino que a ideia de *qualquer* homem que não seja Ryle me trazendo um almoço deva deixá-la um pouco triste.

No mundo ideal de Allysa, seu irmão jamais teria me agredido e eu ainda seria sua cunhada.

7. Atlas

— Quando estiver preparando linguado, sempre segure a faca assim.

Mostro que o primeiro passo é encostar o dorso da lâmina na cauda, mas Theo desvia o olhar assim que começo a tirar as escamas do peixe.

— Eca — sussurra ele, cobrindo a boca. — Não aguento.

Theo vai para o outro lado do balcão, deixando um espaço entre ele e a aula de culinária.

— Estou apenas tirando as escamas. Ainda nem o abri.

Theo faz um barulho como se fosse vomitar.

— Não estou interessado em trabalhar com comida. Prefiro continuar sendo seu terapeuta. — Theo se senta no balcão. — Falando nisso, você chegou a mandar mensagem para a Lily?

— Cheguei.

— Ela respondeu?

— Mais ou menos. Foi uma mensagem curta, então decidi levar um almoço para ela hoje para saber o que estava passando na cabeça dela.

— Bastante ousado.

— Passei a vida inteira sem ter coragem em relação a ela. Desta vez, eu queria que ela tivesse certeza das minhas intenções.

— Ah, não — resmunga Theo. — Que cafonice! Você falou sobre peixes e praias e costas?

Nunca devia ter lhe contado o que disse a Lily sobre finalmente termos chegado à costa. Ele vai ficar me zoando para sempre.

— Cala a boca. Aposto que você nunca nem falou com uma garota. Você tem doze anos.

Theo ri, mas percebo um constrangimento surgir quando ele acha que não estou olhando. Ele fica quieto, apesar do tumulto ao nosso redor. Tem pelo menos mais cinco pessoas na cozinha agora, mas, como todos estão concentrados no trabalho, não tem ninguém prestando atenção na nossa conversa.

— Está a fim de alguém? — pergunto.

Ele dá de ombros.

— Mais ou menos.

As conversas que tenho com Theo costumam ser unilaterais. Apesar de ele adorar fazer perguntas, não responde a muitas, então sou cauteloso.

— É mesmo? — Tento responder casualmente para que ele conte mais. — Quem é ela?

Theo está olhando as próprias mãos. Está mexendo na cutícula do polegar, mas vejo seus ombros se abaixarem um pouco depois da minha pergunta, como se eu tivesse feito algo de errado.

Ou *dito* algo de errado.

— Ou *ele* — digo. Sussurro para garantir que só ele vai me escutar.

Theo me encara.

Ele nem precisa confirmar ou negar. Vejo a verdade estampada no medo que há por trás dos seus olhos. Volto a prestar atenção no preparo do peixe, e digo da maneira mais tranquila possível:

— Você estuda com ele?

Theo não responde de imediato. Não sei se eu sou a primeira pessoa para quem ele fez essa confissão, então quero ter a certeza de que vou tratá-la com o cuidado que ela merece. Quero que ele saiba que pode contar comigo, mas também espero que saiba que pode contar com o pai.

Theo olha ao redor para conferir se não tem ninguém parando perto da gente por tempo suficiente para acompanhar a conversa.

— Estamos juntos este ano no clube de matemática — dispara, com palavras rápidas e concisas, como se quisesse colocá-las para fora e nunca mais repeti-las.

— Seu pai sabe?

Theo balança a cabeça. Observo-o sufocar o que parecem ser pensamentos nervosos.

Largo a faca após terminar com as escamas e vou até a pia mais próxima de Theo para lavar as mãos.

— Conheço seu pai há muito tempo. Ele é um dos meus melhores amigos por um motivo. Eu não me envolvo com pessoas que não são boas. — Percebo que ele fica mais tranquilo quando digo isso, mas também noto que está constrangido e provavelmente quer mudar de assunto. — Eu até diria para você mandar uma mensagem para essa pessoa de quem gosta, mas você deve ser o único garoto de doze anos do mundo que não tem celular. Desse jeito, nunca vai namorar ninguém. Acho que vai passar o resto da vida solteiro e sem celular.

Theo se sente aliviado com a brincadeira.

— Ainda bem que você decidiu ser chef, e não terapeuta. Seus conselhos são uma porcaria.

— Estou ofendido. Meus conselhos são ótimos.

— Tudo bem, Atlas. Acredite no que quiser. — Ele parece relaxar e me acompanha enquanto volto para minha bancada. — Você chamou Lily para sair quando passou lá no trabalho dela?

— Não. Vou fazer isso hoje à noite. Vou ligar para ela quando chegar em casa.

Passo por Theo e bagunço seu cabelo a caminho do freezer.

— Ei, Atlas?

Eu paro. Os olhos dele estão repletos de preocupação, mas um dos garçons empurra as portas e passa entre a gente, impedindo Theo de dizer o que quer que ele estivesse prestes a dizer. Mas não é nem preciso falar nada.

— Não vou contar nada, Theo. O sigilo profissional vale para nós dois.

Isso parece tranquilizá-lo.

— Acho bom, porque se você contar para o meu pai, vou revelar suas cantadas bregas. — Theo põe as mãos nas bochechas, brincando. — Finalmente chegamos a uma prainha, minha golfinha.

Fulmino-o com o olhar.

— Não foi assim que aconteceu.

Theo aponta para o outro lado da cozinha.

— Olha ali! Chegamos à areia, minha querida sereia!

— Pare com isso.

— Lily, o que diabos rolou? Nosso barco quebrou!

Ele ainda está me seguindo pela cozinha e zombando de mim quando o turno do seu pai acaba. Nunca me senti tão feliz ao vê-lo ir embora.

8. Lily

São quase 21h30 e não tenho nenhuma chamada não atendida. Faz uma hora e meia que Emerson dormiu, e ela costuma acordar antes das 6h. Eu me deito por volta das 22h porque, se eu não dormir pelo menos oito horas, fico um verdadeiro zumbi. No entanto, se Atlas não ligar antes das 22h, tenho certeza de que nem vou conseguir pegar no sono. Vou ficar me perguntando se não deveria ter pedido desculpa mais umas setenta vezes por tê-lo escondido no armário.

Vou até a pia do banheiro para começar meu *skincare* noturno e levo meu celular. Não largo o aparelho desde que Atlas passou na floricultura na hora do almoço e disse que me ligaria à noite. Deveria ter perguntado a que *horas* à noite.

Para Atlas, hoje à noite pode significar 23h.

Para mim, pode significar 20h.

É provável que a gente tenha noções completamente diferentes de manhã e noite. Ele é um chef bem-sucedido que chega em casa para relaxar depois da meia-noite, enquanto eu já estou de pijama às 19h.

Meu celular faz um barulho, mas não é uma chamada de voz. É como se alguém estivesse me ligando pelo FaceTime.

Por favor, que não seja Atlas.

Não estou preparada para conversar por vídeo — acabei de passar um esfoliante facial! Olho o celular, e é óbvio que é ele.

Aceito a chamada e viro o celular rapidamente para que ele não possa me ver. Deixo-o na pia enquanto acelero o processo de limpeza.

— Você perguntou se podia me *ligar*. Isso é uma chamada de vídeo.

Ouço a risada dele.

— Não estou conseguindo te ver.

— Sim, é porque estou lavando o rosto e me preparando para dormir. Você não precisa me ver.

— Preciso sim, Lily.

A voz dele faz minha pele formigar. Viro a câmera e ergo o aparelho com uma expressão de *eu bem que avisei*. Ainda estou com uma toalha no cabelo molhado e com uma camisola que devia ser da minha avó, com o rosto ainda coberto de espuma verde.

O sorriso dele é charmoso e sexy. Ele está sentado na cama, usando uma camiseta branca, encostado numa cabeceira de madeira preta. Quando fui à casa dele, não cheguei a entrar em seu quarto. A parede ali é azul, tipo jeans.

— Com certeza valeu a pena fazer uma chamada de vídeo — diz ele.

Ponho o celular de volta na pia, agora virado para mim, e termino de lavar o rosto.

— Obrigada pelo almoço de hoje.

Não quero elogiá-lo demais, mas foi a melhor massa que já comi. E foi somente duas horas depois de ela ser preparada que pude parar e almoçá-la.

— Gostou da massa *por que você tá me evitando*, foi?

— Você sabe que estava uma delícia. — Vou até a cama após terminar no banheiro. Apoio o celular num travesseiro e me deito de lado. — Como foi o seu dia?

— Foi bom — responde ele, mas a maneira como sua voz fala baixo a palavra *bom* não é muito convincente.

Franzo a testa para lhe mostrar que não acreditei.

Atlas desvia o olhar da tela por um segundo, como se estivesse refletindo.

— É apenas uma semana daquelas, Lily. Mas está melhor agora.

Vejo um sorrisinho se formar em seus lábios, o que me faz sorrir também.

Nem preciso puxar papo. Encará-lo em total silêncio por uma hora já me alegraria.

— Qual é o nome do seu restaurante novo? — Já sei que é o sobrenome dele, mas não quero que ele saiba que o pesquisei no Google.

— Corrigan's.

— É o mesmo tipo de culinária do Bib's?

— Mais ou menos. É alta gastronomia, mas com um menu de inspiração italiana. — Ele se vira de lado, apoiando o celular em alguma coisa e ficando na mesma posição que eu. Isso me faz lembrar de antigamente, quando a gente ficava acordado até tarde, conversando na minha cama. — Não quero falar de mim. Como tem passado? Como anda a floricultura? E sua filha, como ela é?

— Quantas perguntas.

— Tenho muitas outras, mas comecemos por essas.

— Tá bom. Eu estou bem. Exausta na maior parte do tempo, mas imagino que é isso que dá ser empresária e mãe solo.

— Você não parece exausta.

Dou uma risada.

— É a iluminação boa.

— Quando Emerson completa um ano?

— No dia 11. Vou chorar, este primeiro ano passou rápido demais.

— É incrível o quanto ela se parece com você.

— Acha mesmo?

Ele faz que sim e diz:

— Mas e a floricultura? Está feliz com ela?

Balanço a cabeça e franzo a testa.

— Mais ou menos.

— Por que só "mais ou menos"?

— Sei lá. Acho que estou cansada dela. Ou vai ver estou cansada em geral. É muita coisa, é um trabalho maçante, e o retorno financeiro não é muito. Quero dizer, me orgulho do sucesso dela e de estar por trás disso tudo, mas às vezes fico sonhando com um trabalho automático tipo linha de montagem de alguma fábrica.

— Eu entendo — diz ele. — É tentadora a ideia de poder voltar para casa e não pensar no trabalho.

— Você acha chato ser chef em algum momento?

— De vez em quando. Foi por isso que abri o Corrigan's, para ser sincero. Decidi assumir mais o papel de proprietário e menos o de chef. Ainda cozinho várias noites por semana, mas passo boa parte do tempo cuidando da administração dos dois restaurantes.

— Você trabalha muitas horas?

— Muitas. Mas consigo achar uma noite livre para a gente.

Isso me faz sorrir. Fico mexendo no edredom, evitando contato visual porque sei que estou corando.

— Está me convidando para sair?

— Estou. Você topa?

— Posso arranjar uma noite livre também.

Agora nós dois estamos sorrindo. Mas então Atlas limpa a garganta, como se estivesse se preparando para fazer alguma ressalva.

— Posso te fazer uma pergunta difícil?

— Pode.

Tento disfarçar meu nervosismo em relação ao que ele está prestes a perguntar.

— Mais cedo, você mencionou que sua vida era complicada. Se isso... se *a gente*... se tornar alguma coisa, isso vai ser mesmo um problema para Ryle?

Nem hesito.

— Vai.

— Por quê?

— Ele não gosta de você.

— De mim em particular ou de nenhum cara com quem você se envolve?

Franzo o nariz.

— De você. De você em particular.

— Por causa da briga no meu restaurante?

— Por causa de muitas coisas — admito. Deito de costas e puxo o telefone junto. — Ele culpa você pela maioria das nossas brigas. — Atlas está nitidamente confuso, então explico tentando não deixar a situação constrangedora demais. — Lembra quando a gente era adolescente e eu escrevia num diário?

— Lembro. Apesar de você nunca me deixar ler nada.

— Bem, Ryle encontrou os diários. E leu todos. E não gostou do que leu.

Atlas suspira.

— Lily, a gente era adolescente.

— Pelo jeito, ciúme não tem prazo de validade.

Atlas comprime os lábios, como se estivesse tentando conter a frustração.

— Eu realmente odeio te ver estressada com a possível reação dele a coisas que nem sequer aconteceram. Mas eu entendo. Você está numa situação difícil. — Ele me olha para me tranquilizar. — Vamos dar um passo de cada vez, tudo bem?

— Um passo *bem devagar* de cada vez — sugiro.

— Combinado. Bem devagar. — Atlas ajusta o travesseiro debaixo da cabeça. — Eu via você com aqueles diários. Sempre me perguntei o que você escrevia sobre mim. *Se* você escrevia sobre mim.

— Quase tudo era sobre você.

— Você ainda os tem?

— Tenho. Estão numa caixa no meu armário.

Atlas se senta.

— Leia algum trecho para mim.

— Não. *De jeito nenhum.*

— Lily.

Ele me olha todo esperançoso e animado com a possibilidade, mas não posso ler meus pensamentos juvenis em voz alta pelo FaceTime. Estou ficando vermelha só de pensar.

— Por favor?

Cubro o rosto com a mão.

— Não, não implore.

Se ele não parar de me olhar assim, vou terminar cedendo aos seus olhos azuis pidões.

Ele vê que está me vencendo pelo cansaço.

— Lily, morro de curiosidade para saber o que você acha de mim desde a adolescência. Um parágrafo. É só o que peço.

Como posso dizer não? Solto um gemido e jogo o celular na cama, frustrada.

— Me dá dois minutos. — Vou até o armário e pego a caixa. Carrego-a até a cama e começo a folhear os diários à procura de algo que não me envergonhe tanto. — O que você quer que eu leia? Eu contando do nosso primeiro beijo?

— Não, a gente vai fazer tudo devagar, lembra? — diz ele brincando. — Comece com alguma coisa mais do início.

Assim fica bem mais fácil. Pego o primeiro diário e o folheio até encontrar algo que me parece curto e não tão humilhante.

— Lembra da noite em que te procurei chorando porque meus pais estavam brigando?

— Lembro — confirma. Ele se acomoda no travesseiro e coloca um braço atrás da cabeça.

Reviro os olhos.

— Isso, pode ficar mais confortável aí enquanto eu fico me constrangendo — resmungo.

— Sou eu, Lily. Somos *nós dois*. Não precisa ter vergonha de nada.

A voz dele ainda tem o mesmo efeito calmante de sempre. Sento-me de pernas cruzadas e seguro o celular com uma das mãos e o diário com a outra, e começo a ler.

Alguns segundos depois, a porta dos fundos se abriu e ele olhou para além de mim, depois para minha esquerda e para minha direita. Só quando ele me olhou no rosto percebeu que eu estava chorando.

— Você está bem? — perguntou, saindo para a varanda.

Usei minha blusa para enxugar as lágrimas, e percebi que ele tinha saído da casa em vez de me convidar para entrar. Eu me sentei no degrau da varanda, e ele se acomodou a meu lado.

— Estou bem — respondi. — Só estou zangada. Às vezes choro quando fico zangada.

Ele estendeu o braço e colocou meu cabelo atrás da orelha. Gostei disso, e de repente minha raiva diminuiu. Então, ele pôs o braço ao meu redor e me puxou para perto, deixando minha cabeça apoiada em seu ombro. Não sei como ele me acalmou sem dizer nada, mas foi o que aconteceu. A simples presença de algumas pessoas acalma, e com ele é assim. É o completo oposto de meu pai.

Ficamos sentados assim por um tempo, até que vi a luz de meu quarto se acender.

— É melhor você ir — sussurrou ele.

Nós dois vimos minha mãe parada no quarto, me procurando. Só naquele instante percebi a vista perfeita que ele tinha do quarto.

Enquanto voltava para casa, tentei pensar em todo o tempo que Atlas passara naquela casa. Tentei lembrar se eu tinha andado alguma vez com a luz acesa durante a noite, porque normalmente, quando estou no quarto à noite, fico só de camiseta.

E, olha só a maluquice, Ellen: eu torcia para ter feito isso, sim.

Lily

Atlas não está sorrindo quando termino de ler. Está me encarando com muita intensidade, e o peso em seu olhar me faz sentir um aperto no peito.

— A gente era tão jovem — comenta. Há um pouco de sofrimento em sua voz.

— Pois é. Jovens demais para lidar com aquelas coisas. Especialmente você.

Atlas não está mais olhando para o celular, mas assente. O clima mudou, e percebo que ele está pensando em algo completamente diferente. Lembro que ele tentou fazer pouco-caso de alguma coisa ao dizer que era *apenas uma semana daquelas.*

— O que está te incomodando?

Ele volta a olhar para o celular. Parece que vai mudar de assunto novamente, mas depois apenas suspira e sobe um pouco para se recostar na cabeceira.

— Alguém vandalizou os restaurantes.

— Os dois?

Ele assente.

— Sim. Começou uns dias atrás.

— Acha que é algum conhecido seu?

— Não é ninguém que eu reconheça, mas o vídeo da câmera de segurança não é muito nítido. Ainda não denunciei para a polícia.

— Por que não?

Ele franze a testa.

— Parece ser alguém mais jovem... Talvez um adolescente. Acho que me preocupo com a possibilidade de a pessoa estar na mesma situação que eu naquela época. Passando necessidade. — A tensão em seus olhos diminui um pouco. — E se a pessoa não tiver uma Lily para salvá-la?

Demoro alguns segundos para assimilar o que ele disse. Quando isso acontece, não sorrio. Engulo o nó na garganta, esperando que ele não veja minha reação. Não é a primeira vez que ele menciona que eu o salvei naquela época, mas, toda vez que diz isso, quero contestar suas palavras. Eu não o salvei. Tudo que fiz foi me apaixonar por ele.

Consigo ver *por que* me apaixonei por ele. Que proprietário se preocupa mais com a situação da pessoa que vandalizou seu estabelecimento do que com os danos causados?

— Atlas atencioso — sussurro.

— O quê? — pergunta ele.

Não queria ter dito em voz alta. Passo a mão no calor que se espalha pelo meu pescoço.

— Nada.

Atlas limpa a garganta, inclinando-se para a frente. Um sorriso sutil se forma.

— Voltemos ao seu diário — sugere. — Bem que me perguntei se você sabia que eu conseguia ver o interior do seu quarto pela janela naquela época, porque, depois daquela noite, você deixou a luz acesa um bocado de vezes.

Dou uma risada, contente por ele ter tornado o clima mais leve.

— Você não tinha televisão. Queria que tivesse alguma coisa para ver.

Ele solta um gemido.

— Lily, você *precisa* me deixar ler o restante.

— Não.

— Você me trancou num armário hoje. Me dar permissão para ler seus diários seria uma boa maneira de se desculpar.

— Achei que você não tivesse se ofendido.

— Acho que pode ser uma reação atrasada. — Ele começa a assentir devagar. — Pois é... Estou começando a senti-la agora. Estou *muito* ofendido.

Estou rindo quando Emmy começa a chorar do outro lado do corredor. Suspiro porque não quero desligar, mas não sou daquelas mães que conseguem deixar o filho chorar até cansar.

— Emmy está acordando. Preciso desligar. Mas você está me devendo um jantar.

— É só dizer quando — Atlas responde.

— Não trabalho aos domingos, então seria bom num sábado.

— Amanhã é sábado — observa ele. — Mas a gente vai fazer tudo devagar.

— Bom... mas é bem devagar se a gente contar a partir do dia em que nos conhecemos. Assim, são anos entre o momento em que te conheci e o nosso primeiro encontro.

— Às 18 horas?

Sorrio.

— Às 18 horas está perfeito.

Assim que digo isso, Atlas fecha os olhos por dois segundos.

— Espera. Não posso amanhã. *Merda.* Vai ter um evento no restaurante e preciso estar lá. Que tal domingo?

— No domingo eu fico com Emmy. Prefiro esperar um pouco antes de vocês conviverem.

— Eu entendo. E no próximo sábado?

— Isso me daria tempo de arranjar alguém para cuidar dela.

Atlas sorri.

— Marcado então. — Ele se levanta e começa a andar pelo quarto. — Você não trabalha aos domingos, né? Posso te ligar neste domingo?

— Quando você diz ligar, está falando de chamada de vídeo? Quero estar preparada da próxima vez.

— Você não estaria despreparada nem se tentasse — diz ele. — E, sim, vai ser pelo FaceTime. Por que perder tempo com uma chamada de voz quando eu posso te ver?

Gosto desse lado paquerador de Atlas. Preciso morder o lábio inferior por dois segundos para conter o sorriso.

— Boa noite, Atlas.

— Boa noite, Lily.

Até a maneira como ele me fita intensamente enquanto se despede faz meu estômago dar uma cambalhota. Encerro a chamada e pressiono o rosto no travesseiro. Solto um gritinho como se tivesse dezesseis anos de novo.

9. Atlas

— Quero ver uma foto — diz Theo.

Ele está sentado nos degraus dos fundos, me observando catar cacos de vidro e um monte de lixo após o terceiro incidente, que ocorreu ontem à noite. Brad me ligou hoje de manhã para avisar que o Bib's tinha sido vandalizado de novo. Ele e Theo me encontraram aqui para fazer a limpeza, apesar de eu ter dito que ele não precisava vir. Odeio quando meus funcionários precisam vir para o restaurante no único dia da semana em que estamos fechados.

— Não tenho nenhuma foto dela — digo para Theo.

— Então ela é baranga?

Jogo a caixa de vidro na caçamba.

— Ela é linda e muita areia para o meu caminhãozinho.

— Mesmo uma baranga já seria areia demais para o seu caminhãozinho — responde ele, sério. — Ela não usa redes sociais?

— Usa, mas o perfil é fechado.

— E você não é amigo dela em nada? Facebook? Instagram? Você sequer tem Snapchat?

— Como você conhece o Snapchat? Você nem tem celular.

— Eu me viro.

O pai dele sai do restaurante com um saco de lixo. Ele o abre e nós dois começamos a jogar parte do lixo espalhado dentro dele enquanto Theo continua nos degraus.

— Eu até ajudaria, mas acabei de tomar banho — justifica ele.

— Você tomou banho ontem — retruca Brad.

— Pois é, e ainda estou limpinho. — Theo volta a atenção para mim. — Você usa redes sociais?

— Não, não tenho tempo para essas coisas.

— Então como sabe que os perfis dela são fechados?

Eu a pesquisei na internet algumas vezes, e, por mais que eu não queira admitir isso, acho que não existe ninguém no planeta que não tenha dado um Google em pessoas do próprio passado.

— Eu já dei uma procurada por ela. Mas é preciso ter um perfil e seguir Lily para poder ver as coisas dela.

— Então faça um perfil e a siga — sugere. — Olha, às vezes você dificulta as coisas desnecessariamente.

— É complicado. O ex-marido dela não gosta de mim, e se ele visse que somos amigos, talvez isso fosse um problema para Lily.

— Por que ele não gosta de você? — pergunta Theo.

— A gente brigou. Aqui no restaurante, pra dizer a verdade — digo, apontando a cabeça para o prédio.

Theo ergue um pouco as sobrancelhas.

— Sério? Tipo briga mesmo?

Brad endireita a postura.

— Espera. Aquele cara é o *marido* da Lily?

— Achei que você soubesse — respondo.

— Nenhum de nós sabia quem ele era nem por que você estava brigando com ele. Mas foi a única vez que vi você expulsar alguém do restaurante. Agora faz todo o sentido.

Acho que é a primeira vez que falo disso desde que aconteceu. Lembro que, naquela noite, fui embora logo após a briga com Ryle, então ninguém teve a oportunidade de me perguntar nada. Quando voltei ao trabalho na segunda seguinte, as pessoas provavelmente notaram meu humor e constataram que eu ainda não estava a fim de falar do ocorrido.

— Por que vocês brigaram? —Theo insiste.

Dou uma olhada de relance para Brad, pois ele sabe pelo que Lily passou. Ela contara para ele e para Darin lá em casa. Porém, Brad parece estar querendo que eu decida se devo ser sincero com Theo ou não. Costumo ser sincero com quase tudo, mas não cabe a mim falar do passado de Lily.

— Nem lembro mais — falo baixinho.

Eu até acho que este poderia ser um bom momento para ensinar a Theo como não se deve tratar alguém com quem você está se relacionando, mas não me sinto à vontade para falar dessa parte da vida da Lily sem que ela esteja presente. É também uma parte da vida dela na qual eu não deveria ter interferido, embora eu não me arrependa do que fiz. Por mais que minha reação tenha sido imatura naquela noite em que bati em Ryle, eu me contive. Queria fazer mais do que apenas dar um murro nele. Nunca sentira tanta raiva de outro ser humano — nem mesmo da minha mãe ou do meu padrasto. Nem mesmo do pai da Lily.

Uma coisa é não gostar de alguém pelo jeito como ele age comigo, mas é uma raiva totalmente diferente quando a pessoa que mais admiro no mundo está sendo maltratada.

Meu celular começa a vibrar no bolso. Pego-o depressa e vejo que é Lily retornando minha chamada de vídeo de uma hora atrás. Ela estava dirigindo e disse que me ligaria quando chegasse em casa.

Trocamos várias mensagens desde nossa conversa na sexta, mas eu estava querendo muito falar com ela cara a cara de novo.

— É ela? — pergunta Theo, se animando.

Faço que sim e tento passar por ele nos degraus, mas ele se levanta e entra comigo no restaurante.

— É sério? — digo, me virando para ele.

— Quero ver como ela é.

Preciso aceitar a chamada antes de perdê-la, então deslizo o dedo na tela enquanto tento fechar a porta, deixando Theo do lado de fora.

— Te mostro um print depois. Agora vai ajudar seu pai. — O vídeo conecta, e Theo ainda está tentando entrar à força. — Oi — digo, sorrindo para Lily na tela.

— Oi — responde ela.

— Deixa eu ver — sussurra Theo, colocando o braço ao redor da porta para tentar agarrar meu celular.

— Só um instantinho, Lily. — Encosto o celular no peito para que ela não possa ver nada, depois abro a porta o bastante para que eu consiga pressionar a mão na cara do Theo. Faço-o descer do degrau mais alto. — Brad, venha buscar seu filho.

— Theo, vem cá — chama Brad. — Me ajuda aqui.

Theo parece contrariado, mas ele finalmente cede e se vira para o pai.

— Mas eu estou *limpo* — murmura ele.

Fecho a porta e afasto o celular do peito. Lily está rindo.

— O que foi isso?

— Nada. — Vou até meu escritório e tranco a porta para ter privacidade. — Como está sendo seu dia? — Eu me sento no sofá.

— Bom. Acabamos de voltar do almoço com minha mãe e o namorado dela. Fomos a uma lanchonete pequena em Borden. Era bonitinha.

— Como ela está? — Não conversamos sobre os pais dela, exceto quando ela mencionou que o pai tinha falecido.

— Está ótima — responde Lily. — Está namorando um cara chamado Rob. Ele a faz feliz, embora seja um pouco estranho vê-la toda animadinha por causa de um homem. Mas eu gosto dele.

— Ela está morando em Boston agora?

— Está. Ela se mudou depois que meu pai morreu, para ficar mais perto de mim.

— Que bom. Fico feliz de saber que você tem família aqui.

— E você? Seu tio ainda mora em Boston?

Meu tio?

Ah. Verdade, eu falei isso para ela. Aperto minha nuca e me contraio.

— Meu tio... — Não lembro exatamente qual foi a mentira que contei naquela época, faz muito tempo. — Meu tio faleceu quando eu tinha nove anos, Lily.

Ela franze a testa, confusa.

— Não, você foi morar com um tio quando tinha dezoito anos. Foi por isso que você foi embora.

Suspiro, querendo poder voltar no tempo e mudar a maior parte do nosso tempo juntos naquela época e as coisas que eu disse ou deixei de dizer para ela a fim de poupar seus sentimentos. Mas quem é que não voltaria no tempo se pudesse mudar a própria adolescência?

— Eu menti. Não tinha nenhum tio em Boston naquela época.

— O quê? — Ela ainda está balançando a cabeça, tentando entender. Não parece zangada, contudo. Parece mais confusa do que qualquer outra coisa. — Então com quem você foi morar?

— Com ninguém. Eu não podia continuar entrando escondido no seu quarto para sempre. Sabia que aquilo não terminaria bem, e, tirando você, não havia nada naquela cidade que pudesse melhorar minha situação. Boston tinha abrigos e recursos. Disse a você que meu tio ainda estava vivo para que não se preocupasse comigo.

Lily recosta a cabeça na cabeceira e fecha os olhos um pouco.

— Atlas. — Ela diz meu nome com compaixão. Quando abre os olhos de novo, parece estar tentando não chorar. — Nem sei o que dizer. Achei que você tivesse uma família.

— Desculpe por ter mentido. Não foi por maldade, eu só queria poupar...

— Não se desculpe — ela me interrompe. — Você fez o que era certo. O inverno estava chegando, e talvez você não tivesse sobrevivido naquela casa. — Ela enxuga uma lágrima. — Não consigo nem imaginar como deve ter sido difícil... se mudar para Boston com aquela idade, sem nada. Sem ninguém.

— Deu certo — digo, abrindo um sorriso. — Deu tudo certo. — Estou tentando acabar com a tristeza que acabo de causar. — Não pense na nossa situação naquela época, pense apenas na nossa situação agora.

Ela sorri.

— Onde você está agora? Esse é seu escritório?

— É, sim. — Vou virando o celular para que ela possa ver um pouco do espaço. — É pequeno. Só tem um sofá e um computador, mas quase nunca estou aqui. Passo a maior parte do tempo na cozinha.

— Você está no Bib's?

— Isso. Os dois restaurantes fecham aos domingos. Estou aqui só dando uma geral.

— Não vejo a hora de ir ao Corrigan's. É lá que a gente vai jantar no sábado?

Dou uma risada.

— De jeito nenhum eu te levaria para algum restaurante meu no nosso encontro. As pessoas com quem trabalho são curiosas demais em relação à minha vida pessoal.

Ela sorri.

— Engraçado, eu também tenho curiosidade em relação à sua vida pessoal.

— Para você, eu sou um livro aberto. O que gostaria de saber?

Ela reflete por vários segundos, depois fala:

— Quero saber quem são as pessoas na sua vida. Você não tinha ninguém quando a gente era adolescente, mas agora é adulto, tem restaurantes e amigos e uma vida inteira sobre a qual não sei quase nada. Quem são suas pessoas, Atlas Corrigan?

Nem sei como responder a isso sem ser rindo.

Ela não retribui meu sorriso, entretanto, o que me faz pensar que está perguntando mais por preocupação do que por curiosidade. Olho-a carinhosamente, querendo diminuir parte de sua apreensão.

— Eu tenho amigos — digo. — Você conheceu alguns deles há um tempo, lá em casa. Não tenho família, mas não sinto isso como um vazio. Gosto da minha carreira e da minha vida. — Faço uma pausa, e depois digo algo com toda a franqueza: — Eu sou feliz, se é isso que está querendo saber.

Vejo o canto da sua boca se erguer.

— Que bom. Sempre quis saber onde você tinha ido parar. Tentei te achar nas redes sociais, mas não tive sorte.

Volto a rir com isso, pois Theo e eu acabamos de ter essa conversa.

— Não uso muito as redes sociais. — Se eu dissesse a Lily que as usaria todos os dias se os perfis dela não fossem fechados, Theo talvez me dissesse que essa confissão iria assustá-la. — Fiz perfis para os restaurantes, mas são dois funcionários meus que cuidam deles. — Encosto a cabeça no sofá. — Sou ocupado demais para essas coisas. Baixei o TikTok alguns meses atrás, mas foi um erro. Passei horas vidrado certa noite e perdi uma reunião na manhã seguinte. Apaguei o aplicativo no mesmo dia.

Lily dá uma risada.

— Eu faria praticamente qualquer coisa para te ver fazendo vídeos para o TikTok.

— Não vai rolar.

Alguma coisa chama a atenção de Lily por um instante, então ela começa a se erguer na cama, mas para.

— Espera um momentinho, preciso largar o celular.

Ela solta o celular, mas acho que não percebe que ele esbarra em alguma coisa e vira, ficando inclinado. A câmera está apontada para ela, e vejo-a ajustar Emerson de um seio para o outro. São apenas alguns segundos, quase rápido demais para eu perceber o que está acontecendo antes que acabe. Não acho que ela queria que a câmera estivesse virada para ela.

Quando ela percebe o celular, seus olhos se arregalam por um segundo e depois a tela fica preta assim que sua mão o pega. Quando a câmera está apontada para seu rosto de novo, ela está cobrindo o rosto com os dedos bem abertos.

— Mil desculpas.

— Pelo quê?

— Acho que acabei de te mostrar meus peitos.

— Sim, mas não precisa se desculpar por algo assim. Eu é que devo agradecer.

Ela ri, parecendo gostar do comentário.

— Nada que você não tenha visto antes — comenta, dando de ombros de uma maneira encantadoramente encabulada. Ela ajusta o travesseiro debaixo do braço que está usando para segurar Emerson enquanto a amamenta. — Estou tentando fazer o desmame, pois ela está prestes a completar um ano. Já diminuímos para uma vez por dia, mas no domingo é difícil porque passo o dia inteiro com ela. — Lily franze o nariz. — Desculpe. Duvido que você queira saber detalhes sobre amamentação.

— Se for você falando, eu não consigo pensar em nenhum assunto que me entediaria.

— Ah, aposto que consigo pensar em alguma coisa antes do nosso jantar — afirma ela, tratando meu comentário como se fosse um desafio.

Não consigo ver Emerson, mas dá para perceber que Lily está olhando para ela, pois tem um sorriso no rosto que eu só vejo quando está falando da filha ou a vendo. É um sorriso que vem do orgulho, e uma das expressões que mais gosto de ver estampada no rosto de Lily.

— Ela está pegando no sono — sussurra Lily. — Preciso desligar.

— Pois é, melhor eu ir também.

Não quero deixar Brad e Theo fazendo a maior parte da limpeza lá fora sem mim.

— Talvez eu te ligue mais tarde, pode ser? — sugere ela.

— É óbvio que sim.

Lembro que Theo disse que queria ver uma foto de Lily, então, antes de ela encerrar a chamada, tiro um print. O celular faz um barulho óbvio de foto, e Lily vira a cabeça com curiosidade.

— Você tirou um...?

— Eu queria uma foto sua — digo rapidamente. — Tchau, Lily.

Encerro a chamada antes que eu fique envergonhado demais. Não fazia ideia de que o celular iria fazer um barulho e de que ela conseguiria ouvi-lo. Acho bom Theo dar valor ao que eu fiz.

Abro a porta do escritório e vejo Brad varrendo a cozinha. Fico confuso, já que a cozinha é limpa depois que fecham o restaurante, e os danos causados de madrugada foram apenas do lado de fora.

— Não fizeram a limpeza do piso ontem à noite?

— Está tudo bem com a cozinha, só estou fingindo varrer — explica. Brad vê a perplexidade em meu rosto, então continua: — Queria que Theo fizesse a limpeza da maior parte da bagunça lá fora, já que ele odeia tanto. É coisa de pai.

— Ah. Faz sentido.

Não faz *nenhum* sentido, mas deixo Brad fingindo que está varrendo e volto lá para fora.

Theo está fazendo uma careta enquanto usa o polegar e o indicador para erguer algo que vai para o lixo.

— Que nojo — murmura ele, colocando o lixo no saco. — Você precisa contratar um segurança particular ou algo assim. Isso já está fora de controle.

Não é uma má ideia.

Ergo o celular na frente dele para que veja o print da chamada com a Lily.

Ele recua, surpreso.

— Essa é a Lily?

— Essa é a Lily.

Guardo o celular no bolso e pego o saco de lixo de Theo.

— Agora está explicado.

Ele se senta no degrau mais alto.

— O que está explicado?

— Por que você fica sem saber o que dizer perto dela e acaba falando aquelas cafonices.

Não acho que as coisas que digo a ela são cafonices, mas ele tem razão quanto a uma coisa: ela é tão linda que às vezes não sei o que dizer quando estou perto dela.

— Não vejo a hora de você começar a namorar — digo. — Vou te zoar tanto.

10. Lily

— Mãe, não tem problema. Sério. — Estou segurando o celular entre a bochecha e o pescoço. — Já estou na casa da Allysa, não é problema nenhum.

— Tem certeza? Rob disse que poderia cuidar dela.

— Não, Rob precisa cuidar de você.

— Está bem. Diga a Emmy que a vó sente muito.

— Vó? É assim que vai ser chamada agora?

— Estou apenas testando — explica. — Não gosto de "vovó".

Ela já se chamou de avó de quatro maneiras diferentes desde que Emmy nasceu, mas nenhuma delas pegou.

— Amo você, mãe. Melhoras.

— Também amo você.

Encerro a ligação e tiro Emmy da cadeirinha. É um alívio ver que o carro de Ryle não está na vaga dele. Não estava planejando passar aqui no prédio onde ele e Allysa têm apartamentos, mas minha mãe e Emmy ficaram doentes esta semana.

Quando fui buscá-la na casa da minha mãe, Emmy estava com um pouco de febre. Ficou mais alta por volta das 2h da manhã, e nada do que fiz ajudou, mas já tinha passado quando precisei me arrumar para ir trabalhar hoje. Porém, hoje à tarde minha mãe começou a se sentir péssima, então precisei buscar Emmy durante o trabalho. Tive um momento de pânico, porque hoje é meu jantar com Atlas. Pensei que precisaria cancelar, mas Allysa me salvou.

Não contei a ela por que precisaria de uma babá. Mandei mensagem perguntando se ela podia cuidar da Emmy por algumas horas hoje, e ela respondeu com uma única palavra:

Óbvio.

Avisei a ela que Emmy teve febre ontem à noite, mas Emmy e Rylee passam tanto tempo juntas que faz meses que paramos de nos preocupar com a possibilidade de uma transmitir alguma doença para a outra, o que acontece semana sim, semana não. Emmy provavelmente até pegou a febre de Rylee.

Bato à porta de Allysa, e depois de abri-la, ela vai logo pegando Emerson.

— Vem cá — diz ela, depois puxa Emmy para perto de si e a aperta. — Que cheirinho gostoso. Rylee não tem mais cheiro de bebê e isso me deixa triste. — Ela abre mais a porta para me convidar para entrar, e quando entro segurando a bolsa maternidade, Allysa finalmente repara na minha roupa. — Calma aí. — Ela aponta para o meu corpo com o dedo. — Que história é essa? Por que vou ficar de babá mesmo, hein?

Não quero dizer para onde eu vou, mas é Allysa. Ela me entende mais do que ninguém. Vê a hesitação no meu rosto e compreende na mesma hora.

— Vai *sair com um cara?* — sussurra ela, fechando a porta em seguida. — É o deus grego?

— Atlas. Isso. Por favor, não conte para o seu irmão.

Bem na hora em que digo isso, percebo Marshall parado na sala de estar. Ele imediatamente cobre os ouvidos e diz:

— Não ouvi nada. Não vi nada. Lá-lá-lá-lá-lá.

Ele passa por nós e vai para a cozinha.

Allysa acena com a mão para que eu não me preocupe.

— Não esquenta, ele sabe ser bem imparcial. — Ela gesticula para que eu a acompanhe até a sala de estar. Rylee está num cercadinho, então Allysa leva Emmy até ela. — Rylee, veja só quem está aqui!

Rylee sorri ao ver Emmy. As meninas estão começando a demonstrar entusiasmo na presença uma da outra. Adoro o fato de elas terem mais ou menos a mesma idade. Os seis meses de diferença importam cada vez menos.

— Aonde ele vai te levar?

Passo as mãos na minha roupa e espano um fiapo.

— Vamos jantar, mas nunca fui neste restaurante. Espero não estar arrumada demais.

— É a primeira vez que vai sair com ele? Você parece nervosa.

— Sim, é a primeira vez, e eu *estou* nervosa. Mas é um nervosismo diferente. Um nervosismo bom. Eu já o conheço tão bem, então não me sinto como se estivesse indo jantar com um desconhecido.

Allysa me observa por um instante com um olhar afetuoso.

— Você parece animada. Estava sentindo falta de te ver assim.

— É, eu também. — Eu me abaixo para me despedir de Emmy e Rylee. — Não volto muito tarde. Preciso passar na floricultura e fechar para a Lucy, então ele vai me buscar lá. Devo voltar umas 21h30. Tente mantê-la acordada até lá, se não for problema.

— Por que vai voltar tão cedo? Que sem graça.

— Não dormi ontem à noite, estou exausta. Mas não quero cancelar o jantar, então vou dar um jeito.

— Ah, a maternidade... — diz Allysa, revirando os olhos. — Eu vou mantê-la acordada, pode ir se divertir. Tome um café, um energético ou algo assim.

Já nem sei mais quantos cafés tomei hoje.

— Amo você, obrigada por me salvar — digo, enquanto saio pela porta.

— É para isso que estou aqui — cantarola ela.

11. Atlas

Queria que o dia passasse mais rápido, então decidi ajudar na cozinha do Bib's, mesmo tendo chamado a equipe inteira para a noite de hoje. Agora estou fedendo a alho. É a terceira vez que tento esfregar as mãos para tirar o cheiro, mas não adiantou. Porém, se eu não sair agora, vou me atrasar para buscá-la.

Estamos indo devagar, então vou encontrá-la no trabalho dela, e não em seu apartamento. Não faço ideia de onde esteja morando agora, nem sei se ainda mora no mesmo prédio onde estive quase dois anos atrás, quando ela precisou de ajuda. Por algum motivo, não mencionamos as nossas casas quando conversamos. Ela provavelmente não sabe que vendi minha casa e me mudei para a cidade no início do ano. Estou curioso para saber a que distância estamos um do outro agora.

— Estou sentindo cheiro de perfume — Darin comenta depois de passar por mim. Ele para de andar na direção do freezer e se vira para me dar uma encarada. — Você passou perfume? Por que está arrumado?

Cheiro as mãos.

— Não estou com cheiro de alho?

— Não, está com cheiro de quem vai sair. Vai sair mesmo?

— Estou saindo. Mas volto mais ou menos na hora de fechar. Pensei em passar a noite aqui e ver se consigo flagrar quem quer que esteja vandalizando os restaurantes.

Houve um período de vários dias de calmaria entre os incidentes, mas ontem à noite fomos atacados de novo, apesar de os estragos não terem sido grandes. Desta vez, a pessoa apenas espalhou o lixo por toda parte outra vez. É bem mais fácil limpar lixo do que refazer a pintura. Talvez seja porque Brad sempre traz Theo para ajudar. Eu deveria avisar a Theo que, quanto mais ele reclama de uma tarefa, mais provável é que ele seja obrigado a fazê-la.

Esta noite pretendo confrontar a pessoa que está causando os problemas para ver se consigo entender seus motivos e convencê-la a parar antes que seja preciso envolver a polícia. Tenho certeza de que a maioria das coisas pode ser resolvida com uma conversa simples e franca, em vez de uma intervenção dramática, mas não faço ideia de com quem estou lidando.

Darin se aproxima e diz em voz baixa:

— Com quem vai sair? Com a Lily?

Seco as mãos numa toalha e assinto.

Darin sorri e se afasta. Gosto de ver que meus amigos gostam de Lily. Eles a mencionaram algumas vezes depois da nossa noite de pôquer, mas acho que notaram que aquilo me incomodou. Eu não gostava de falar da Lily quando ela não fazia parte da minha vida.

Agora, no entanto, é possível que ela esteja de volta. Talvez. É por isso que estou tão nervoso, pois sei que sair comigo esta noite é um grande risco para ela. Se as coisas entre nós progredirem, isso afetará sua vida de uma maneira negativa. Talvez seja por isso que, duas horas atrás, comecei a me sentir imensamente pressionado para garantir que nosso jantar esteja à altura dela.

Mas estou com cheiro de alguém que tem pavor de vampiros, então as coisas já não estão correndo muito bem.

Paro no estacionamento quando faltam cinco minutos para as 18h. Lily devia estar me esperando, pois sai da floricultura e tranca a porta atrás de si antes mesmo de eu sair do carro.

Assim que a vejo, fico ainda mais nervoso. Ela está linda. Está de macacão preto e salto alto. Lily veste o casaco e me encontra no meio do estacionamento.

Eu me aproximo e a cumprimento com um beijo rápido na bochecha.

— Você está maravilhosa.

Juro que ela cora um pouco depois que digo isso.

— Estou mesmo? Não dormi ontem à noite. Parece que estou com cara de uma senhora de noventa anos.

— Por que não dormiu?

— Emmy passou a noite inteira com febre. Ela está melhor agora, mas... — Lily boceja. — Desculpe. Acabei de tomar café, daqui a pouco o efeito bate.

— Tudo bem. Eu não estou cansado, mas estou com cheiro de alho.

— Eu gosto de alho.

— Que bom.

Lily se inclina para trás e olha para a própria roupa.

— Eu não sabia o que vestir, nunca fui a esse restaurante.

— Nem eu, então não faço ideia. Mas posso apostar que vai se sair bem.

Escolhi um restaurante novo que eu estava querendo conhecer. Fica a uns quarenta e cinco minutos de carro, mas imaginei que assim teríamos tempo de botar a conversa em dia no caminho.

— Tenho um presente para você — anuncia ela. — Está no meu carro. Vou pegar.

Eu a acompanho até o carro e a vejo pegar alguma coisa no porta-luvas. Quando ela me entrega, não consigo deixar de sorrir.

— É seu diário?

Ela leu outro trecho curto para mim ontem à noite, mas ficou tão envergonhada de ler em voz alta que preferiu parar.

— É um deles. Vamos ver como vai ser a noite antes que eu te dê o outro.

— Sem pressão.

Acompanho-a até meu carro e abro a porta do carona para ela. Ela começa a bocejar de novo enquanto fecho sua porta.

Eu me sinto mal, como se talvez ela estivesse cansada demais para o nosso jantar. Não faço ideia de como é cuidar de uma criança. Parece egoísmo da minha parte não sugerir que remarquemos, então, antes de dar a ré, eu digo:

— Se você preferir voltar para casa e dormir, podemos sair no próximo fim de semana.

— Quero que tenhamos o nosso encontro, Atlas. Vou dormir quando estiver morta. — Ela afivela o cinto de segurança. — Você está mesmo com cheiro de alho.

Acho que está brincando. Ela costumava fazer muitas piadas quando éramos mais jovens. Era uma das coisas de que eu mais gostava nela: Lily sempre parecia estar de bom humor, apesar de todas as coisas ruins que a cercavam. É a mesma força que admirei nos dias que passamos juntos após ela descobrir que estava grávida na emergência do hospital. Sei que foi um dos piores momentos da sua vida, mas ela conseguiu sorrir enquanto lidava com tudo, e até passou uma noite inteira impressionando meus amigos com seu humor durante uma noite de pôquer.

Todos enfrentam o estresse à sua própria maneira, e nenhuma delas é necessariamente errada, mas Lily o enfrenta com leveza. E leveza é a qualidade que mais acho atraente nos outros.

— Como conseguiu uma noite de sábado livre? — pergunta Lily.

Odeio estar dirigindo, pois queria olhar para ela enquanto respondo. Nunca a vi tão... mulherão? Isso é um elogio? Nem sei. Nem devia dizer isso em voz alta caso não seja, mas, quando Lily e eu nos apaixonamos, nós dois não éramos o que consideraríamos adultos. Mas hoje é diferente. Somos adultos com carreiras, e ela é mãe, dona do próprio negócio e independente. *Isso é sexy pra cacete.*

O único outro momento que passei com ela já adulto foi quando ela, tecnicamente, ainda estava com Ryle, então me parecia errado pensar nela como estou pensando agora. *Com desejo.*

Eu me concentro no trajeto e tento não criar uma pausa na conversa, mas acho que estou um pouco nervoso. Isso me surpreende.

— Como consegui a noite livre... — digo, fingindo que estou pensando na pergunta e não no quanto quero admirá-la. — Eu contrato pessoas de confiança.

Lily sorri.

— Você sempre trabalha nos fins de semana?

Faço que sim.

— Costumo tirar apenas o domingo de folga, quando nós fechamos. Às vezes, descanso na segunda.

— O que você mais curte no seu trabalho?

Hoje ela está cheia das perguntas. Olho-a de soslaio e sorrio.

— Ler as avaliações.

Ela faz um murmúrio, chocada.

— Como? — diz ela. — Você disse *avaliações*? Lê as avaliações que fazem dos seus restaurantes?

— Cada uma delas.

— *O quê?* Meu Deus, qual o seu nível de segurança em si mesmo? Eu deixo nossas redes sociais a cargo de Serena só para *evitar* as avaliações.

— As suas são ótimas.

Ela praticamente vira o corpo inteiro para mim.

— Você lê as *minhas* avaliações?

— Leio as avaliações de todos os estabelecimentos cujos donos eu conheço. Acha esquisito?

— Não é *não* esquisito.

Dou a seta.

— Gosto de ler avaliações. Acho que as avaliações de um estabelecimento refletem o dono, e quero saber o que as pessoas acham dos meus restaurantes. As críticas construtivas ajudam. Não tenho a experiência de cozinha que muitos chefs têm, e as críticas ensinam muito.

— E o que você ganha lendo as avaliações dos estabelecimentos de *outras* pessoas?

— Nada, na verdade. Só acho divertido.

— Eu tenho alguma avaliação negativa? — Lily desvia a vista, virando-se parcialmente para olhar para a frente de novo. — Esqueça, não responda. Vou só fingir que todas são boas e que todo mundo ama as minhas flores.

— Mas todo mundo ama *mesmo* as suas flores.

Ela comprime os lábios, tentando não sorrir.

— O que você *menos* curte no seu trabalho?

Adoro o fato de ela estar me fazendo perguntas tão aleatórias. Isso me lembra daquelas noites em que ficávamos acordados até tarde e ela me fazia um monte de perguntas sobre mim.

— Até a semana passada, eram as inspeções da vigilância sanitária.

— Por que até a semana passada? O que mudou?

— O vandalismo.

— Aconteceu de novo?

— Pois é, duas vezes nesta semana.

— E você ainda não faz ideia de quem seja?

Balanço a cabeça.

— Nenhuma.

— Você tem alguma ex-namorada esquentada?

— Ah, duvido que seja isso. Não seria do feitio delas.

Lily tira os saltos e põe uma das pernas no banco para ficar mais confortável.

— Quantos namoros sérios você teve?

Ela quer saber sobre isso. Tá bom, então.

— Defina "sério".

— Sei lá. Mais de dois meses?

— Um — respondo.

— Quanto tempo vocês ficaram juntos?

— Pouco mais de um ano. Eu a conheci quando estava na Marinha.

— Por que vocês terminaram?

— Nós fomos morar juntos.

— Foi por isso que terminaram?

— Acho que morar juntos nos fez perceber mais rápido que éramos incompatíveis. Ou talvez a gente só estivesse em momentos diferentes da vida. Eu estava concentrado na minha carreira, e ela, na roupa que usaria nas boates às quais eu não ia por estar cansado demais. Quando saí da Marinha e voltei para Boston, ela ficou lá e foi morar num loft com duas amigas.

Lily ri.

— Não consigo te imaginar numa boate.

— Pois é. Acho que é por isso que estou solteiro. — Meu telefone toca com uma ligação do Corrigan's, interrompendo a gente antes que eu possa lhe perguntar o mesmo. — Preciso atender — digo.

— Vá em frente.

Atendo pelo bluetooth. É só um problema com um freezer, mas preciso fazer mais duas ligações antes de resolver a situação enviando um técnico até lá para consertá-lo. Quando finalmente consigo prestar atenção em Lily de novo, olho para ela e vejo que está dormindo, com a cabeça encostada no ombro. Ouço um pequeno ronco vindo dela.

Pelo jeito, o efeito do café não bateu.

Deixo-a dormir durante todo o percurso até o restaurante. Chegamos quando faltam dez minutos para as 19h. Está escuro e o restaurante parece cheio, mas temos alguns minutos antes de eu precisar dar nosso nome para a reserva, então a deixo descansar.

Seu ronco é tão encantador quanto ela. É delicado, quase baixo demais para ser ouvido. Faço um pequeno vídeo para poder provocá-la mais tarde, então estendo o braço para o banco de trás e pego seu diário. Sei que ela disse que eu não deveria ler na frente dela, mas, tecnicamente, não é o que estou fazendo. Ela está dormindo.

Abro na primeira página e começo a ler.

Leio o primeiro texto que escreveu, completamente fascinado. Sinto como se estivesse quebrando alguma regra ao ler isso, mas foi ela quem trouxe o diário.

Leio o segundo texto. Depois o terceiro. Então abro o aplicativo da reserva e a cancelo, pois, a não ser que eu acorde Lily neste exato momento, vamos nos atrasar. Prefiro que nossa mesa vá para outra pessoa, porque ela parece estar precisando desse sono há um bom tempo.

E quero ler mais uma entrada do diário. Quando acordar eu a levo para jantar em algum outro restaurante.

Cada palavra no diário me faz voltar à nossa adolescência. São muitos os momentos em que quero rir das coisas que ela diz e de como as diz, mas me controlo porque não quero assustá-la.

Acabo lendo um trecho que tenho quase certeza ser sobre o nosso primeiro beijo. Olho o relógio e já faz meia hora que estamos aqui, mas Lily continua dormindo pesado e não posso parar no meio do texto. Continuo lendo, torcendo para que ela durma por tempo o bastante para que eu consiga chegar até o fim.

— Preciso te contar uma coisa — disse ele.

Prendi a respiração, sem saber o que ele ia dizer.

— Hoje falei com meu tio. Minha mãe e eu morávamos com ele em Boston. Disse que posso ficar lá depois que ele voltar de uma viagem a trabalho.

Nesse momento eu deveria ter ficado muito feliz por ele. Deveria ter sorrido e dado parabéns. Mas senti toda a minha imaturidade quando fechei os olhos e senti pena de mim mesma.

— Você vai? — perguntei.

Ele deu de ombros.

— Não sei. Eu queria falar com você primeiro.

Ele estava tão perto de mim na cama que dava para sentir o sopro quente de sua respiração.

Também percebi que ele tinha cheiro de menta... Será que escovava os dentes com água de garrafa antes de vir para cá? Sempre dou muita água para ele levar para casa.

Coloquei a mão no travesseiro e comecei a puxar uma pena que estava para fora. Depois de soltá-la, eu a torci entre os dedos.

— Não sei o que dizer, Atlas. Fico feliz por você ter onde ficar. Mas e o colégio?

— Posso terminar o ano lá — disse ele.

Assenti. Pelo visto, ele já tinha se decidido.

— Quando você vai?

Qual seria a distância de Boston até aqui? Deve ficar a algumas horas, mas é um mundo inteiro de distância para quem não tem carro.

— Ainda não tenho certeza se vou.

Larguei a pena no travesseiro e coloquei a mão do lado do corpo.

— O que está te impedindo? Seu tio está te oferecendo um lugar para ficar. Isso é bom, não é?

Ele comprimiu os lábios e fez que sim. Depois pegou a pena que eu tinha largado e começou a mexê-la entre os dedos. Colocou-a de novo no travesseiro e depois fez algo que eu não esperava: levou os dedos até meus lábios e os tocou.

Meu Deus, Ellen. Achei que ia morrer bem ali. Jamais tinha sentido algo tão intenso dentro de mim. Ele deixou os dedos parados por alguns segundos e disse:

— Obrigado, Lily. Por tudo.

Ele levou os dedos até meu cabelo, depois se inclinou para a frente e deu um beijo em minha testa. Eu estava com a respiração tão acelerada que precisei abrir a boca em busca de mais ar. Percebi que ele arfava tanto quanto eu. Ele olhou para mim, e eu observei seus olhos se voltarem para minha boca.

— Você já foi beijada alguma vez, Lily?

Neguei com a cabeça e ergui o rosto na direção do dele, porque eu precisava que Atlas fizesse algo a respeito dessa situação bem naquele momento, caso contrário eu não conseguiria mais respirar.

Então — quase como se eu fosse tão delicada quanto uma casca de ovo — ele aproximou a boca da minha e parou bem ali. Eu não sabia o que fazer em seguida, mas não me importei. Eu não ligaria se a gente passasse a noite inteira daquele jeito, sem nunca sequer mover as bocas, de tão bom que era.

Seus lábios se fecharam nos meus, e eu meio que senti sua mão tremendo. Fiz o mesmo que ele e comecei a imitar seus movimentos. Senti a ponta de sua língua roçar uma vez em meus lábios, e achei que meus olhos iam se virar para dentro de minha cabeça. Ele fez isso de novo, e depois uma terceira vez, então eu fiz o mesmo. Quando nossas línguas se encostaram pela primeira vez, dei um sorrisinho, porque eu já tinha imaginado muitas vezes meu primeiro beijo. Onde seria, com quem seria. Nunca em um milhão de anos imaginei que me sentiria assim.

Ele me deitou, pressionou a mão em minha bochecha e continuou me beijando. Tudo só melhorou à medida que fui relaxando. Meu momento preferido foi quando ele se afastou por um segundo e ficou me olhando, depois voltou com um beijo ainda mais intenso.

Não sei por quanto tempo nos beijamos. Foi muito tempo. Tanto que minha boca começou a doer e eu não conseguia mais manter os olhos abertos. Quando dormimos, tenho certeza de que a boca de Atlas ainda estava encostando na minha.

Não falamos mais sobre Boston. Ainda não sei se ele vai se mudar.

Lily

Caramba.

Caramba.

Fecho o diário e olho para Lily. Ela escreveu sobre nosso primeiro beijo com tanto detalhe que me sinto inferior ao Atlas adolescente.

Será que aconteceu assim mesmo?

Eu me lembro daquela noite, mas estava bem mais nervoso do que a descrição de Lily indica. É engraçado que, na adolescência, a gente acha que é a única pessoa nervosa e inexperiente do planeta. A gente acha que quase todos os outros adolescentes entendem muito mais da vida, mas não é assim, de jeito nenhum. Nós dois estávamos assustados. E encantados um pelo outro. E apaixonados.

Já tinha me apaixonado por ela muito antes do nosso primeiro beijo. Antes daquele momento, eu nunca tinha amado tanto alguém. Acho que nunca amei tanto alguém mesmo *depois* daquele momento.

E acho que ainda amo.

Tem tanta coisa que Lily não sabe sobre aquela parte da minha vida. Tanta coisa que quero lhe contar agora que li sua versão do nosso tempo juntos. É óbvio que ela não faz ideia do quanto foi importante para mim naquela época. Quando todos me deram as costas, Lily foi a única que se ofereceu para me ajudar.

Ela ainda está dormindo pesado, então pego meu celular e abro uma nota em branco. Começo a digitar, detalhando como minha vida era antes de ela aparecer. Não pretendia escrever tanto quanto escrevo, mas pelo jeito tenho muito o que dizer.

Levo mais vinte minutos para finalmente terminar de digitar tudo, e só depois de mais cinco Lily por fim começa a despertar.

Coloco o celular no porta-copos, inseguro em mostrar a ela o que acabei de escrever. Talvez eu espere alguns dias. Ou semanas. Ela quer ir devagar, e não tenho certeza se o que disse no final da carta coincide com sua ideia de "ir devagar".

Lily ergue a mão e coça a cabeça. Está virada para a janela, então não vejo seu rosto quando seus olhos se abrem, mas percebo que acordou porque endireita a postura. Fica olhando pela janela por um instante, depois vira a cabeça para mim. Tem algumas mechas de cabelo grudadas na bochecha.

Estou recostado na porta, observando-a casualmente, como se isso fosse um comportamento totalmente natural para um primeiro encontro.

— Atlas. — Ela diz meu nome como se fosse um pedido de desculpa e uma pergunta ao mesmo tempo.

— Não tem problema. Você estava cansada.

Ela pega meu celular e confere as horas.

— *Meu Deus.* — Ela se inclina para a frente, pressionando os cotovelos nas coxas e o rosto nas mãos. — Não acredito nisso.

— Lily, não tem problema. Sério. — Ergo o diário. — Você me fez companhia.

Ela olha o diário e solta um gemido.

— Quero *morrer* de vergonha.

Jogo o diário no banco de trás.

— Para mim, foi bastante produtivo.

Lily dá um tapinha no meu ombro.

— Pare de rir. Estou me sentindo mal demais para achar graça.

— Não se sinta mal, você está exausta. E provavelmente com fome. A gente pode comprar um hambúrguer no caminho de volta.

Lily se recosta dramaticamente no banco.

— Deixar o chef sofisticado levar a garota para comer fast-food, já que ela dormiu durante o encontro... Por que não? — Ela vira o visor e percebe o cabelo grudado na bochecha. — Nossa, eu estou muito *mãe*. É a última vez que vamos sair? É, não é? Já estraguei tudo? Eu entenderia.

Dou a ré.

— De jeito nenhum. Não depois de tudo o que acabei de ler. Acho que nada seria capaz de superar este encontro.

— Suas expectativas são muito baixas, Atlas.

Acho sua autodepreciação encantadoramente charmosa.

— Quero fazer uma pergunta sobre seu diário.

— O quê?

Ela está limpando uma mancha de rímel. Parece totalmente frustrada agora que acha que estragou nosso encontro. Já eu não consigo parar de sorrir.

— Na noite do nosso primeiro beijo... Você colocou os cobertores na máquina de lavar de propósito? Foi um truque para que eu dormisse na sua cama?

Ela franze o nariz.

— Você já chegou até essa parte?

— Você passou um tempinho dormindo.

Ela reflete sobre minha pergunta e assente, admitindo.

— Queria que meu primeiro beijo fosse com você, e isso não teria acontecido se você continuasse dormindo no chão.

Ela provavelmente tem razão. E deu certo.

Ainda está dando certo, pois ler sua descrição do nosso primeiro beijo trouxe de volta todos os sentimentos que ela despertou em mim naquela noite. Mesmo que ela dormisse durante o encontro inteiro, eu ainda acharia que este foi o melhor da minha vida.

12. Lily

— Não acredito que você me deixou dormir por tanto tempo. — Já se passaram dez minutos e ainda estou com a barriga revirando de tanta vergonha. — Você leu o diário inteiro?

— Parei depois da entrada sobre o nosso primeiro beijo.

Que bom. Não é tão vergonhoso assim. Porém, se ele tivesse lido sobre a primeira vez que a gente transou enquanto eu estava aqui, dormindo no banco ao seu lado, não sei se conseguiria aguentar.

— Isso é tão injusto — murmuro. — Você precisa fazer algo vergonhoso para equilibrar a situação, pois agora parece que arruinei completamente a nossa noite.

Atlas ri.

— Acha que eu fazer algo vergonhoso fará você se sentir melhor em relação a esta noite?

Assinto.

— Isso. É a lei do universo. Olho por olho, humilhação por humilhação.

Atlas tamborila no volante com o polegar enquanto massageia o maxilar com a outra mão. Então aponta a cabeça para o celular, que está no porta-copos.

— Abra o aplicativo Notas no meu celular. Leia a primeira.

Ah, nossa. Eu estava brincando, mas não perco tempo em pegar o seu celular.

— Qual é a senha?

— Nove, cinco, nove, cinco.

Digito os números e dou uma olhada na tela inicial enquanto ela está aberta. Todos os aplicativos estão dentro de uma pasta, bem organizados. Ele não tem nenhuma mensagem não lida e tem apenas um e-mail não lido.

— Meu Deus! Você é *muito* organizado! Quem é que tem só *um* e-mail não lido?

— Não gosto de bagunça — revela. — É um efeito colateral da Marinha. Quantos e-mails não lidos você tem?

— Milhares. — Abro o aplicativo Notas e clico na mais recente. Assim que vejo as duas palavras no topo, abaixo o celular, pressionando-o na minha coxa com a tela para baixo. — *Atlas.*

— Lily.

Sinto minha vergonha ser coberta por uma onda morna de expectativa que cai sobre mim.

— Você me escreveu uma carta do tipo *Querida Lily*?

Ele assente devagar.

— Você passou um bom tempo dormindo.

Quando me olha, seu sorriso vacila, como se ele estivesse preocupado com o que quer que tenha escrito. Ele se vira para a frente de novo, e percebo quando engole em seco.

Encosto a cabeça no vidro do passageiro e começo a ler em silêncio.

Querida Lily,

Você vai ficar morta de vergonha quando acordar e perceber que caiu no sono durante nosso primeiro encontro. Estou bem curioso para ver sua reação. Mas você parecia tão cansada quando te busquei que ver você descansando me deixa feliz.

A última semana foi surreal, não é? Lá estava eu, começando a achar que talvez nunca fosse fazer realmente parte da sua vida, e aí, puf, você aparece.

Eu poderia falar muitas e muitas coisas sobre o que aquele nosso encontro na rua significou para mim, mas prometi ao meu terapeuta que iria parar de te dizer cafonices. Não se preocupe, planejo descumprir minha promessa com frequência, mas você perguntou se poderíamos ir devagar, então isso só vai acontecer depois que a gente sair mais algumas vezes.

Em vez disso, estou pensando em seguir o seu exemplo e falar do nosso passado. Acho mais do que justo. Você me deixou ler alguns de seus pensamentos mais íntimos de um momento bem vulnerável da sua vida, então o mínimo que posso fazer é detalhar um pouco a minha própria vida naquela época.

Minha versão é um pouco mais pesada, no entanto. Vou tentar omitir os piores detalhes para poupá-la, mas não sei se você é capaz de compreender por completo o que sua amizade significou para mim sem saber qual era minha situação antes de você aparecer na minha vida.

Eu te contei parte das coisas: como acabei daquele jeito, indo morar naquela casa abandonada. Mas fazia mais tempo que eu sentia que não tinha um lar. Na verdade, eu nunca senti que tive um, apesar de ter uma casa, uma mãe e, vez ou outra, um padrasto.

Não me lembro de como eram as coisas quando eu era pequeno. Fico imaginando que talvez ela tenha sido uma boa mãe numa época distante. Lembro-me de uma viagem que fizemos a Cape Cod, quando provei camarão ao coco pela primeira vez, mas, caso ela tenha sido uma mãe decente sem ser naquele único dia, naquela única refeição, isso nunca ficou na minha memória.

Minha memória é composta mais de momentos que passei sozinho ou em que tentava apenas não a inco-

modar. Ela se zangava com rapidez e reagia na mesma velocidade. Nos primeiros dez anos da minha vida, mais ou menos, minha mãe era mais forte e mais ágil do que eu, então passei a maior parte de uma década me escondendo de sua mão, de seus cigarros, de sua língua afiada.

Sei que ela estava estressada. Era uma mãe solo que trabalhava à noite para tentar me sustentar, mas, por mais que eu tenha dado muitas desculpas para ela naquela época, já vi muitas mães solo vivendo bem, sem recorrerem às coisas que ela fazia.

Você viu minhas cicatrizes. Não vou entrar em detalhes, mas, por mais que aquilo tenha sido ruim, ficou ainda pior durante o terceiro casamento dela. Eu tinha doze anos quando eles se conheceram.

Mal sabia eu que meus doze anos seriam meu único ano de tranquilidade. Ela vivia fora porque estava com ele e, quando voltava para casa, ficava até de bom humor porque estava se apaixonando. É curioso como o amor por um namorado pode melhorar ou piorar a maneira como algumas pessoas tratam os próprios filhos.

Mas aí os meus doze anos viraram treze, Tim foi morar com a gente e os próximos quatro anos da minha vida foram um verdadeiro inferno. Quando não era minha mãe que eu estava irritando, era Tim. Quando eu estava em casa, alguém estava gritando comigo. Quando estava na escola, a casa estava sendo destruída pela briga dos dois, que esperavam que eu arrumasse tudo quando voltasse.

A vida com eles era um pesadelo, e quando finalmente fiquei forte o bastante para me defender, foi então que Tim decidiu que não queria mais morar comigo.

Minha mãe o escolheu. Fui obrigado a sair de casa. Eles nem precisaram pedir duas vezes — eu estava mais do que pronto para me mandar de lá. Mas isso porque eu tinha para onde ir.

Até eu não ter mais. Depois de três meses, o amigo com quem eu estava morando se mudou para o Colorado com a família.

Naquele momento, eu não tinha ninguém, não tinha outro lugar para ir, e mesmo que tivesse, eu não teria dinheiro para chegar até lá. Então, fui obrigado a procurar minha mãe e pedir para voltar.

Ainda me lembro do dia em que reapareci naquela casa. Mal fazia três meses que eu tinha saído e o lugar já estava caindo aos pedaços. A grama não era aparada desde a última vez que eu a cortara antes de ser expulso. Não havia mais nenhuma tela nas janelas e tinha um buraco onde ficava a maçaneta. Pela aparência da casa, era como se eu tivesse passado anos fora.

O carro da minha mãe estava lá na frente, mas o de Tim, não. O carro dela parecia estar ali havia um bom tempo. O capô estava aberto, e havia ferramentas espalhadas próximo e pelo menos trinta latas de cerveja formando uma pirâmide que alguém tinha feito na frente da porta da garagem.

Tinha até jornais empilhados no caminho de concreto rachado. Lembro que, antes de bater à porta, eu os peguei e os deixei numa das velhas cadeiras de ferro para que secassem.

Foi estranho bater à porta de uma casa onde eu tinha morado por anos, mas eu não podia abrir a porta sem permissão, pois Tim poderia estar em casa. Apesar de eu ainda ter a chave, Tim havia deixado bem evidente que me denunciaria por invasão se eu tentasse usá-la em algum momento.

E eu não poderia usá-la nem se quisesse. Não tinha maçaneta.

Dava para ouvir alguém andando pela sala de estar. A cortina da janelinha na parte superior da porta da frente se moveu, e vi minha mãe dar uma olhada para fora da casa. Por alguns segundos ela apenas olhou, imóvel.

Ela acabou abrindo a porta alguns centímetros. Foi o bastante para que eu pudesse ver que ainda estava de pijama às duas da tarde, vestindo uma camiseta folgada do Weezer que um dos seus ex-maridos tinha deixado. Eu odiava aquela camiseta porque gostava da banda. Sempre que a usava, ela estragava a banda um pouco mais para mim.

Ela perguntou o que eu estava fazendo ali, e eu não queria contar a história toda imediatamente. Então, perguntei se Tim estava em casa.

Minha mãe abriu a porta um pouco mais e cruzou os braços com tanta força que ficou parecendo que um dos membros da banda tinha sido decapitado. Ela disse que Tim estava trabalhando e perguntou o que eu queria.

Perguntei se eu podia entrar. Ela refletiu e olhou por cima do meu ombro, observando a rua. Não sei o que estava querendo conferir. Talvez tivesse medo de que algum vizinho a visse permitindo a seu próprio filho visitá-la.

Ela deixou a porta aberta para mim enquanto ia se trocar no quarto. Havia uma escuridão sinistra na casa, disso eu lembro. Todas as cortinas estavam fechadas, criando uma sensação de confusão em relação ao horário. O fato de o relógio do fogão estar piscando, oito horas adiantado, não ajudava. Se eu ainda morasse lá, essa seria mais uma coisa que eu teria consertado.

Se ainda morasse lá, as cortinas estariam abertas. As bancadas da cozinha não estariam cobertas de pratos sujos. Não haveria uma maçaneta faltando, uma grama malcuidada, dias de jornais empapados um em cima do outro. Foi naquele momento que percebi que, durante todos aqueles anos em que eu crescia, fui eu que cuidei da casa.

Aquilo me deu esperança — esperança de que talvez eles tivessem percebido que minha presença era boa, não inconveniente, e assim eles me deixariam voltar a morar lá até terminar o ensino médio.

Vi uma maçaneta nova na mesa da cozinha, então a peguei e dei uma olhada. A nota fiscal estava embaixo. Olhei a data na nota, e fazia mais de duas semanas que ela tinha sido comprada.

A maçaneta encaixava bem na porta da frente. Não sei por que Tim não a instalara se já estava com ela havia duas semanas, então achei as ferramentas numa gaveta da cozinha e abri a embalagem. Minha mãe demorou vários minutos para sair do quarto, mas, quando saiu, eu já tinha colocado a maçaneta nova na porta.

Ela perguntou o que eu estava fazendo, então girei a maçaneta e abri a porta um pouquinho para lhe mostrar que estava funcionando.

Nunca vou me esquecer da sua reação. Ela bufou e disse:

— Por que ainda faz essas merdas, hein? É como se você quisesse que ele te odiasse. — Ela agarrou a chave de fenda da minha mão. — Talvez seja melhor dar o fora antes que ele perceba que você esteve aqui.

Um dos motivos de sempre bater de frente com as pessoas daquela casa era por sempre achar as reações deles inadequadas. Quando eu ajudava a cuidar da casa sem que me pedissem, Tim dizia que era porque eu queria provocá-lo. Quando não ajudava, ele dizia que era porque eu era preguiçoso e ingrato.

— Não foi para chateá-lo — respondi. — Consertei sua maçaneta. Estava apenas tentando ajudar.

— Ele ia consertar assim que tivesse tempo.

Parte do problema de Tim era que ele sempre tinha tempo. Nunca conseguia manter um emprego por mais de seis meses e passava mais tempo jogando do que com minha mãe.

— Ele arranjou emprego? — Lembro que perguntei.

— Está procurando.

— E é isso que ele está fazendo agora?

Pela expressão dela, vi que Tim não estava atrás de emprego nenhum. Onde quer que ele estivesse, tenho certeza de que estava deixando minha mãe ainda mais endividada. É provável que a dívida dela tenha sido a gota final que me fez ser expulso de casa em primeiro lugar. Quando encontrei uma pilha de faturas de cartão de crédito no nome dela, vencidas e com os limites todos estourados, eu o havia confrontado.

Tim não gostava de ser confrontado. Preferia a minha versão pré-adolescente ao quase adulto que eu me tornara. Gostava da minha versão que ele podia empurrar sem ser empurrado de volta. Da minha versão que ele podia manipular sem que eu reclamasse.

Aquela minha versão desapareceu entre os meus quinze e dezesseis. Quando Tim percebeu que não podia mais me ameaçar fisicamente, ele tentou arruinar minha vida de outras maneiras, e uma delas foi me deixando sem ter onde morar.

Acabei engolindo meu orgulho e indo direto ao ponto. Contei à minha mãe que não tinha para onde ir.

A expressão dela não foi apenas de falta de empatia, foi de completa irritação.

— Espero que não esteja me pedindo para voltar a morar aqui depois de tudo o que você fez.

— Tudo o que eu fiz? Quer dizer, porque eu fui tirar satisfação com Tim depois que o vício dele em apostas te deixou endividada?

Foi então que ela me chamou de palhaço. Ou pa-lhi-aço, na verdade. Ela sempre pronunciava a palavra desse jeito.

Tentei implorar, mas logo ela voltou a ser quem eu estava acostumado a ver. Jogou a chave de fenda em mim. Foi tão repentino e inesperado, pois nem estávamos discutindo no momento, que não consegui me abaixar a tempo. Fui atingido bem acima do olho esquerdo, no meio da sobrancelha.

Passei os dedos pela testa e eles saíram manchados de sangue.

Tudo que eu tinha feito foi pedir para voltar. Eu não a desrespeitei. Não a xinguei. Apenas apareci, consertei sua porta e tentei conversar com ela, e acabei com um corte ensanguentado.

Eu me lembro de olhar meus dedos, pensando: "Não foi Tim quem fez isso. Foi minha mãe."

Por muito tempo, eu culpei Tim por tudo o que dava errado naquela casa, mas tudo o que dava errado naquela casa começava por ela. Tim apenas pegou um ambiente que já era terrível e o deixou ainda pior.

Lembro de pensar que preferia morrer a voltar a morar com minha mãe. Até aquele momento, parte de mim ainda tinha alguns bons sentimentos em relação a ela. Não sei se era um resquício de respeito, mas, por algum motivo, eu conseguia me sentir grato pelo fato de ela ter me mantido vivo quando eu era pequeno. Mas isso não é o mínimo que um pai ou mãe deve fazer quando decide colocar um filho no mundo?

Percebi naquele momento que eu estava lhe dando crédito demais. Sempre associei nosso distanciamento ao fato de ela ser mãe solo, mas havia muitas mães solo e atarefadas que conseguiam ser próximas dos filhos. Mães que defendiam os filhos quando eles eram maltratados. Mães que não viravam a cara quando o filho de treze anos reaparecia de um castigo com o olho roxo e o lábio cortado. Mães que não permitiam que seus maridos deixassem seu filho adolescente sem ter onde morar.

Apesar de perceber o quanto ela era insensível, tentei, uma última vez, despertar seu lado humano:

— Posso pelo menos pegar algumas das minhas coisas antes de ir embora?

— Não tem nada seu aqui — disse ela. — A gente estava precisando de espaço.

Não consegui encará-la depois disso. Era como se o que ela mais quisesse fosse me apagar da sua vida, então, naquele momento, prometi que a ajudaria a fazer isso.

O sangue estava escorrendo no meu rosto enquanto eu me afastava da casa.

Não tenho palavras para descrever o restante daquele dia. Eu me senti tão incrivelmente indesejado, sozinho, sem ser amado por ninguém. Eu não tinha ninguém.

Não tinha nada. Nem dinheiro, nem pertences, nem família.

Apenas uma ferida.

Somos mais sensíveis na juventude, e depois de ouvir por anos a fio que você não vale nada, vindo da boca de todas as pessoas que deveriam se importar com você, a gente começa a acreditar nisso. E, aos poucos, você começa a se transformar em nada.

Mas aí eu te conheci, Lily. E apesar de eu não ser nada, quando me olhou, você conseguiu ver alguma coisa. Alguma coisa que eu não conseguia. Você foi a primeira pessoa na minha vida que se interessou por quem eu era como ser humano. Ninguém nunca tinha me perguntado coisas a meu respeito como você fez. Depois daqueles meses que passamos nos conhecendo, parei de sentir que eu não era nada. Você fez com que eu me sentisse interessante e único. Sua amizade me deu valor.

Sou muito grato por isso. Mesmo que este encontro não dê em nada e que a gente nunca mais se fale, sempre vou ser grato a você, pois, de alguma maneira, você viu algo em mim que minha própria mãe não viu.

Você é minha pessoa favorita, Lily. E agora você sabe o motivo.

Atlas

Estou com um nó tão apertado na garganta que nem consigo me expressar com palavras sobre o que acabo de ler. Deixo o celular na perna e enxugo os olhos. Detesto o fato de Atlas estar dirigindo, pois, se o carro estivesse estacionado, eu jogaria meus braços ao redor dele e lhe daria o abraço mais forte que ele já recebeu. Provavelmente o beijaria também, e o puxaria para o banco de trás, porque ninguém nunca me disse coisas tão terrivelmente tristes de uma maneira tão doce.

Atlas estende o braço e pega o celular. Coloca-o de volta no porta-copos, mas depois segura minha mão. Entrelaça os dedos nos meus e os aperta enquanto olha para a frente. Seu gesto causa um rebuliço no meu peito. Coloco a minha outra mão em cima da sua, e segurar sua mão assim me faz lembrar todos os trajetos de ônibus em que nós dois ficávamos apenas sentados em silêncio, tristes e com frio, segurando um ao outro.

Olho pela janela, e ele encara a estrada, e não dizemos mais nada enquanto voltamos para a cidade.

Paramos e compramos hambúrgueres para viagem a apenas três quilômetros da minha floricultura. Atlas sabe que não quero Emerson acordada até muito mais tarde do que está acostumada, então comemos no estacionamento da Lily Bloom's. Desde que voltamos para a cidade e pedimos os hambúrgueres, nossa conversa tem sido bem mais leve. Não deixo de notar que não estou mais envergonhada. Ele se mostrar vulnerável comigo foi o recomeço de que eu precisava para que nosso encontro pudesse voltar ao normal.

Estamos conversando sobre todos os lugares que já visitamos. Atlas é bem mais viajado do que eu, considerando o tempo que passou na Marinha. Ele já esteve em cinco países, e minha única viagem internacional foi para o Canadá.

— Nunca esteve no México? — pergunta Atlas.

Limpo a boca com um guardanapo.

— Nunca.

— Você e Ryle não tiveram lua de mel?

Argh. Odeio o som do nome dele no meio deste encontro.

— Não, a gente se casou em Las Vegas sem planejar nada. Não tivemos tempo para lua de mel.

Atlas toma um gole de sua bebida. Quando me fita, é com um olhar penetrante, como se quisesse desvendar aquilo que não estou dizendo.

— Você queria ter feito uma festa?

Dou de ombros.

— Sei lá. Sempre soube que Ryle nunca teve vontade de se casar, então quando ele sugeriu que fôssemos para Las Vegas pra gente se casar, pensei que era uma oportunidade que poderia nunca mais acontecer. Acho que senti que um casamento daquela maneira improvisada era melhor do que não me casar com ele.

— E se você se casasse de novo? Faria alguma coisa diferente?

Rio da pergunta e faço que sim na mesma hora.

— Mas é óbvio! Eu quero tudo: as flores, as madrinhas, o pacote completo. — Ponho uma batata na boca. — E votos românticos, e uma lua de mel ainda mais romântica.

— Para onde você iria?

— Paris. Roma. Londres. Não tenho vontade de ficar sentada sob o sol em praia nenhuma. Quero ver todos os lugares românticos da Europa e fazer amor em todas as cidades e tirar fotos dando beijo na frente da Torre Eiffel. Quero comer croissants e ficar de mãos dadas em trens. — Solto a caixinha vazia das batatas fritas dentro do saco. — E você?

Atlas estende o braço para alcançar minha outra mão e a segura. Ele não responde. Apenas sorri para mim e aperta minha mão, como se ainda fosse cedo demais para revelar seu desejo.

Segurar a mão dele me parece tão natural. Talvez seja porque a gente fazia muito isso na adolescência, mas ficar sentada aqui no carro com ele e *não* segurar sua mão parece mais esquisito do que segurá-la.

Mesmo com a interrupção que criei no nosso encontro quando peguei no sono, a noite toda foi tranquila e fácil. Estar perto dele é algo instintivo. Passo o dedo em cima do seu pulso.

— Preciso ir pra casa.

— Eu sei — diz ele, roçando o polegar no meu.

O celular de Atlas apita, então ele o pega com a outra mão e lê a mensagem que chegou. Ele suspira baixinho, e a maneira como solta o celular no porta-copos me passa a impressão de que ele está irritado com quem quer que tenha lhe mandado a mensagem.

— Está tudo bem?

Atlas abre um sorriso forçado, pouco convincente. Posso ver que há algo errado, e ele sabe disso. Ele desvia a vista e olha para nossas mãos. Depois vira a minha até a palma ficar para cima e começa a traçar linhas nela. Seu dedo mais parece um para-raios, fazendo a eletricidade se espalhar da minha mão para todo o meu corpo.

— Minha mãe me ligou na semana passada.

Sou pega de surpresa por isso.

— O que ela queria?

— Não sei. Desliguei antes que pudesse dizer, mas tenho quase certeza de que ela está precisando de dinheiro.

Junto nossas mãos de novo. Não sei o que falar. Deve ser difícil passar quinze anos sem ter notícias da mãe e depois ela finalmente entrar em contato quando precisa de alguma coisa. Isso faz eu me sentir muito grata pela enorme presença da minha mãe na minha vida.

— Não queria soltar essa bomba quando você está com pressa. Vamos deixar alguns papos para o nosso segundo encontro. — Ele sorri para mim, mudando a vibe completamente. É incrível como seu sorriso define o que acontece dentro de mim. — Vamos, eu te acompanho até seu carro.

Dou uma risada, pois meu carro está literalmente a um metro e meio de distância. Mas Atlas passa pela frente do seu carro, abre a porta do carona e me ajuda a sair. Em seguida, cada um dá um passo e chegamos ao meu carro.

— Adorei a caminhada — brinco.

Ele abre um sorriso rápido, e não sei se era para me seduzir, mas de repente sinto um calor no corpo inteiro, apesar do tempo frio. Atlas dá uma olhada por cima do meu ombro, indicando o meu carro.

— Tem mais algum diário aí dentro?

— Aquele era o único.

— Droga — lamenta ele.

Atlas encosta o ombro no meu carro, então faço o mesmo, ficando de frente para ele.

Não sei se estamos prestes a nos beijar. Eu não acharia ruim, mas também acabei de comer cebola após passar mais de uma hora dormindo, então duvido que minha boca esteja muito atrativa no momento.

— Você me dá outra chance? — pergunto.

— Em relação a quê?

— Ao nosso encontro. Gostaria de estar acordada no próximo.

Atlas ri, mas depois sua risada se dissipa. Ele me encara por um instante.

— Tinha esquecido o quanto é divertido estar com você.

Suas palavras me confundem, pois eu não diria que nosso período juntos naquela época tenha sido *divertido*. Foi triste, na melhor das hipóteses.

— Você acha que aquela época foi divertida?

Ele ergue um pouco os ombros.

— Bem, foi o pior momento da minha vida, com certeza. Mas as lembranças que tenho com você daquela época são algumas das minhas favoritas.

Seu elogio me faz corar. Ainda bem que está escuro.

Mas ele tem razão. Foi uma fase ruim para nós dois, no entanto, ainda assim, estar com ele foi o ponto alto da minha adolescência. Acho que *divertido* é a maneira perfeita de descrever o que conseguimos criar no meio daquilo. E se conseguimos nos divertir num momento tão ruim das nossas vidas, como seríamos nos melhores momentos delas?

É exatamente o oposto do que pensei sobre Ryle na semana passada. Passei por momentos péssimos com Atlas, e ele nunca foi nada além de incrível e respeitoso comigo. Já o homem que escolhi para ser meu marido me desrespeitou de maneiras que ninguém jamais deveria conhecer — e isso durante um momento ótimo das nossas vidas.

Sou grata a Atlas porque sei que agora ele é o padrão ao qual eu comparo as pessoas. Ele é o padrão ao qual eu deveria ter comparado Ryle desde o princípio.

Uma conveniente rajada de ar passa entre nós dois. Seria a desculpa perfeita para Atlas me puxar para perto, mas ele não o faz. Em vez disso, o silêncio entre nós vai aumentando até sobrar apenas uma escolha: ou nos beijamos, ou nos despedimos.

Atlas afasta uma mecha de cabelo da minha testa.

— Não vou te beijar ainda.

Torço para que minha decepção não fique evidente, mas sei que fica. Eu praticamente murcho na frente dele.

— É meu castigo por ter cochilado?

— Claro que não. É só porque estou me sentindo inferior depois de ler sobre nosso primeiro beijo.

Dou uma risada.

— Inferior *a quem*? A você mesmo?

Ele assente.

— Visto pelos seus olhos, o Atlas adolescente era puro charme.

— O Atlas adulto também é.

Ele geme um pouquinho, como se já quisesse mudar de ideia a respeito do beijo. O gemido deixa as coisas um pouco mais sérias. Ele se afasta do carro até parar bem na minha frente. Recosto-me na porta do carro e o encaro, torcendo para que ele esteja prestes a me dar um beijo de deixar as pernas bambas.

— Além disso, você me pediu para ir devagar, então...

Que droga. Eu pedi mesmo isso. E disse *bem* devagar, se não me engano. *Eu me odeio.*

Atlas se inclina para a frente e eu fecho os olhos. Sinto seu hálito se espalhar pelo meu rosto pouco antes de ele me dar um beijo rápido na bochecha.

— Boa noite, Lily.

— Tudo bem.

Tudo bem? Por que eu disse "tudo bem"? Estou tão nervosa.

Atlas ri baixinho. Quando abro os olhos, ele está se afastando de mim, voltando para o lado do motorista do seu carro. Antes de ir embora, ele apoia o braço no teto do carro e diz:

— Espero que consiga dormir esta noite.

Assinto, mas não sei se será possível. Parece que toda a cafeína que consumi hoje está fazendo efeito de uma vez. E não vou conseguir dormir depois deste encontro. Vou ficar pensando na carta que ele escreveu para mim. E quando não estiver pensando nela, estarei reencenando mentalmente nosso primeiro beijo a noite inteira, pensando em como será a parte dois.

— *Continue a nadar, nadar, nadar...*

Os sons familiares de *Procurando Nemo* estão vindo da sala de estar de Allysa e Marshall quando abro a porta do apartamento deles.

Quando passo pela cozinha, Marshall está na frente da geladeira com ambas as portas escancaradas. Ele me cumprimenta com a cabeça e eu aceno, mas não quero puxar papo com ele, pois mal posso esperar para abraçar Emerson.

Quando entro na sala, fico chocada ao ver Ryle no sofá. Ele não mencionou que estaria de folga hoje à noite. Emerson está dormindo no peito dele, e Allysa não está em canto nenhum.

— Oi.

Ryle não se vira para me cumprimentar, mas não é necessário: posso ver que tem alguma coisa o incomodando. Vejo a tensão em seu maxilar como um sinal evidente de que está zangado. Quero pegar Emerson, mas ela parece relaxada, então a deixo acomodada no peito de Ryle.

— Faz quanto tempo que ela dormiu?

Ryle ainda está encarando a televisão, com uma das mãos protegendo as costas de Emmy e a outra atrás da cabeça.

— Desde que o filme começou.

Reconheço a cena, então faz cerca de uma hora.

Allysa finalmente aparece na sala, aliviando o clima.

— Oi, Lily. Me desculpe por ela ter dormido. Fizemos de tudo para deixá-la acordada.

Nós duas nos entreolhamos por dois segundos. Allysa se desculpa silenciosamente pelo fato de Ryle estar aqui. Respondo em silêncio que não tem problema. Eles são irmãos — não posso esperar que ele não venha para cá quando sabe que ela está cuidando da nossa filha.

Ryle gesticula para Allysa.

— Você pode colocar Emerson no moisés? Preciso conversar com Lily.

A rispidez em sua voz assusta nós duas. Eu e Allysa voltamos a nos entreolhar enquanto ela tira Emerson do colo de Ryle. A vontade de pegá-la só aumenta enquanto Allysa a deixa no moisés.

Ryle se levanta e, pela primeira vez desde que cheguei, faz contato visual comigo. Ele me olha da cabeça aos pés, reparando na roupa e nos saltos que estou usando. Observo enquanto engole em seco lentamente. Ele vira a cabeça para cima, indicando que quer conversar comigo no terraço da cobertura do prédio.

Seja lá qual for a conversa, ele quer privacidade total.

Ele sai do apartamento em direção ao terraço, e olho para Allysa em busca de orientação. Quando Ryle se afasta, ela avisa:

— Eu disse a ele que você tinha um evento hoje.

— Obrigada. — Allysa jurou que não contaria para Ryle sobre meu encontro, mas não sei por que ele está tão zangado se não sabe onde eu estava. — Por que ele está chateado?

Allysa dá de ombros.

— Não faço ideia. Ele parecia bem quando chegou aqui uma hora atrás.

Eu sei melhor do que ninguém que Ryle é capaz de parecer bem num instante e, no outro, parecer o oposto. No entanto, costumo saber o que o irritou.

Será que ele descobriu que saí com alguém? *Será que descobriu que foi com Atlas?*

Quando chego ao terraço, vejo Ryle encostado na beirada, olhando para baixo. Já sinto um frio na barriga. Meus saltos estalam no piso enquanto vou até ele.

Ryle me olha rapidamente.

— Você está... *bonita*.

Ele diz como se fosse um insulto, não um elogio. Ou talvez seja apenas minha culpa falando.

— Obrigada.

Eu me encosto na beirada, esperando que ele diga o que o está incomodando.

— Está voltando de um encontro?

— Eu estava num evento. — Confirmo a mentira de Allysa. Não adianta ser honesta com ele, pois ainda é cedo demais para saber se essa história com Atlas vai dar em alguma coisa, e a verdade só deixaria Ryle ainda mais chateado. Pressiono as costas na beirada e cruzo os braços na frente do peito. — O que foi, Ryle?

Ele faz uma pausa antes de finalmente falar:

— Eu nunca tinha visto aquele desenho antes de hoje.

Ele está apenas tentando puxar papo ou está irritado com alguma coisa? Não estou entendendo nada dessa conversa.

Mas aí a ficha cai.

Eu juro, às vezes sou a maior idiota. *É óbvio que ele está chateado.* Certa vez, ele leu tudo que tinha nos meus diários. Ele sabe o quanto aquele filme é importante para mim depois de ler o que escrevi sobre a história. Mas, agora que ele finalmente o viu, imagino que tenha encaixado as peças. E pelo jeito, ele encaixou ainda mais peças também.

Agora ele se vira e me olha como se estivesse se sentindo traído.

— Você colocou o nome *Dory* na nossa filha? — Ele dá um passo à frente. — O nome do meio da nossa filha é por causa do seu vínculo com *aquele homem*?

Sinto meu coração disparar na mesma hora. *Aquele homem.* Interrompo o contato visual enquanto penso em como explicar isso direito. Quando escolhi que Dory seria o nome do meio de Emerson, não foi pensando em Atlas. Aquele filme era importante para mim muito antes de Atlas aparecer na minha vida, mas eu devia ter pensado melhor antes de colocar esse nome nela.

Limpo a garganta, abrindo caminho para a verdade.

— Escolhi esse nome porque a personagem me inspirou quando eu era mais jovem. Não teve nada a ver com mais ninguém.

Ryle solta uma risada exasperada, decepcionada.

— Você é mesmo foda, Lily.

Quero argumentar para provar a verdade do que eu disse, mas estou ficando nervosa. Seu comportamento está trazendo à tona todos os medos que já tive em relação a ele. Tento acalmar a situação escapando dela.

— Vou para casa.

Começo a descer a escada, mas ele se adianta e passa na minha frente, se colocando entre mim e a porta da escada. Dou um passo nervoso para trás. Coloco a mão no bolso à procura do celular caso precise usá-lo.

— Vamos mudar o nome do meio dela — avisa.

Mantenho a voz firme e calma enquanto respondo:

— O nome dela é Emerson em homenagem ao seu irmão. Essa é a sua ligação com o nome dela. O nome do meio é a *minha* ligação. Acho mais do que justo. Você está procurando pelo em casca de ovo.

Vou para o lado querendo passar, mas ele me acompanha. Dou uma olhada por cima do ombro para medir a distância entre mim e a beirada. Não que eu ache que ele vá me jogar, mas eu também não achava que ele era capaz de me empurrar escada abaixo.

— Ele sabe? — pergunta Ryle.

Ele não precisa dizer o nome de Atlas para que eu saiba a quem está se referindo. Sou invadida pela culpa e fico preocupada por achar que Ryle pode perceber isso.

Atlas sabe que o nome do meio de Emerson é Dory porque fiz questão de lhe dizer. Mas estou sendo sincera: o nome não é por causa dele. O nome é por *minha* causa. Dory era minha personagem favorita antes mesmo de eu saber da existência de Atlas Corrigan. Eu admirava a força dela, e só escolhi esse nome para a minha filha porque espero que ela tenha, acima de tudo, força.

Porém, a reação de Ryle está me dando vontade de me desculpar, porque *Procurando Nemo* é mesmo importante para Atlas e para mim, algo que se tornou óbvio quando saí correndo atrás de Atlas na rua para lhe contar o nome dela.

Talvez Ryle tenha razão de estar com raiva.

Essa é a questão, contudo. Ryle pode sentir raiva, mas isso não significa que eu mereço tudo que vem junto. Estou caindo de novo na mesma armadilha de esquecer que nenhuma ação minha justifica suas ações extremas do passado.

Posso não ser perfeita, mas não mereço temer pela minha própria vida sempre que cometo um erro. E talvez esse erro de agora mereça ser mais discutido, mas não me sinto à vontade para conversar sobre isso com Ryle num terraço de cobertura sem nenhuma testemunha.

— Você está me deixando nervosa. Podemos voltar lá para baixo, por favor?

O comportamento inteiro de Ryle muda assim que digo isso. É como se o tamanho do insulto o abalasse.

— Lily, *sério*. — Ele se afasta da porta e anda até o outro lado do terraço. — A gente está discutindo. As pessoas discutem. *Pelo amor de Deus.*

Ele se vira, me dando as costas.

Lá vem o *gaslighting*. Ryle está tentando fazer com que eu ache que é loucura ter medo, apesar de meu medo ser mais do que justificado. Encaro-o por um instante e me pergunto se a discussão acabou ou se ele tem algo mais a dizer. Quero que esteja terminada, então abro a porta da escada.

— Lily, espere.

Paro porque sua voz está bem mais calma, o que me faz pensar que talvez ele seja capaz de conversar sem descambar para nenhuma briga explosiva. Ryle se aproxima de mim com a expressão sofrida.

— Desculpe. Você sabe como eu me sinto em relação a tudo o que tem a ver com ele.

Sei mesmo, e é exatamente por isso que estou tão dividida em relação à possibilidade de Atlas voltar a fazer parte da minha vida. Só de pensar em ter que confrontar Ryle sobre isso me dá vontade de vomitar. Ainda mais agora.

— Fiquei chateado por descobrir que o nome do meio da nossa filha possa ter sido escolhido para me magoar. Você não pode esperar que uma coisa dessas não me afete.

Eu me recosto na parede e cruzo os braços na frente do peito.

— Não teve nada a ver com você nem com Atlas. Foi uma coisa só minha. Juro.

Só de mencionar o nome de Atlas em voz alta parece deixar o ar entre nós dois mais tenso, como se fosse algo tangível que Ryle pudesse esmurrar.

Ryle assente, a expressão tensa, mas parece aceitar a resposta. Para ser sincera, nem sei se ele deveria. Talvez, subconscientemente, eu tenha mesmo feito isso para magoá-lo. A esta altura, nem sei mais. A raiva dele está me fazendo questionar minhas próprias intenções.

Tudo isso me parece familiar demais.

Nós dois ficamos quietos por um tempo. Tudo que eu quero é ir atrás de Emerson, mas Ryle parece ter mais a dizer, pois se aproxima e coloca a mão na parede atrás da minha cabeça. Fico aliviada por ele não parecer mais estar zangado, mas não sei se gosto da expressão no seu olhar que substituiu a raiva. Não é a primeira vez que ele me olha assim desde que nos separamos.

Sinto meu corpo inteiro enrijecer com a mudança gradual em seu comportamento. Ele se aproxima alguns centímetros, ficando perto *demais*, e abaixa a cabeça.

— Lily — diz ele, a voz um sussurro áspero. — O que a gente está *fazendo*?

Não lhe respondo porque não sei o motivo da pergunta. Estamos tendo uma conversa. Uma conversa iniciada por ele.

Ryle ergue a mão e passa o dedo na gola do meu macacão, que está um pouco à mostra por baixo do meu casaco. Quando ele suspira, seu hálito atravessa meu cabelo.

— Tudo seria tão mais fácil se a gente pudesse simplesmente...

Ryle faz uma pausa, talvez para pensar no que está prestes a dizer. Nas palavras que não quero ouvir.

— Pare — sussurro, impedindo-o de terminar.

Ele não conclui o pensamento, mas também não se afasta. Na verdade, parece até que chega ainda mais perto. Não fiz nada no passado para ele achar que pode se aproximar de mim desse jeito. Não faço nada que lhe dê esperanças de que teremos qualquer coisa além de uma relação coparental civilizada. É sempre ele que fica tentando ultrapassar os meus limites e chegar perto daquilo que eu considero aceitável e, francamente, cansei disso.

— E se eu tiver mudado? — pergunta ele. — Mudado *de verdade*?

Agora seus olhos estão cheios de sinceridade e sofrimento. Isso não me afeta nem um pouco. *Nem um pouco mesmo.*

— Para mim não faz diferença se você mudou, Ryle. Eu *espero* que você tenha mudado. Mas não cabe a mim testar essa teoria.

Essas palavras o abalam bastante. Vejo quando precisa de um momento para reprimir alguma resposta grosseira que sabe que não deve dar neste momento. Ele para de falar, para de me olhar, para de ficar grudado em mim.

Ryle bufa, frustrado, depois se afasta e se dirige para a escada. Tomara que esteja indo para o próprio apartamento. Ele bate a porta após entrar.

Não vou atrás dele imediatamente, por motivos óbvios. Preciso de espaço. Preciso assimilar as coisas.

Não é a primeira vez que Ryle me pergunta o que estamos fazendo, como se nosso divórcio fosse algum joguinho meu. Às vezes ele diz isso casualmente, outras, por mensagem. Algumas vezes chega até a fazer piada. No entanto, toda vez que insinua o quanto nosso divórcio é um absurdo, reconheço o que está fazendo. É uma tática de manipulação. Ele acha que, se tratar nosso divórcio como uma bobagem nossa, eu vou acabar concordando e voltando com ele.

A vida dele ficaria mais fácil se eu o aceitasse de volta. Até as vidas de Allysa e Marshall ficariam mais fáceis, pois os dois não precisariam lidar com o nosso divórcio nem pisar em ovos com Ryle.

Mas a *minha* vida não ficaria mais fácil. Não é nada fácil temer pela própria segurança sempre que se pisa em falso.

A vida de *Emerson* não ficaria mais fácil. Eu tive a vida dela. Não é nada fácil viver num lar daqueles.

Espero minha raiva se dissipar antes de voltar lá para baixo, mas isso não acontece. Ela apenas vai aumentando a cada degrau que desço. É como se minha reação fosse intensa demais para o que acabou de acontecer ou pode ser que eu tenha apenas me condicionado a sentir isso quando estou com Ryle. Quem sabe não seja uma mistura disso com minha falta de sono? Ou ainda o encontro com Atlas que eu quase arruinei? O que quer que esteja causando uma reação tão forte me domina ainda mais quando estou diante da porta de Allysa.

Preciso de um instante para me recompor antes de ficar perto da minha filha, então me sento no corredor para chorar. Gosto de chorar sozinha. Acontece com certa regularidade, infelizmente, mas tenho me sentido sobrecarregada com frequência. O divórcio é cansativo, ser mãe solo é cansativo, cuidar de um negócio é cansativo, lidar com um ex-marido que ainda me assusta é cansativo.

E também há a pontada de medo que se infiltra na minha consciência quando Ryle diz algo para insinuar que nosso divórcio foi um erro. Porque às vezes eu realmente me pergunto se minha vida não seria menos cansativa se eu tivesse um marido que ajudasse na criação da nossa filha. E às vezes me pergunto se não estou exagerando ao não deixar minha filha dormir na casa do pai. Relacionamentos e acordos de guarda compartilhada não vêm com manuais, infelizmente.

Não sei se cada atitude que tomo é a correta, mas estou fazendo o melhor que posso. Não preciso da manipulação dele, muito menos do seu *gaslighting*.

Queria estar em casa, onde poderia ir até meu porta-joias pegar minha lista de motivos. Eu deveria tirar uma foto para tê-la sempre no celular. Com certeza subestimo o quanto as interações com Ryle podem ser difíceis e confusas.

Como as pessoas largam esses ciclos quando não têm os recursos que tive nem o apoio dos amigos e da família? Como elas se mantêm fortes em todos os segundos do dia? Me parece que basta um momento de fraqueza, de insegurança, na presença do ex para a pessoa se convencer de que tomou a decisão errada.

Toda pessoa que já deixou um cônjuge manipulador e abusivo e conseguiu se manter longe dele merece uma medalha. Uma estátua. Um filme de *super-herói*, cacete.

É óbvio para mim que a sociedade tem idolatrado os heróis errados esse tempo todo, pois estou convencida de que erguer um prédio nos braços requer menos força do que abandonar de vez uma situação abusiva.

Ainda estou chorando alguns minutos depois quando ouço a porta de Allysa se abrir. Olho para cima e vejo Marshall saindo do apartamento com dois sacos de lixo. Ele para ao me ver sentada no chão.

— Ah.

Ele olha para os lados, como se esperasse que outra pessoa viesse me ajudar. Não que eu precise de ajuda. Eu precisava de um respiro, só isso.

Marshall deixa os sacos no chão e se aproxima. Ele se senta na minha frente e estende as pernas. Coça o joelho desconfortavelmente.

— Não sei bem o que dizer. Não sou muito bom nisso.

Seu constrangimento me faz rir no meio das lágrimas. Ergo a mão, frustrada.

— Eu estou bem. É que às vezes preciso chorar depois de uma briga com Ryle, só isso.

Marshall dobra a perna como se estivesse prestes a se levantar e ir atrás de Ryle.

— Ele te machucou?

— Não. Não, ele estava relativamente calmo.

Marshall relaxa e se acomoda de novo, e não sei o porquê, talvez seja por ele ter dado o azar de estar na minha frente agora, mas lhe conto tudo que estou pensando.

— Acho que o problema é justamente esse. Desta vez ele tinha mesmo o *direito* de estar irritado comigo e se manteve relativamente calmo. Às vezes a gente se desentende e não acontece nada além de uma discussão. E quando isso ocorre, eu começo a me perguntar se não foi um exagero pedir o divórcio. Quer dizer, sei que não foi exagero. *Sei* que não foi. Mas ele sabe plantar as sementinhas da dúvida em mim, como se talvez as coisas pudessem ter melhorado se eu tivesse apenas lhe dado mais tempo para melhorar. — Eu me sinto mal por estar despejando tudo isso em Marshall. Não é justo com ele. Ryle é seu melhor amigo. — Desculpe. Isso não é problema seu.

— Allysa me traiu.

As palavras de Marshall me deixam tão perplexa que fico calada por uns cinco segundos.

— O... o quê?

— Faz muito tempo. A gente conseguiu se resolver, mas, cacete, doeu pra caramba. Ela partiu meu coração.

Estou balançando a cabeça, tentando assimilar a informação. Ele continua falando, contudo, então tento acompanhar.

— Não estávamos num momento bom. Estudávamos em universidades diferentes, tentamos fazer o relacionamento à distância dar certo, e éramos jovens. E nem foi nada de mais. Ela bebeu e pegou um cara qualquer numa festa antes de lembrar o quanto sou maravilhoso. Mas quando ela me contou... Nunca senti tanta raiva na vida. Nada jamais me ferira daquele jeito. Quis retaliar, quis traí-la para ela saber como era, quis furar seus pneus e gastar todo o limite dos seus cartões de crédito e queimar todas as suas roupas. Mas, por mais que eu estivesse furioso, quando ela estava na minha frente, eu jamais, nem por um segundo, pensei em machucá-la fisicamente. Na verdade, eu só queria abraçá-la e chorar no ombro dela.

Marshall me olha com sinceridade.

— Quando penso em Ryle te batendo... sinto uma raiva absurda. Porque amo o cara. Amo mesmo. Ele é meu melhor amigo desde que éramos crianças. Mas também o odeio por ele não ser uma pessoa melhor. Nada do que você fez e nada do que você poderia fazer justificaria um homem pôr as mãos em você por raiva. Lembre-se disso, Lily. Você tomou a decisão certa ao sair daquela situação. E jamais deveria se sentir culpada por isso. Tudo o que você deveria sentir é orgulho.

Eu não fazia ideia do quanto isso estava pesando em mim, mas as palavras de Marshall tiram um fardo tão grande de cima de mim que senti como se pudesse voar.

Acho que essas palavras não seriam tão importantes se tivessem vindo de outra pessoa. Receber essa validação de alguém que ama Ryle como a um irmão tem algo de reafirmador. De empoderador.

— Você está errado, Marshall. Você é bom pra cacete nisso.

Marshall sorri e me ajuda a levantar. Ele pega os sacos de lixo, e eu volto para o apartamento deles para ir até a minha filha e lhe dar um baita abraço.

13. Atlas

É incrível como uma noite pode deixar de ser algo que eu queria que acontecesse havia anos para ser algo que eu temia havia anos.

Se eu não tivesse acabado de receber aquela mensagem enquanto estava deixando Lily, eu certamente a teria beijado. Mas não quero que haja nenhuma distração durante nosso primeiro beijo como adultos.

A mensagem era de Darin me avisando que minha mãe estava no Bib's. Não contei a Lily da mensagem porque ainda não tinha lhe contado que minha mãe estava tentando voltar para a minha vida. Então, assim que lhe contei que minha mãe tinha ligado, me arrependi. O encontro estava indo tão bem, e isso arriscava encerrá-lo de uma maneira tão triste.

Não respondi a Darin porque não queria interromper meu tempo com Lily. Porém, mesmo depois que o encontro acabou e que fomos embora nos nossos próprios carros, não respondi à mensagem. Passei meia hora dirigindo sem rumo, tentando resolver o que ia fazer.

Estou torcendo para que minha mãe tenha se cansado de me esperar. Demorei para voltar ao restaurante, mas agora estou aqui e preciso confrontar a situação. Ela parece querer falar comigo de qualquer forma.

Estaciono no beco atrás do Bib's para poder sair pela porta dos fundos caso ela esteja esperando na entrada do restaurante ou sentada a uma mesa. Não sei se ela me reconheceria se me visse, mas prefiro ter a vantagem de me aproximar dela nos meus termos.

Darin me vê entrar pelos fundos e se aproxima de mim na mesma hora.

— Recebeu minha mensagem?

Faço que sim e tiro o casaco.

— Recebi. Ela ainda está aqui?

— Está, insistiu em esperar. Coloquei-a na mesa oito.

— Valeu.

Darin me olha cautelosamente.

— Talvez eu esteja passando dos limites, mas... juro que você me disse que sua mãe tinha morrido.

Isso quase me faz rir.

— Eu nunca disse *morrido*. Disse que ela tinha partido. É diferente.

— Posso dizer a ela que você não vai voltar aqui hoje. — Ele deve estar sentindo a tempestade se formando.

— Pode deixar. Tenho a sensação de que ela só vai embora depois que eu falar com ela.

Darin assente e se vira para voltar à sua estação na cozinha.

Ainda bem que ele não fez muitas perguntas, pois não sei por que ela está aqui nem quem ela é no momento. Deve estar querendo dinheiro. Caramba, eu lhe daria dinheiro se isso significasse não precisar mais lidar com suas ligações nem com suas visitas inesperadas.

Deveria ter me preparado para isso. Vou até o escritório e pego algum dinheiro no cofre, depois passo pelas portas da cozinha e entro no restaurante. Hesito antes de olhar para a mesa oito.

Quando olho, fico aliviado de ver que ela está de costas para mim.

Respiro fundo para me acalmar e vou até lá em seguida. Não quero abraçá-la nem fingir ser educado, então, depois que fazemos contato visual, eu me sento na frente dela de uma vez, sem esperar.

Quando me olha do outro lado da mesa, sua expressão de indiferença é a mesma de sempre. O canto da sua boca está um pouquinho voltado para baixo, mas é sempre assim. Embora não perceba, ela vive de cara fechada.

Parece cansada. Faz apenas uns treze anos que não a vejo, mas há décadas de novas rugas ao redor de seus olhos e de sua boca.

Ela me observa por um instante. Sei que mudei demais desde a última vez que me viu, mas minha mãe não demonstra nenhuma surpresa em relação a isso. Está completamente impassível, como se fosse eu que devesse falar primeiro. Não falo.

— Tudo isso é seu? — pergunta, finalmente, gesticulando para o restaurante.

Assinto.

— Nossa.

Qualquer pessoa que estivesse nos vendo acharia que ela está impressionada. Mas ninguém a conhece como eu. Essa palavra foi para me esculachar, como se ela estivesse dizendo: "Nossa, Atlas. Você não é inteligente o bastante para ter algo assim."

— De quanta grana você precisa?

Ela revira os olhos.

— Não estou aqui porque quero dinheiro.

— Então o que foi? Precisa de um rim? De um *coração*?

Ela se recosta na cadeira, apoiando as mãos no colo.

— Esqueci o quanto era difícil conversar com você.

— Então por que ainda tenta?

Minha mãe semicerra os olhos. Ela só conhecia a versão de mim que se sentia intimidada por ela. Não me sinto mais assim. Apenas zangado e decepcionado.

Ela bufa, depois traz os braços de volta para a mesa e os cruza, me olhando com atenção.

— Não consigo encontrar o Josh. Estava na esperança de que estivesse em contato com ele.

Sei que faz muito tempo que não vejo minha mãe, mas não consigo de jeito nenhum lembrar quem é Josh. *Quem diabos é Josh? Um namorado novo que ela acha que eu devia conhecer? Será que ela ainda está usando drogas?*

— Ele vive fazendo isso, mas nunca por tanto tempo assim. Se não voltar para o colégio, estão ameaçando me denunciar por causa das faltas.

Estou absolutamente perdido.

— Quem é Josh?

Ela joga a cabeça para trás, como que irritada por eu não estar acompanhando.

— *Josh*. Seu irmão mais novo. Ele fugiu de novo.

Meu... *irmão*?

Irmão.

— Sabia que os pais podem ser presos quando os filhos levam muitas faltas no colégio? Eu posso ser *presa*, Atlas.

— Eu tenho um *irmão*?

— Você sabia que eu estava grávida quando fugiu de casa.

Eu não sabia mesmo...

— Eu não fugi de casa, você me expulsou.

Não sei por que preciso deixar óbvio esse fato, ela sabe muito bem disso. Está apenas tentando se esquivar da culpa. Mas agora faz muito mais sentido ela ter me expulsado naquela época. Eles estavam com um bebê a caminho, e eu não me encaixava mais naquele cenário.

Ergo os dois braços e entrelaço as mãos atrás da cabeça, frustrado. Chocado. Depois os encosto na mesa de novo e me inclino para a frente tentando entender.

— Eu tenho um *irmão*? Quantos anos ele tem? Quem é o... Ele é filho do Tim?

— Ele tem onze anos. E sim, Tim é o pai, mas ele foi embora anos atrás. Nem sei mais onde ele mora.

Espero a ficha cair por completo. Eu estava esperando qualquer coisa, *menos* isso. Tenho tantas perguntas, mas o mais importante no momento é descobrir onde o menino está.

— Quando foi a última vez que o viu?

— Umas duas semanas atrás — responde.

— E você comunicou à polícia?

Ela franze o rosto.

— Não. É óbvio que não. Ele não desapareceu, está apenas querendo encher meu saco.

Tenho que colocar a mão nas têmporas para não erguer a voz. Ainda não entendo como ela me encontrou ou por que ela pensa que um menino de onze anos está tentando dar uma lição nela, mas agora meu único objetivo é encontrá-lo.

— Você voltou a morar em Boston? Ele desapareceu aqui?

Minha mãe faz uma cara de confusão.

— Voltei a morar?

Parece que estamos falando duas línguas diferentes.

— Você voltou a morar aqui ou ainda mora no Maine?

— Ah, meu Deus — sussurra ela, tentando lembrar. — Eu voltei pra cá, tipo, uns dez anos atrás. Josh era apenas um bebê.

Ela está morando aqui faz dez anos?

— Eles vão me prender, Atlas.

O filho dela está desaparecido há duas semanas, e ela está mais preocupada com a própria prisão do que com ele. *Tem gente que não muda nunca.*

— O que você precisa que eu faça?

— Sei lá. Estava esperando que ele tivesse entrado em contato com você e que talvez você soubesse onde ele estava. Mas se nem sabia que ele existia...

— Por que ele entraria em contato comigo? Ele sabe que existo? O que ele sabe?

— Além do seu nome? Nada. Você nunca esteve por perto.

A adrenalina me invade e fico chocado de ainda estar sentado na frente dela. Meu corpo inteiro está tenso quando me inclino para a frente.

— Deixe-me entender isso direito. Tenho um irmão mais novo que eu nem sabia que existia, e ele acha que *eu* não dava a mínima para ele?

— Não acho que ele pense muito em você, Atlas. Você esteve ausente durante a vida inteira dele.

Ignoro a alfinetada porque ela está enganada. Qualquer menino dessa idade pensa no irmão que ele acha que o abandonou. Tenho certeza de que ele me detesta. Cacete, é provável que seja ele que... *merda. É óbvio.*

Isso explica tanta coisa. Aposto meus dois restaurantes que é ele quem está por trás do vandalismo. E é por isso que a pronúncia errada me lembrou da minha mãe. O menino tem onze anos, tenho certeza de que ele é capaz de pesquisar minhas informações no Google.

— Onde você mora? — pergunto.

Ela praticamente se encolhe na cadeira.

— Estamos num período de transição de moradia, então passamos os últimos meses no Risemore Inn.

— Fique lá para o caso de ele aparecer — sugiro.

— Não tenho mais dinheiro para ficar lá. Estou sem trabalho, então estou passando uns dias na casa de uma amiga.

Eu me levanto e tiro o dinheiro do bolso, depositando na mesa na frente dela.

— O número do qual você me ligou no outro dia... Era seu celular?

Ela assente, puxando o dinheiro da mesa e o colocando na mão.

— Eu ligo se descobrir alguma coisa. Volte para o hotel e tente conseguir o mesmo quarto de antes. Ele precisa que você esteja lá caso volte.

Minha mãe concorda, e pela primeira vez parece um tanto envergonhada. Deixo-a assimilando esse sentimento e saio sem me despedir. Espero que agora ela esteja sentindo ao menos uma parte do que me fez sentir durante anos. Do que ela provavelmente está fazendo meu irmão mais novo sentir.

Não consigo acreditar nisso. Ela foi lá e gerou outro ser humano e nem pensou em me contar?

Vou direto para a cozinha e saio pela porta dos fundos. Não tem ninguém no beco agora, então paro um instante para me recompor. Acho que nunca me senti tão perplexo.

O filho dela está andando sozinho pelas ruas de Boston, e ela espera duas semanas para tomar alguma atitude, cacete? Nem sei por que estou surpreso. É quem ela é. É quem sempre foi.

Meu telefone começa a tocar. Estou tão nervoso que quero atirá-lo na caçamba, mas, quando vejo que é Lily me ligando pelo FaceTime, eu me acalmo.

Deslizo o dedo na tela, pronto para lhe dizer que não é um bom momento, mas quando seu rosto surge, o momento parece perfeito. É um alívio ter notícias dela, embora faça apenas uma hora que a gente se despediu. Eu daria tudo para entrar no celular e abraçá-la.

— Oi — digo, tentando manter a voz tranquila, mas há uma rispidez que fica evidente.

Ela percebe, pois fica preocupada.

— Você está bem?

Faço que sim.

— Depois que voltei para o trabalho, tudo meio que deu errado. Mas estou bem.

Ela abre um sorriso, mas um pouco triste.

— Pois é, minha noite também deu errado.

Não tinha percebido antes, mas parece que ela esteve chorando. Seus olhos estão embaçados e um pouco inchados.

— *Você* está bem?

Ela se força a sorrir de novo.

— Vou ficar. Só queria te agradecer pela noite antes de ir dormir.

Odeio o fato de ela não estar bem na minha frente agora. Não gosto de vê-la triste. Isso me lembra muito de todas as vezes que a vi triste quando éramos mais jovens. Pelo menos naquela época eu estava perto o bastante para abraçá-la. *Talvez eu ainda possa.*

— Um abraço faria você se sentir melhor?

— É óbvio. Mas é só dormir que eu vou ficar bem. A gente se fala amanhã?

Não faço ideia do que aconteceu entre nosso encontro e esta ligação, mas ela parece completamente desanimada. Parece estar sentindo o mesmo que eu.

— Um abraço dura dois segundos, e assim você vai dormir bem melhor. Volto antes mesmo que eles percebam que saí. Qual é o seu endereço?

Um pequeno sorriso se espreita atrás de sua tristeza.

— Vai dirigir oito quilômetros só para me abraçar?

— Eu *correria* oito quilômetros só para te abraçar.

Isso faz seu sorriso aumentar ainda mais.

— Vou mandar meu endereço por mensagem. Mas não bata à porta com muita força. Acabei de colocar Emmy para dormir.

— Até daqui a pouco.

14. Lily

Faz tempo que não saio com uma nova pessoa, então sei lá se abraço é código para outra coisa.

Um abraço deve ser só um abraço mesmo.

Mal consigo usar as redes sociais, quanto mais conhecer as gírias mais recentes. Juro que sou a millennial mais desatualizada que conheço. É como se eu tivesse pulado a geração X e ido direto para o território dos boomers. Sou uma millennial boomer. Uma *boollennial.* Meu Deus, minha mãe boomer deve entender mais dessas coisas do que eu, afinal, é ela que está de namorado novo. Eu deveria ligar para ela e pedir ajuda.

Escovo os dentes, caso um abraço seja *um beijo*. Em seguida, troco de roupa duas vezes até acabar colocando de novo o pijama que estava usando quando falei com ele pelo FaceTime. Estou me esforçando para dar a impressão de que não estou me esforçando. Às vezes, ser mulher é ridículo.

Estou andando de um lado para o outro do apartamento, ansiando pela sua chegada. Não sei por que estou tão nervosa, já que acabei de passar três horas com ele.

Bem, uma hora e meia, sem contar o cochilo que dei no meio do encontro.

Várias dezenas de passos depois, ouço alguém bater levemente à porta do apartamento. Sei que é Atlas, mas confiro o olho mágico de qualquer maneira.

Ele fica bonito mesmo distorcido pelo olho mágico. Sorrio quando reparo que ele também trocou de roupa. Apenas o casaco, mas mesmo assim. Ele estava com um sobretudo grosso e preto quando saímos mais cedo, mas agora está com um simples moletom cinza.

Meu Deus. Adorei.

Abro a porta e Atlas não espera nem sequer um segundo entre o momento em que nos entreolhamos e o momento em que ele me abraça.

Ele me abraça bem forte, e sinto vontade de lhe perguntar o que houve de tão ruim na última hora, mas não o faço. Apenas retribuo o abraço em silêncio. Encosto a bochecha em seu ombro e aproveito sua presença reconfortante.

Atlas nem entrou no apartamento. Estamos apenas parados na porta, como se um abraço significasse apenas um abraço. A colônia dele é cheirosa. Lembra o verão, como se estivesse desafiando o frio. Ele estava todo preocupado com o cheiro de alho mais cedo, mas só consegui sentir essa mesma colônia.

Ele leva a mão à minha nuca e a encosta ali com delicadeza.

— Você está bem? — pergunta ele.

— Agora estou. — Minha resposta é abafada pelo corpo dele. — E você?

Ele suspira, mas não diz que está bem. Apenas deixa a resposta pairando no ar que expira, e então me solta devagar. Atlas ergue a mão e passa os dedos numa mecha do meu cabelo.

— Espero que consiga dormir um pouco esta noite.

— Você também.

— Não vou para casa. Vou passar a noite no restaurante. — Ele balança a cabeça como se não devesse ter dito nada. — É uma longa história, e preciso voltar. Amanhã eu te conto tudo.

Quero convidá-lo para entrar e pedir que explique todos os detalhes agora, mas me parece que ele já teria falado se quisesse.

Não estou nada a fim de conversar sobre o que aconteceu com Ryle, então não vou obrigá-lo a falar sobre o que quer que tenha estragado a noite *dele*. Queria apenas poder animá-lo um pouco de alguma maneira.

Fico empolgada quando penso em algo que talvez funcione.

— Está querendo algo novo para ler?

Seus olhos brilham com uma centelha de entusiasmo.

— Na verdade, estou.

— Espere aqui. — Vou até o quarto e olho na minha caixa de coisas, procurando o próximo diário. Depois que o encontro, levo-o até ele. — Este aqui é um pouco mais explícito — provoco.

Atlas pega o diário com uma das mãos, coloca o outro braço na minha lombar e me puxa para perto. Então, de repente, ele me dá um selinho. É tão rápido e delicado que só percebo que ele me beijou depois que acaba.

— Boa noite, Lily.

— Boa noite, Atlas.

Não nos mexemos. Parece que vai doer se a gente se separar. Atlas me puxa para ainda mais perto e encosta os lábios no ponto da minha clavícula onde minha tatuagem está escondida por baixo da blusa. A tatuagem que ele não sabe que existe. Ele a beija sem saber e depois, infelizmente, vai embora.

Fecho a porta e encosto a testa nela. Percebo todas as sensações familiares de um crush, mas desta vez elas trazem consigo preocupação e hesitação, embora seja Atlas, e ele seja um dos caras bons.

Isso é culpa de Ryle. Ele pegou a pouca confiança que eu tinha nos homens graças ao meu pai e acabou com ela.

No entanto, acho que esse crush é um sinal de que talvez Atlas consiga me devolver o que meu pai e Ryle tiraram de mim. Esse pensamento acaba com o frio na barriga que Atlas provocou e me faz sentir como se eu estivesse despencando, pois sei como isso faria Ryle se sentir.

Quanto mais alegria as minhas interações com Atlas me proporcionam, mais apreensão eu sinto por ter que contar a Ryle.

15. Atlas

Quando estava na Marinha, eu tinha um colega com família em Boston. Os tios dele estavam se preparando para se aposentar e queriam vender o restaurante. Ele se chamava Milla's, e quando o conheci durante as férias, me apaixonei completamente pelo local. Até poderia dizer que foi pela comida ou pelo fato de ele ficar em Boston, mas a verdade é que me apaixonei por ele devido à árvore que crescia bem no meio do restaurante.

A árvore me lembrava de Lily.

Se é para ter alguma lembrança do seu primeiro amor, as árvores deveriam ser a última opção. Elas estão por toda parte. E deve ser por isso que tenho pensado em Lily todo santo dia desde que eu tinha dezoito anos, mas também pode ser porque, até hoje, sinto que devo minha vida a ela.

Não sei muito bem se foi a árvore ou o fato de o restaurante vir quase totalmente equipado e com funcionários, mas tive o ímpeto de comprá-lo quando ficou disponível. Não era meu objetivo ter um restaurante logo após sair da Marinha. Eu planejava trabalhar como chef para adquirir experiência, mas, quando a oportunidade surgiu, não consegui deixar escapar. Usei o dinheiro que tinha poupado durante meu período na Marinha, fiz um empréstimo, comprei o restaurante, mudei o nome e criei um cardápio novinho em folha.

Às vezes me sinto culpado pelo sucesso do Bib's, como se não fosse mérito meu. Eu não apenas herdei os funcionários, que já sabiam o que estavam fazendo, também herdei clientes.

Não construí tudo do zero, e é por isso que a síndrome do impostor fala mais alto quando as pessoas me parabenizam pelo sucesso do Bib's.

Foi por isso que abri o Corrigan's. Talvez eu não quisesse provar nada para ninguém além de mim mesmo, mas queria saber que eu conseguiria. Queria o desafio de criar algo do zero e de ver o estabelecimento prosperar e crescer. Como aquilo que Lily escreveu no diário sobre por que gostava de cuidar de sua horta quando éramos adolescentes.

Talvez seja esse o motivo de eu me sentir mais protetor em relação ao Corrigan's do que ao Bib's, pois o criei do zero. Talvez também seja por isso que me esforço mais para protegê-lo. O Corrigan's está com o sistema de segurança funcionando, e é bem mais difícil de arrombar do que o Bib's.

E é por isso que decido passar a noite no Bib's, embora seja a vez de o Corrigan's ser invadido, já que o menino tem alternado os alvos. Na primeira noite foi o Bib's, na segunda, o Corrigan's. Depois ele tirou alguns dias de folga, e o terceiro e o quarto incidentes foram no Bib's. Posso estar enganado, mas tenho a sensação de que ele vai preferir passar aqui, e não no Corrigan's, porque teve mais facilidade para entrar no restaurante menos protegido. Só espero que hoje não seja uma das noites em que ele decide não dar as caras.

Ele com certeza vai aparecer aqui se estiver com fome. O Bib's é sua melhor opção para conseguir comida, e é por isso que estou escondido do outro lado da caçamba, esperando. Peguei uma das cadeiras velhas que os fumantes usam e estou lendo para passar o tempo. As palavras de Lily têm feito companhia a mim. E a companhia tem sido tão boa que, em vários momentos, fiquei tão vidrado no diário que esqueci que deveria estar vigiando.

Não sei ao certo se quem tem vandalizado meus restaurantes tem a mesma mãe que eu, mas faz sentido devido ao momento. E também faz sentido um menino que me despreza pichar aqueles insultos. Não consigo pensar em mais ninguém que teria um bom motivo para estar irritado comigo além de um garoto que se sente abandonado pelo irmão mais velho.

São quase 2h da manhã. Confiro o Corrigan's pelo aplicativo de segurança no celular, mas também não tem nada acontecendo lá.

Volto à leitura do diário, embora tenha sido sofrido ler as duas últimas entradas. Não sabia o quanto minha mudança para Boston tinha afetado Lily quando ela era mais jovem. Na minha cabeça, com aquela idade, eu era um inconveniente para ela. Não fazia ideia do quanto ela achava que eu *acrescentava* à sua vida. Ler as cartas escritas naquela época tem sido bem mais difícil do que eu imaginava. Achei que seria divertido ler seus pensamentos, mas, quando comecei, lembrei o quanto nossas infâncias foram cruéis conosco. Já não penso tanto nesse assunto porque me sinto muito distante da vida que levava naquela época, mas, pelo jeito, esta semana está me fazendo voltar àqueles momentos de diversas maneiras. As informações nos diários, minha mãe, a descoberta de que tenho um irmão — parece que tudo aquilo de que tentei fugir formou um vazamento vagaroso que agora ameaça me afogar.

Mas aí tem Lily, que reapareceu na minha vida no momento perfeito. Parece que ela sempre retorna quando preciso de um salva-vidas.

Folheio o resto do diário e vejo que já estou na metade da última entrada. Não me lembro de quase nada daquela noite devido à maneira terrível como ela acabou. Parte de mim nem quer vivenciá-la do ponto de vista de Lily, mas não posso ficar sem saber o que ela sentiu.

Abro a última entrada e continuo de onde parei.

Ele segurou minhas mãos e disse que ia entrar para a Marinha antes do que tinha planejado, mas que não podia ir embora sem me agradecer. Disse que passaria quatro anos longe e que a última coisa que desejava para mim era que eu fosse uma garota de dezesseis anos que não aproveitava a vida por causa de um namorado que nunca mandava notícias, que eu nunca via.

A próxima coisa que ele disse fez seus olhos lacrimejarem até ficarem límpidos.

— Lily. A vida é engraçada. A gente só tem alguns anos para viver, então precisamos fazer o possível para viver esses anos intensamente. Não devemos perder tempo com coisas que talvez aconteçam algum dia ou então nunca.

Entendi o que ele estava dizendo. Que ia se alistar e não queria que eu me prendesse a ele enquanto estivesse longe. Ele não estava terminando nada comigo porque nunca estivemos realmente juntos. Éramos só duas pessoas que se ajudavam quando era preciso e que fundiram seus corações um ao outro no meio do caminho.

Foi difícil ver alguém que nunca ficou comigo de verdade se afastar de mim. Durante todo o tempo que passamos juntos, acho que nós meio que sabíamos que não era algo para sempre. Não sei por quê, afinal eu poderia facilmente amá-lo desse jeito. Acho que talvez em circunstâncias normais, se estivéssemos juntos como típicos adolescentes, e ele tivesse uma vida comum com uma casa, nós dois poderíamos ser esse casal. O tipo de casal que se une com facilidade e cuja vida nunca é interrompida pela crueldade.

Nem tentei fazê-lo mudar de ideia naquela noite. Sinto que a gente tem uma conexão que nem os fogos do inferno quebrariam. Sinto que ele pode passar um tempo na Marinha e que eu posso viver mais alguns anos como uma adolescente normal, porque depois tudo vai se encaixar quando for a hora certa.

— Vou te prometer uma coisa — disse ele. — Quando minha vida estiver boa o suficiente para que você faça parte dela, vou te encontrar. Mas não quero que fique me esperando, porque talvez isso nunca aconteça.

Não gostei dessa promessa, pois significava duas possibilidades. Ou ele achava que nunca sairia vivo da Marinha, ou que sua vida nunca seria boa o suficiente para mim.

Sua vida já era boa o suficiente para mim, mas apenas assenti e forcei um sorriso.

— Se você não vier atrás de mim, eu vou atrás de você. E isso não vai ser nada bom, Atlas Corrigan.

Ele riu de minha ameaça.

— Bem, não vai ser muito difícil me achar. Você sabe exatamente onde estarei.

Sorri.

— Onde tudo é melhor.

Ele retribuiu o sorriso.

— Em Boston.

E depois me beijou.

Ellen, sei que você é adulta e sabe tudo sobre o que aconteceu em seguida, mas mesmo assim não me sinto à vontade contando o que fizemos nas duas horas seguintes. Vamos dizer apenas que a gente se beijou muito. Rimos muito. Amamos muito. Sussurramos muito. Muito.

E nós dois tivemos de tapar as bocas e fazer o máximo de silêncio possível para que não nos flagrassem.

Quando terminamos, ele me abraçou, pele com pele, mão no coração. Ele me beijou e me olhou bem nos olhos.

— Eu te amo, Lily. Tudo que você é. Eu te amo.

Sei que essas palavras são muito repetidas por aí, principalmente por adolescentes. Muitas vezes de forma prematura e sem muito mérito. Mas, quando ele as disse para mim, sei que não queria falar que estava apaixonado por mim. Não era esse tipo de "eu te amo".

Imagine todas as pessoas que você conhece ao longo da vida. São muitas. Elas surgem como ondas, entrando e saindo aos poucos, dependendo da maré. Algumas ondas são muito maiores e causam mais impacto que outras. Às vezes, as ondas trazem coisas lá do fundo do mar e as largam no litoral. Marcas nos grãos de areia que provam que as ondas estiveram lá, muito depois de a maré recuar.

Foi isso que Atlas quis dizer ao falar "eu te amo". Estava me contando que eu era a maior onda que tinha aparecido em sua vida. E eu havia trazido tanta coisa comigo que minhas marcas sempre estariam presentes, mesmo quando a maré recuasse.

Depois de dizer que me amava, ele falou que tinha um presente de aniversário para mim. Pegou uma pequena sacola marrom.

— Não é nada de mais, mas foi tudo o que consegui comprar.

Abri a sacola e tirei o melhor presente que já ganhei. Era um ímã que dizia "Boston" em cima. Embaixo, com letras pequenas, estava escrito: "Onde tudo é melhor."

Eu disse que guardaria para sempre e que pensaria nele toda vez que o visse.

Quando comecei a escrever esta carta, falei que meu aniversário de dezesseis anos tinha sido um dos melhores dias de minha vida. Porque até aquele segundo tinha sido mesmo.

Os próximos minutos é que não foram.

Antes de Atlas aparecer naquela noite, eu não estava esperando por ele, então não pensei em trancar a porta do quarto. Meu pai me escutou conversando com alguém e, ao escancarar a porta e encontrar Atlas na cama comigo, ele ficou mais zangado do que eu já o vira antes. E Atlas estava em desvantagem, porque não estava preparado para o que veio em seguida.

Nunca vou esquecer aquele momento enquanto estiver viva. Eu não podia fazer absolutamente nada enquanto meu pai o golpeava com um bastão de beisebol. O barulho dos ossos se quebrando foi a única coisa que escutei acima de meus gritos.

Ainda não sei quem chamou a polícia. Tenho certeza de que foi minha mãe, mas já se passaram seis meses e ainda não conversamos sobre aquela noite. Quando a polícia apareceu em meu quarto e tirou meu pai de cima dele, eu nem reconheci Atlas, de tão ensanguentado que ele estava.

Fiquei histérica.

Histérica.

Não só tiveram de levar Atlas em uma ambulância, como também precisaram chamar uma para mim porque eu não conseguia respirar. Foi o primeiro e único ataque de pânico que já tive.

Ninguém queria me dizer onde ele estava ou se estava bem. Meu pai nem foi preso pelo que fez. Espalharam a notícia de que Atlas estava naquela casa antiga, sem ter onde morar. Meu pai foi venerado pelo ato heroico, por ter salvado a filhinha do mendigo que a manipulou para que transasse com ele.

Meu pai disse que eu tinha envergonhado a família, dando motivos para a cidade inteira fofocar. E vou te contar, até hoje falam sobre isso. Hoje de manhã escutei Katie dizer a alguém no ônibus que tentou me alertar sobre Atlas. Disse que sabia que ele era uma má influência desde o momento em que o viu. Mas isso é mentira. Se Atlas estivesse no ônibus comigo, eu provavelmente teria ficado de boca calada e agido com maturidade, como ele tentou me ensinar. Em vez disso, fiquei com tanta raiva que me virei e mandei Katie ir para o inferno. Disse que Atlas era um ser humano melhor do que ela jamais seria, e que, se eu a escutasse falar mal dele de novo, ela ia se arrepender.

Ela apenas revirou os olhos e disse:

— Meu Deus, Lily. Ele fez lavagem cerebral em você, foi? Era um mendigo sujo e ladrão, que provavelmente usava drogas. Ele te usou porque queria comida e sexo, e agora você o está defendendo?

Ela teve sorte de o ônibus chegar à minha casa bem naquele instante. Peguei minha mochila, saí do ônibus, entrei em casa e passei três horas chorando no quarto. Agora minha cabeça está doendo, mas eu sabia que só ficaria melhor se finalmente colocasse tudo para fora aqui no diário. Já faz seis meses que evito escrever esta carta.

Sem querer ofender, Ellen, mas minha cabeça continua doendo. Meu coração também. Talvez esteja doendo ainda mais do que ontem. Esta carta não ajudou nem um pouco.

Acho que vou passar um tempo sem escrever. Porque me lembro dele quando escrevo para você, e tudo isso dói muito. Até ele vir atrás de mim, vou apenas fingir que está tudo bem. Vou continuar fingindo que estou nadando, quando na verdade só estou boiando. Quase sem conseguir manter a cabeça fora da água.

Lily

Fecho o diário depois de ler a última página.

Não sei o que sentir porque sinto tudo. Raiva, amor, tristeza, felicidade.

Sempre odiei não conseguir lembrar de quase nada daquela noite, por mais que tentasse pensar em cada palavra que dissemos. O fato de Lily ter anotado tudo é um presente, embora seja um presente triste.

Naquela época, eu temia que Lily fosse frágil demais para saber dos detalhes da minha vida. Eu queria protegê-la das coisas negativas que estavam acontecendo, mas ler suas palavras me mostrou que Lily não precisava ser protegida. Pelo contrário: ela poderia até ter me ajudado a enfrentá-las.

Sinto vontade de escrever outra carta para ela, mas, acima de tudo, sinto vontade de estar com ela, de conversar sobre tudo isso pessoalmente. Sei que estamos indo devagar, mas, quanto mais tempo passo perto dela, mais fico impaciente para reencontrá-la.

Eu me levanto para guardar o diário e pegar algo para beber enquanto espero, mas paro assim que fico de pé. Há um poste no começo do beco iluminando o restaurante e tem uma sombra se movendo na luz. A sombra passa na frente do restaurante indo na outra direção, como se o dono da sombra estivesse vindo para perto de mim. Recuo para continuar escondido.

Alguém aparece. Um garoto se aproxima da porta dos fundos.

Não sei se esse garoto é meu irmão, mas com certeza é a mesma pessoa que vi na gravação da câmera do Corrigan's. Mesmas roupas, mesmo moletom com o capuz na cabeça.

Continuo escondido, observando-o, e a cada segundo que passa me convenço mais de que ele é exatamente quem eu acho. Ele tem o porte parecido com o meu. Até se move como eu. Sou tomado por uma energia ansiosa, pois quero conhecê-lo. Quero lhe dizer que não estou com raiva e que sei pelo que ele está passando.

Acho que eu não estava irritado com o vândalo nem mesmo antes de saber que talvez fosse meu irmão. Já é difícil se irritar com uma criança, mas é ainda mais difícil se irritar com uma que foi criada pela mesma mulher que supostamente me criou. Sei como é ter de fazer o possível para sobreviver. Também sei como é estar disposto a fazer de tudo para chamar a atenção de alguém. De *qualquer* pessoa. Houve momentos na minha infância em que eu só queria ser percebido, e tenho a sensação de que é exatamente isso que está acontecendo aqui.

Ele está querendo ser flagrado. Acima de tudo, ele quer ser notado.

Ele vem até a porta dos fundos do restaurante sem nenhuma hesitação. Já está familiarizado com o lugar. Confere a porta para ver se está trancada. Como não abre, ele tira do moletom uma nova lata de tinta spray. Espero até que a erga, e é quando decido revelar minha presença.

— Você está segurando errado.

Minha voz o sobressalta. Quando ele se vira e me encara, percebo o quanto é jovem e sinto um grande aperto no coração, como se ele estivesse prestes a estourar. Tento imaginar Theo sozinho aqui, no meio de uma noite assim.

Ainda há algo infantil no medo em seus olhos. Quando começo a me aproximar, ele dá um passo para trás, procurando uma maneira de escapar depressa. Mas não tenta correr.

Sei que ele está curioso para ver o que vai acontecer. Não é por isso que tem vindo aqui noite após noite?

Estendo a mão para pegar a lata de tinta spray. Ele hesita, mas me dá. Demonstro como segurar a lata direito.

— Se fizer assim, não vai pingar. Você está segurando perto demais.

Enquanto ele me observa, todas as emoções passam pelo seu rosto: raiva, admiração, traição. Ficamos em silêncio enquanto notamos o quanto somos parecidos. Nós dois puxamos à nossa mãe. Mesma mandíbula, mesmos olhos claros, mesma boca, até a mesma testa involuntariamente franzida. É muita coisa para assimilar. Eu já estava conformado com a ideia de não ter família, mas cá está ele, em carne e osso. Penso no que ele deve estar sentindo enquanto me encara. Raiva, obviamente. Decepção.

Encosto o ombro na parede, olhando-o com total franqueza.

— Não sabia que você existia, Josh. Só descobri algumas horas atrás.

O menino enfia as mãos nos bolsos do moletom e encara os próprios pés.

— Que mentira do cacete — murmura ele.

Fico triste ao ver essa frieza em alguém tão novo. Ignoro a sua resposta raivosa e pego as chaves para destrancar a porta dos fundos do restaurante.

— Está com fome?

Seguro a porta aberta para ele.

Ele me olha como se quisesse sair correndo, mas, após um instante de relutância, abaixa a cabeça e entra.

Acendo a luz e vou até a cozinha. Pego os ingredientes para lhe fazer um queijo-quente e começo a prepará-lo enquanto ele anda lentamente pelo aposento, assimilando tudo. Josh toca nas coisas, abre gavetas, armários. Talvez esteja conferindo o que tem para a próxima vez que decidir arrombar. Ou talvez sua curiosidade seja para disfarçar o medo.

Estou colocando o sanduíche no prato quando ele finalmente diz:

— Como sabe quem sou se não sabia que eu existia?

Talvez isso seja o começo de uma longa conversa, e prefiro tê-la com ele numa posição mais confortável. Não tem nenhuma mesa aqui atrás com lugar para sentar, então aponto para as portas que levam ao salão do restaurante. As placas de saída proporcionam iluminação o suficiente, então não preciso acender nenhuma luz.

— Sente-se aqui. — Aponto para a mesa oito, e ele se acomoda no mesmo lugar onde nossa mãe se sentou mais cedo. — O que você quer beber?

Josh engole em seco, depois dá de ombros.

— Tanto faz.

Volto para a cozinha, pego um copo de água gelada e o empurro por cima da mesa. Ele toma metade de uma vez só.

— Sua mãe esteve aqui hoje à noite — digo. — Ela está te procurando.

Ele faz cara de que não se importa e continua comendo.

— Onde você está dormindo?

— Por aí — responde ele com a boca cheia.

Está indo à escola?

— Não recentemente.

Deixo-o dar algumas mordidas antes de continuar. A última coisa que eu quero é assustá-lo por ter feito perguntas demais.

— Por que fugiu de casa? — pergunto. — Por causa dela?

— De Sutton?

Assinto. Penso no tipo de relação que os dois têm, se ele nem mesmo se refere a ela como mãe.

— Pois é, a gente brigou. A gente sempre briga por qualquer merda.

Ele termina o queijo-quente e bebe o restante da água.

— E seu pai? Tim?

— Foi embora quando eu era pequeno. — Seus olhos percorrem o salão e se fixam na árvore. Quando me olha de volta, ele inclina a cabeça. — Você é rico?

— Se eu fosse, não te contaria. Você já tentou me roubar quatro vezes.

Vejo um sorrisinho se insinuando em sua boca, mas ele se recusa a sorrir para valer. Josh relaxa um pouco mais no encosto, afastando o capuz do rosto. Mechas de cabelo castanho oleoso caem para a frente, e ele as empurra para trás. Seu cabelo parece estar precisando de um corte há um bom tempo, com laterais longas e irregulares demais para serem propositais.

— Ela disse que você foi embora por minha causa. Disse que você não queria um irmão.

Preciso conter minha irritação. Puxo o prato vazio e o copo para perto de mim e me levanto.

— Só soube de você hoje, Josh. Juro. Teria ficado por perto se soubesse.

Ele me olha de seu lugar, me observando. Querendo saber se pode confiar em mim.

— Agora você já sabe que eu existo.

Josh diz isso como se estivesse me desafiando a agir de uma maneira melhor. A provar que ele não precisa esperar só coisas ruins do mundo.

Aponto a cabeça para as portas da cozinha.

— Tem razão. Vamos.

Ele não se levanta de imediato.

— Para onde?

— Minha casa. Tenho um quarto para você, contanto que pare de ficar xingando tanto.

Ele ergue a sobrancelha.

— Por acaso você é algum fanático religioso, é?

Gesticulo para que ele se levante.

— Um menino de onze anos xingando o tempo todo cheira a desespero. É só aos catorze anos que isso passa a ser coisa de gente descolada.

— Não tenho onze anos. Tenho doze.

— Ah. Ela disse que você tinha onze. *Mesmo assim*. Você é novo demais para ser descolado.

Josh se levanta e vem para a cozinha atrás de mim.

Eu me viro para ele enquanto empurro as portas para trás.

— E, só para você saber, você escreve *palhaço* errado. Não tem a letra *i* no meio.

Ele parece surpreso.

— Bem que achei esquisito depois que escrevi.

Ponho a louça na pia, mas são quase 3h da manhã e não estou a fim de lavá-la. Apago a luz e deixo Josh ir na frente até a porta dos fundos. Enquanto eu a tranco, ele pergunta:

— Você vai contar pra Sutton onde eu estou?

— Ainda não decidi o que vou fazer — admito, e começo a andar pelo beco enquanto ele se apressa para me alcançar.

— De qualquer maneira, estou pensando em ir para Chicago — anuncia. — Devo passar só uma noite na sua casa.

Rio quando penso que esse menino acha que vou deixá-lo fugir para outra cidade agora que sei que ele existe. *No que é que eu estou me metendo, hein?* Tenho a impressão de que minhas responsabilidades cotidianas acabam de dobrar.

— A gente tem mais algum irmão ou irmã que eu não conheça? — pergunto.

— Somente os gêmeos, mas eles só têm oito anos.

Paro imediatamente e olho para ele.

Josh sorri.

— Estou zoando. É só a gente mesmo.

Balanço a cabeça e pego a parte de trás do seu capuz, puxando-o para cima da cabeça dele.

— Você é uma figura.

Ele está sorrindo quando chegamos ao meu carro. Também estou, até que sinto um frio na barriga de preocupação.

Conheço Josh há meia hora. Sei que ele existe há menos de um dia. Mas agora estou com a sensação de que vou protegê-lo pelo resto da vida.

16. Lily

A pessoa perde as manhãs depois que tem filhos.

Eu costumava abrir os olhos e passar vários minutos deitada antes de pegar o celular e ver tudo o que perdi enquanto dormia. Tomava um café e planejava mentalmente o dia enquanto tomava banho.

Agora que tenho Emmy, porém, seu choro matinal me arranca da cama e eu vivo em função dela antes mesmo de ter tempo de fazer xixi. Corro para trocar sua fralda, corro para vesti-la, corro para alimentá-la. Quando termino minhas tarefas maternais, já estou atrasada para o trabalho e mal tenho tempo de cuidar de mim mesma.

É por isso que gosto das manhãs de domingo. Parece que é o único dia da semana em que consigo sentir uma certa calma. Quando Emmy acorda no domingo, sempre a coloco na cama comigo. Ficamos deitadas juntas e a escuto balbuciar, sem nenhuma pressa para levantar ou ir a outro lugar.

Às vezes, como agora, ela volta a dormir e tudo o que faço é fitá-la por longos períodos, maravilhada com o encanto que é a maternidade.

Pego o celular e tiro uma foto de Emmy para enviar a Ryle, mas hesito antes de apertar o botão. Não sinto nenhuma falta dele, mas, em momentos como este, fico triste por Ryle não poder compartilhar isso com a gente ou por eu não poder compartilhar os instantes de alegria que *eles* têm juntos. Não há nada melhor do que curtir a criança que você gerou com a pessoa que também a criou, e é por isso que sempre tento mandar fotos e vídeos para ele. Porém, ainda estou chateada com a noite de ontem e não estou muito a fim de entrar em contato com ele ainda. Salvo a foto para um dia mais tranquilo.

Porra, Ryle.

O divórcio é difícil. Sabia que seria, mas é muito mais do que eu esperava. E passar por um divórcio com uma criança no meio é um milhão de vezes mais complicado. Você será obrigada a interagir com aquela pessoa pelo resto da vida. Precisa dar um jeito de planejar as festas de aniversário em conjunto ou de aceitar duas comemorações separadas. Precisa planejar os feriados que cada um vai passar com a criança e também quais dias da semana, às vezes até as horas do dia.

Não dá para se livrar num piscar de olhos da pessoa com quem você se casou e de quem se divorciou. Você é obrigada a conviver com ela. Para sempre.

Serei obrigada a lidar com os sentimentos de Ryle para sempre e, sendo bem sincera, estou me cansando de sempre me sentir mal por ele, de me preocupar com ele, de temer sua reação, de ser *cuidadosa* com seus sentimentos.

Quanto tempo devo esperar antes de começar a namorar alguém sem que o ciúme de Ryle seja justificável? Quanto tempo devo esperar antes de lhe contar que estou saindo com Atlas, caso nos tornemos um casal? Quanto tempo preciso esperar antes de poder tomar decisões sobre minha própria vida sem me preocupar com os sentimentos dele?

Meu celular vibra. É minha mãe ligando. Saio da cama silenciosamente para ir à sala antes de atender.

— Oi.

— Posso ficar com Emerson hoje?

Rio ao perceber que ela não está nem aí para a filha agora que tem uma neta.

— Tudo bem comigo, sim, e com você?

Minha mãe ama Emmy tanto quanto eu, tenho certeza disso. Quando Emmy completou seis semanas, minha mãe começou a cuidar dela por algumas horas enquanto eu trabalhava. Emmy até dormiu na casa dela no mês passado — foi sua primeira noite longe de mim desde que nasceu. Ela tinha pegado no sono e não quisemos acordá-la, então fui buscá-la na manhã seguinte.

— Rob e eu estamos por perto. Podemos buscá-la daqui a vinte minutos. Vamos ao jardim botânico e pensei que seria divertido levar Emerson. E imagino que um descanso possa ser bom pra você.

— Está bem. Vou arrumá-la.

Meia hora depois, ouço alguém bater à porta. Abro-a e deixo minha mãe e Rob entrarem. Minha mãe vai direto para a sala de estar, onde Emmy está dormindo num moisés.

— Oi, mãe — digo brincando.

— Mas que roupinha mais linda — diz minha mãe, pegando-a. — Fui eu que comprei para ela?

— Não, era da Rylee, na verdade.

É legal que a diferença entre as duas seja de apenas seis meses. Não precisamos comprar tantas roupas para Emmy porque Allysa me dá muitas que eram de Rylee. E elas estão sempre em ótimas condições, pois acho que Rylee nunca repete a mesma roupa.

Emmy está usando o conjunto que Rylee usou na sua festa de um ano. Estava torcendo para que Emmy o herdasse, pois é uma fofura. É uma legging rosa com estampa de melancias e uma camiseta verde de manga comprida com uma fatia de melancia no meio.

Minha mãe comprou quase todas as outras roupas de Emmy, inclusive a jaqueta azul que estou colocando nela agora.

— Não combina com o conjuntinho — minha mãe censura. — Cadê a jaqueta rosa que comprei para ela?

— Está pequena demais. É só uma jaqueta, e ela tem um ano de idade. Não faz diferença se combina ou não.

Minha mãe bufa, e pela sua cara percebo que Emmy vai voltar para casa com uma jaqueta novinha em folha. Beijo a bochecha de Emmy, e minha mãe se dirige à porta.

Entrego a bolsa maternidade para Rob, e ele a pendura no ombro.

— Quer que eu a pegue? — pergunta ele para minha mãe.

Ela aperta Emmy ainda mais.

— Não precisa — responde ela por cima do ombro. — A gente volta em algumas horas.

— Que horas? — pergunto.

Não costumo marcar horário com ela, mas estou pensando em perguntar a Atlas o que ele está fazendo agora. Talvez a gente possa almoçar, já que nós dois estamos de folga hoje e não vou estar com Emmy.

— Eu mando uma mensagem. Por quê? Vai sair? — pergunta. — Achei que você fosse apenas botar o sono em dia.

Não tenho coragem de lhe dizer que talvez eu vá sair com um cara. Ela ficaria me fazendo perguntas até muito depois de o jardim botânico fechar.

— Pois é, acho que vou só dormir mesmo. Mas deixo o celular ligado. Divirtam-se.

Minha mãe já saiu e está no corredor, mas Rob para e me olha.

— Lembre-se de parar o carro na mesma vaga. Se estacionar em outro lugar, ela vai perceber e vai fazer perguntas.

Rob dá uma piscadela, deixando evidente que me entende melhor do que ela.

— Valeu pela dica — sussurro.

Fecho a porta e vou procurar o celular. Arrumei Emmy para o passeio na pressa, então não olho o celular desde que encerrei a ligação com minha mãe. Tem uma chamada perdida de Atlas de vinte minutos atrás.

Sinto um frio de expectativa na barriga. Espero que ele esteja de folga hoje. Uso a câmera do celular para conferir minha aparência e faço uma chamada de vídeo para ele.

Na primeira vez que Atlas me ligou pelo FaceTime, eu detestei, mas agora essa me parece a opção mais natural. Sempre quero vê-lo. Gosto de ver o que está vestindo, onde está e as caras que faz quando diz as coisas que diz.

Já estou sorrindo quando ouço o som indicando que ele aceitou a chamada. Atlas ergue o celular e, quando finalmente entendo o que estou vendo, percebo que está numa cozinha que não conheço. Ela é branca, bem-iluminada e diferente da cozinha de que me lembro de quando visitei sua casa quase dois anos atrás.

— Bom dia — Atlas me cumprimenta.

Ele está sorrindo, mas parece cansado, como se tivesse acabado de acordar ou estivesse prestes a dormir.

— Oi.

— Dormiu bem? — pergunta ele.

— Dormi. Finalmente. — Semicerro os olhos tentando ver o que há atrás dele. — Você reformou a cozinha?

Atlas olha por cima do ombro e depois para mim.

— Eu me mudei.

— O quê? Quando?

— No início do ano. Vendi minha casa e encontrei um lugar mais perto do restaurante.

— Ah. Que bom. — Mais perto do restaurante significa mais perto de mim. Qual será a distância entre a gente agora?

— Está cozinhando?

Atlas vira o celular para a bancada. Tem uma frigideira com ovos, uma pilha de bacon, panquecas e... *dois pratos. Dois* copos de suco. Sinto um aperto no coração.

— Quanta comida — comento, tentando disfarçar o imenso ciúme que estou sentindo.

— Não estou sozinho — explica ele, virando a tela para o rosto de novo.

Minha decepção deve ter ficado evidente, pois ele balança a cabeça na mesma hora.

— Não, Lily. Não é isso...

Atlas ri e parece nervoso. Sua reação é encantadora, mas não me tranquiliza por completo. Ele ergue um pouco mais o celular até eu conseguir ver quem está atrás dele. Não sei quem é, mas não é outra mulher.

É um garoto.

Um garoto igualzinho a Atlas, e ele está me encarando com seus olhos idênticos aos de Atlas. *Ele tem um filho e eu não sei?* O que está acontecendo?

— Ela acha que sou seu filho — diz o menino. — Você está apavorando ela.

Na mesma hora, Atlas vira o celular para o próprio rosto.

— Não é meu filho. É meu irmão.

Irmão?

Atlas move o celular para que eu veja seu irmão de novo.

— Diga oi para a Lily.

— Não.

Atlas revira os olhos e me encara como que se desculpando.

— Ele é um pouco babaca — justifica, bem na frente do irmão caçula.

— Atlas! — sussurro, chocada com tudo que está sendo dito.

— Está tudo bem, ele sabe que é babaca.

Vejo o menino rir atrás dele, então percebo que ele sabe que Atlas está brincando. Mas também estou confusa.

— Eu não sabia que você tinha um irmão.

— Nem eu. Descobri ontem à noite, depois do nosso encontro.

Penso na noite de ontem e em como ficou óbvio que ele estava chateado com a mensagem que recebeu, mas não fazia ideia de que era uma questão familiar. Acho que isso explica por que a mãe estava tentando falar com ele.

— Pelo jeito, você tem muito o que resolver hoje.

— Espere, não desligue ainda — pede ele. Atlas sai da cozinha e vai para outro cômodo para ter privacidade. Fecha a porta e se senta na cama. — Os pãezinhos só ficam prontos em dez minutos. Posso falar.

— Nossa. Panquecas *e* pãezinhos. Que menino de sorte! Meu café da manhã foi café preto.

Atlas sorri, mas é um sorriso fraco. Ele parecia de bom humor na frente do irmão, mas agora que estou sozinha com ele, percebo o estresse na maneira como está se portando.

— Cadê Emmy? — pergunta.

— Minha mãe vai ficar com ela por algumas horas.

Quando ele nota que nós dois não vamos trabalhar e que não estou com Emmy, ele suspira como se estivesse desanimado.

— Então está com o dia de hoje livre?

— Tudo bem, a gente vai fazer tudo devagar, lembra? Além disso, não é todo dia que você descobre que tem um irmão mais novo.

Atlas passa a mão no cabelo e suspira.

— Era ele que estava vandalizando os restaurantes.

Isso me surpreende. Preciso ouvir o resto da história.

— Foi por isso que minha mãe tentou me ligar na semana passada. Ela queria saber se ele tinha falado comigo. Agora me sinto mal por ter bloqueado o número dela.

— Não tinha como você saber. — Estou de pé no meio da sala, mas quero estar sentada para esta conversa. Vou até o sofá e deixo o celular no braço dele, apoiando-o no suporte de dedo. — Ele sabia sobre você?

Atlas assente.

— Sabia, e achava que eu sabia da existência dele, e é por isso que estava descontando a raiva nos meus restaurantes. Tirando os milhares de dólares que me fez gastar, ele me parece um bom menino. Ou pelo menos parece ter potencial para ser um bom menino. Sei lá, ele passou pelas mesmas merdas que eu com minha mãe, então não sei como isso o afetou.

— Sua mãe também está aí?

Atlas balança a cabeça.

— Ainda não contei para ela que o encontrei. Falei com um amigo que é advogado e ele disse que, quanto mais cedo eu contar, melhor; assim ela não vai poder usar isso contra mim.

Usar isso contra ele?

— Você quer tentar obter a guarda dele?

Atlas assente sem titubear.

— Não sei se é o que Josh quer, mas não consigo aceitar outra opção. Sei o tipo de mãe que ela é. Ele mencionou que queria ir atrás do pai, mas Tim é ainda pior do que minha mãe.

— Você tem algum direito como irmão dele?

Atlas balança a cabeça.

— Somente se minha mãe deixar que ele more comigo. Não estou nada a fim de ter essa conversa. Ela vai negar só para me irritar, mas... — Atlas suspira fortemente. — Se Josh ficar com ela, não vai ter nenhuma chance na vida. Ele já é mais calejado do que eu era com aquela idade. Mais raivoso. Fico com medo do que essa raiva pode virar se ele não tiver alguma estabilidade na vida. Mas não sei se consigo fazer algo assim. E se eu fizer mais merda com ele do que minha mãe?

— Isso não vai acontecer, Atlas. Você sabe que não.

Ele aceita meu consolo com um sorriso rápido.

— É fácil para você dizer isso. Você leva muito jeito para cuidar da sua filha.

— Eu apenas sei fingir bem — admito. — Não faço ideia do que estou fazendo. Nenhum pai ou mãe sabe. Todos nós sofremos de síndrome do impostor e nos viramos como dá a cada minuto do dia.

— Por que isso é reconfortante e apavorante ao mesmo tempo?

— Você acabou de resumir a paternidade e a maternidade em uma frase.

Atlas expira.

— Acho melhor eu voltar e conferir se ele não está me roubando. Eu te ligo mais tarde, tá?

— Tudo bem. Boa sorte.

A maneira como Atlas articula silenciosamente a palavra *tchau* é sexy pra cacete.

Quando encerro a chamada, me deito e suspiro. Adoro como me sinto depois de falar com ele. Atlas me deixa toda boba e energizada e feliz, mesmo quando a chamada é tão maluca e caótica como essa de agora.

Queria saber onde ele mora. Eu passaria na casa dele só para fazer um delivery de abraço, assim como ele fez comigo na outra noite. Odeio o fato de Atlas estar lidando com isso, mas ao mesmo tempo fico feliz por ele. Não consigo imaginar sua solidão desde que o conheci, não tendo nenhum familiar em sua vida.

E pobre criança. É a história de Atlas se repetindo, como se um único menino sendo tão maltratado pela mãe não bastasse.

Meu celular apita, indicando uma nova mensagem. Sorrio quando vejo que é dele. Sorrio ainda mais quando vejo o tamanho da mensagem.

Obrigado por ser a parte mais reconfortante da minha vida neste momento. Obrigado por sempre ser o farol de que eu preciso toda vez que me sinto perdido, quer você queira me iluminar ou não. Eu me sinto grato pela sua existência. Estou com saudade. Deveria demais ter te beijado.

Estou cobrindo a boca com a mão quando termino de ler. Sinto emoções tão fortes que não sei como lidar.

Sorte de Josh ter você na vida dele neste momento.

Após alguns segundos, Atlas reage à mensagem com um coração. Então mando outra:

E você tem razão. Deveria demais ter me beijado.

Atlas reage com outro coração.

17. Atlas

Josh não confia em mim, mas vou vencê-lo pelo cansaço. Aposto que não confia em ninguém, então não vou levar para o pessoal. Se a infância dele tiver sido parecida com a minha, tenho certeza de que ele já endureceu bem mais do que qualquer menino de doze anos deveria endurecer.

Por mais que me olhe com desconfiança, posso ver que também está curioso a meu respeito. Ele não faz muitas perguntas, mas me observa de uma maneira que denuncia os milhares de perguntas que tem na ponta da língua. Por algum motivo, no entanto, Josh prefere guardá-las para si. Deve estar se perguntando por que peguei tão leve com ele ontem à noite, depois que descobri que era ele causando danos aos meus restaurantes. Também deve estar se perguntando por que eu não sabia da existência dele e como acabei com uma vida tão diferente da minha mãe e de Tim.

Quaisquer que sejam suas perguntas, ele está tentando conter bastante suas expressões. Não quero constrangê-lo, então tenho falado mais enquanto ele toma o café da manhã. Não é tão difícil, pois as perguntas que tenho para ele são igualmente numerosas. Foi também por isso que não consegui dormir ontem à noite depois que enfim chegamos à minha casa. Fiquei alerta para ver se ele não ia tentar ir embora de fininho, e realmente me surpreendi quando vi que ele ainda estava aqui pela manhã.

Por mais que minhas perguntas possam irritá-lo, lembro como é ter doze anos. Tudo o que eu queria era que alguém se interessasse por quem eu era, mesmo que fosse um interesse falso. Se a vida dele tiver sido parecida com a minha, ele passou doze anos sendo ignorado, e não vou deixar que se sinta desse jeito na minha casa. Porém, tenho feito apenas perguntas fáceis, abrindo caminho para os assuntos mais difíceis.

Josh come uma coisa de cada vez. Primeiro um pãozinho, depois o bacon. Ele está cortando as panquecas pela primeira vez quando digo:

— Do que você gosta? Tem algum hobby?

Ele dá uma mordida, e uma das suas sobrancelhas se ergue um pouco, mas não sei se é por causa da comida ou da minha pergunta.

— Por quê?

— Quer saber por que estou perguntando do que gosta?

Seu pescoço está rígido quando assente.

— Perdi doze anos da sua vida. Quero te conhecer.

Josh desvia o olhar e põe mais panqueca na boca.

— Mangá — murmura.

Fico surpreso. Mas, graças a Theo, eu até que conheço mangá.

— Qual sua série favorita?

— *One Piece.* — Ele balança a cabeça, pensando melhor. — Não, deve ser *Chainsaw Man.*

É só até aí que consigo chegar na conversa sem parecer ignorante.

— A gente pode passar numa livraria mais tarde se você quiser.

Ele assente.

— As panquecas estão gostosas.

— Obrigado.

Observo-o dar um gole no suco, e, enquanto coloca o copo na mesa, ele diz:

— Do que você gosta? — Ele vira a cabeça para o prato. — Além de cozinhar.

Não sei responder. Passo a maior parte do tempo nos restaurantes. Gasto o tempo que me sobra fazendo consertos pela casa, lavando roupa, dormindo.

— Gosto de assistir ao canal de culinária.

Josh dá uma risadinha.

— Que parada mais triste.

— Por quê?

— Eu falei "além de cozinhar".

É uma pergunta mais difícil do que imaginei, agora que sou eu que tenho de responder.

— Gosto de museus — acrescento. — E de ir ao cinema. E de viajar. Só não faço nada disso.

— Porque está sempre trabalhando?

— Isso.

— Como eu disse: que parada mais triste.

Ele se inclina por cima do prato para comer outra garfada de panqueca.

As perguntas para nos conhecermos melhor não estão funcionando, então vou direto ao ponto:

— Por que vocês brigaram?

Ele dá de ombros.

— Na metade do tempo, nem sei qual foi a merda que eu fiz. Ela apenas se irrita sem motivo.

Sei como é. Deixo-o comer mais um pouco antes de fazer outra pergunta.

— Onde você estava dormindo?

Josh não me olha. Ele empurra a comida no prato por um instante, depois diz:

— No seu restaurante. — Seus olhos sobem devagar até encontrarem os meus. — O sofá do seu escritório é bem confortável.

— Você estava dormindo *dentro* do restaurante? Há quanto tempo?

— Duas semanas.

Fico chocado.

— Como você estava entrando?

— Não tem alarme naquele restaurante, e finalmente descobri como forçar a fechadura depois de algumas tentativas. Já no outro, é bem difícil de entrar.

— Você sabe forçar fe... — Não posso deixar de rir. Brad e Darin vão adorar me dizer *eu te avisei*. — E por que, depois de um tempo, você começou a vandalizar também?

Josh me olha com relutância.

— Sei lá. Acho que estava com raiva. — Ele empurra o prato e se recosta na cadeira. — E agora? Preciso voltar a morar com ela?

— O que você quer que aconteça?

— Quero morar com meu pai. — Ele coça o cotovelo. — Pode me ajudar a encontrá-lo?

Minha vontade de encontrar Tim é a mesma que eu tinha de encontrar minha mãe: nenhuma.

— Sabe alguma coisa sobre ele? — pergunto.

— Acho que agora está morando em Vermont. Só não sei onde.

— Quando foi que o viu pela última vez?

— Alguns anos atrás. Mas ele não sabe mais onde me encontrar.

Agora Josh está refletindo bem sua idade. Um menino frágil, abandonado pelo pai, mas que se recusa a perder a esperança. Não quero ser a pessoa que acaba com ela, então apenas concordo.

— Está bem, vou ver o que posso fazer. Mas, por enquanto, preciso avisar a sua mãe que você está bem. Preciso ligar para ela.

— Por quê?

— Se eu não ligar, isso pode ser considerado sequestro.

— Não se eu estiver aqui por vontade própria.

— Mesmo que você esteja aqui por vontade própria. Você não tem idade para decidir onde quer morar, e no momento é sua mãe que tem sua guarda.

Ele fica nitidamente irritado. Mete o garfo na comida franzindo a testa, mas não dá outra mordida.

Saio de perto e ligo para Sutton. Desbloqueei seu número depois que ela saiu do meu restaurante ontem à noite, para o caso de ela querer entrar em contato comigo. Disco seu número e a espero atender. Após chamar algumas vezes, ela enfim atende com um "alô" bem grogue.

— Oi. Eu o encontrei.

— Quem está falando?

Fecho os olhos rapidamente enquanto espero que ela acorde e lembre que o filho está desaparecido. Após alguns segundos de silêncio, ela diz:

— Atlas?

— Isso. Encontrei Josh.

Ouço um ruído do outro lado da linha, como se ela estivesse saindo da cama.

— Onde ele estava?

Não quero responder. Sei que ela é a mãe de Josh, mas me parece que o paradeiro dele não é da sua conta, o que é uma opinião incomum de se ter.

— Não sei onde ele estava, mas agora está comigo. Escute... Queria saber se ele não pode passar um tempo aqui comigo. Talvez isso te desse um descanso, não?

— Quer que ele fique com *você*?

A maneira como ela enfatiza a última palavra me faz estremecer. Vai ser bem mais difícil do que imaginei. Ela é o tipo de pessoa que briga só por brigar, independentemente do resultado que queira.

— Eu poderia matriculá-lo em uma escola e me certificar de que ele frequente as aulas — ofereço. — Você não precisaria se preocupar mais com isso. — Ela faz uma pausa como se estivesse considerando a alternativa.

— Mas que *mártir* você é — resmunga. — Traga-o de volta. Agora.

Ela desliga.

Tento ligar de novo três vezes, mas ela encaminha as chamadas para a caixa postal.

— Isso não me pareceu muito promissor — comenta Josh.

Ele está parado na porta da cozinha. Não sei o quanto da conversa escutou, mas ao menos não conseguiu ouvir o que Sutton disse.

Guardo o celular no bolso.

— Ela quer que você volte hoje. Mas amanhã eu ligo para um advogado. Posso até ligar para o maldito Conselho Tutelar se você quiser. Só que não tem muita coisa que eu possa fazer num domingo.

Os ombros de Josh despencam quando digo isso.

— Você pode pelo menos me dar seu número? — pede, como se tivesse medo de eu dizer não.

— É claro! Não vou abandoná-lo agora que sei que você existe.

Josh mexe num buraco na manga da camisa, evitando fazer contato visual comigo, enquanto diz:

— Entendo se estiver com raiva de mim. Você morreu numa grana por minha causa.

— É verdade — respondo. — Aqueles croutons custaram uma fortuna.

Josh ri pela primeira vez nesta manhã.

— Cara, aqueles croutons estavam *gostosos* pra caralho.

Solto um gemido.

— Não diga essa palavra.

O Risemore Inn fica do outro lado de Boston. Demoramos quarenta e cinco minutos no trânsito para chegar até lá, e nem é dia útil. Quando entramos no estacionamento, Josh não sai do carro na mesma hora. Ele apenas fica sentado em silêncio no banco do passageiro, encarando o hotel como se fosse o último lugar onde quisesse estar.

Preferia não ter que trazê-lo de volta para a mãe, mas liguei para meu amigo advogado de novo após falar com Sutton. Ele disse que, se eu quiser fazer tudo certo, sem que ela tenha argumentos para usar contra mim, tudo o que posso fazer é levá-lo de volta. Depois, se eu quiser resolver a questão judicialmente, ele disse que vou precisar arranjar um advogado e entrar na Justiça.

Tudo que for feito *fora* do âmbito da Justiça pode me prejudicar.

Pelo jeito, não se pode sequestrar o próprio irmão, mesmo que você saiba que ele está correndo perigo.

Queria explicar tudo isso para Josh com mais detalhes — para mostrar que não estou apenas largando-o com ela —, mas ele está tão cismado em morar com o pai que nem sei se quer morar comigo. E não sei se estou preparado para criar um irmão mais novo, mas, enquanto eu estiver vivo, nem a pau que posso deixá-lo sob a guarda daquela mulher sem pelo menos tentar.

Até eu resolver o que fazer em seguida, não quero que ele se encontre numa situação em que não tenha o que comer ou não tenha dinheiro para pagar mais diárias do hotel. Tiro a carteira e lhe entrego um cartão de crédito.

— Posso confiar em você com isto aqui?

Josh olha o cartão na minha mão, e seus olhos se arregalam um pouco.

— Não sei por que você faria isso. Passei as duas últimas semanas tentando destruir seus restaurantes.

Empurro o cartão para ele.

— Use para necessidades básicas. Comida, recargas para o celular. — Nós paramos no caminho e compramos um celular pré-pago para que ele possa manter contato comigo. — Talvez algumas roupas novas que caibam em você.

Josh pega o cartão da minha mão com relutância.

— Nem sei como usar isto aqui.

— É só aproximar. Mas não conte para Sutton que está com ele. — Aponto para o celular. — Esconda-o entre a capa e o aparelho.

Ele tira a capa do celular e guarda o cartão dentro dela. Depois diz:

— Valeu. — Ele põe a mão na maçaneta do carro. — Você vai entrar para falar com ela?

Balanço a cabeça.

— É melhor não. Acho que isso só a deixaria ainda mais irritada.

Josh suspira e sai do carro. Nós nos entreolhamos por alguns segundos antes de ele por fim fechar a porta do veículo.

Fico me sentindo o maior babaca por trazê-lo para cá. Mas preciso fazer isso da maneira certa. Se não o trouxesse de volta, ela poderia me denunciar. E como a conheço, ela provavelmente faria isso. É melhor eu apenas deixá-lo aqui hoje e, assim que a semana começar amanhã, fazer ligações e ver que providências posso tomar para que ele vá morar comigo.

Sei que se Josh ficar aqui com ela, ele não vai ter nenhuma chance na vida. Dei sorte ao encontrar Lily. Ela me salvou. Mas não sei se há sorte o bastante no mundo para *nós dois* sermos salvos por uma desconhecida qualquer.

Sou tudo o que ele tem.

Continuo no carro enquanto Josh atravessa o estacionamento. Ele sobe a escada e bate à porta do segundo quarto antes do fim do corredor. Ele me olha por cima do ombro, então aceno bem na hora em que a porta se escancara.

Vejo a raiva nos olhos de Sutton de onde estou no estacionamento. Ela começa a gritar com ele na mesma hora. *E depois dá um tapa na cara dele.*

Minha mão está na maçaneta da porta antes mesmo que Josh tenha tempo de reagir ao tapa. Agora a mão de Sutton está agarrando o braço dele, puxando-o para dentro do quarto do hotel. Estou a vários metros de distância do carro quando o vejo tropeçar na soleira da porta e sumir para dentro do quarto.

Subo dois degraus de cada vez, com o coração em disparada. Chego à porta antes mesmo de Sutton a fechar. Josh está tentando se levantar, mas ela está parada ao lado dele, gritando:

— Eu podia ter sido *presa*, seu merdinha!

Sutton não faz ideia de que estou atrás dela. Coloco o braço ao redor de sua cintura e a puxo para longe de Josh, erguendo-a e a soltando no colchão atrás de mim. Acontece tão rápido que ela fica chocada demais para reagir.

Ajudo Josh a se levantar. Seu celular está no chão a alguns metros de distância, então o pego, devolvo-o para ele e o levo até a porta.

Sutton percebe o que está acontecendo e salta da cama. Ela sai atrás da gente.

— Traga-o de volta!

Agora sinto suas mãos em mim. Ela está puxando minha camisa, tentando me fazer parar ou me afastar para poder pegar Josh.

Peço que ele siga em frente.

— Vá para o carro.

Ele continua se dirigindo à escada, então paro de andar e me viro para ela. Ela inspira rapidamente pela boca após ver a fúria absoluta nos meus olhos. Depois bate as palmas no meu peito e me empurra.

— Ele é *meu* filho! — grita ela. — Vou chamar a polícia!

Solto uma risada exasperada. Quero lhe dizer para chamar a polícia, quero gritar com ela. Mas, acima de tudo, quero tirar Josh de perto de Sutton. Só por cima do meu cadáver que ela vai arruinar a vida dele.

Não tenho energia para lhe dizer nada. Ela não merece minhas palavras. Simplesmente vou embora, deixando-a gritando como fazia antigamente.

Josh já está no banco da frente do carro quando volto. Bato a porta e agarro o volante com ambas as mãos antes de ligar o carro. Preciso me acalmar antes de dirigir.

Ele parece estranhamente calmo considerando o que acabou de acontecer. Fico pensando se essa não costuma ser uma interação comum entre os dois, pois nem ofegante ele está. Não está chorando. Não está xingando. Está apenas me observando, e percebo que talvez ele vá se lembrar da minha reação neste momento pelo resto da vida.

Deslizo as mãos pelo volante e respiro com calma.

A bochecha de Josh está vermelha, e tem um pequeno corte sangrando em sua testa. Pego um lenço de papel no porta-luvas e o entrego a ele. Depois viro o visor para que saiba onde limpar.

— Vi quando ela te deu o tapa, mas de onde veio esse corte?

— Acho que bati no rack da TV.

Muita calma, Atlas. Dou a ré e saio do estacionamento.

— Talvez a gente deva passar em um pronto-socorro para dar uma olhada no seu corte. Para garantir que não é uma concussão.

— Está tudo bem. Eu geralmente sei quando é uma concussão.

Ele geralmente sabe? Cerro os dentes assim que Josh diz isso. Percebo que não faço a mínima ideia do inferno pelo qual esse menino já passou, e que eu estava prestes a lançá-lo de volta nas chamas.

— É melhor garantir — respondo.

Mas o que eu quero dizer é: "É melhor ter tudo documentado caso seja necessário provar os maus-tratos dela posteriormente."

18. Lily

Faz cinco dias desde que vi Atlas. Tento não me estressar com o quanto estamos ocupados, pois sei que isso vai melhorar depois que eu me sentir mais à vontade para deixá-lo conviver com Emmy. Porém, a coisa mais responsável a fazer é avisar ao seu pai que estou namorando outra pessoa antes de trazer alguém para perto dela.

Mas é frustrante que a coisa mais responsável a ser feita seja também algo apavorante de fazer. Planejo adiar isso o máximo possível. Ter paciência não é motivo de vergonha.

A floricultura está com menos funcionários esta semana devido ao casamento iminente de Lucy, e Atlas está lidando com os aspectos jurídicos da guarda do irmão, administrando dois restaurantes e cuidando de um menino. Além de tudo isso, a febre que minha mãe teve na semana passada virou um resfriado, então ela não está podendo cuidar de Emmy. Trouxe-a comigo para a floricultura em dois dos três dias que trabalhei esta semana.

Tem sido uma semana daquelas. Agitada demais até mesmo para que eu ganhe um delivery de abraço.

Ryle e Marshall levaram as meninas ao zoológico hoje. É provável que Emmy seja pequena demais para aproveitar, então o dia vai ser interessante para Ryle.

Correu tudo bem quando a entreguei hoje de manhã, apesar de não nos falarmos desde nossa conversa no terraço na semana passada, sobre o nome do meio dela. Ryle foi um pouco ríspido, mas prefiro sua rispidez aos seus flertes sutis ocasionais.

Allysa está trabalhando comigo hoje, já que não está com Rylee. Ela acabou de voltar com o café agora que já resolvemos as pendências do negócio. Enviamos os pedidos pela van de entrega uma hora atrás, então é a primeira vez que podemos conversar em particular desde que saí com Atlas na semana passada.

Allysa me entrega o café e depois usa o mouse para ver se não chegou nenhum pedido on-line novo no e-mail.

— O que você vai vestir no casamento de Lucy? — pergunto.

— A gente não vai.

— O quê?

— Não poderemos ir. São as bodas de quarenta anos dos meus pais, e Ryle e eu vamos fazer aquele jantar surpresa.

Ela tinha me contado, mas eu não fazia ideia de que era no mesmo dia do casamento de Lucy.

— É a única noite de folga que Ryle conseguiu — explica.

Eu desanimo. Odeio os horários de Ryle. Sei que vai melhorar com o passar do tempo, quando ele deixar de ser um dos cirurgiões mais novos da equipe, mas, mesmo quando seus horários não dificultam a guarda compartilhada, ele faz minha melhor amiga escolher entre um casamento e os pais.

Sei que não é culpa de Ryle, mas gosto de culpá-lo secretamente por coisas que ele não pode controlar. É satisfatório.

— Lucy sabe que você não vai?

Allysa assente.

— Por ela, tudo bem. Duas bocas a menos para alimentar. — Ela toma um gole de café. — Atlas vai com você?

Não o convidei. Achei que você e Marshall iriam, e não queria pedir para vocês mentirem por mim de novo.

Eu me senti mal quando pedi para Allysa cuidar de Emmy na semana passada durante meu encontro, pois sabia que ela precisaria mentir para Ryle se o assunto fosse mencionado. E ela *realmente* precisou mentir para ele.

— Quando vai contar a Ryle que voltou a ter vida amorosa?

Solto um gemido.

— Preciso mesmo?

— Ele vai acabar descobrindo.

— Queria poder fingir que estou saindo com um cara qualquer chamado Greg. Não sei se ele se sentiria tão ameaçado por um Greg. Talvez eu não precise especificar com quem estou saindo, pois assim ele não ficaria tão furioso. Posso deixar para revelar que é o Atlas depois de uma ou duas décadas.

Allysa ri, mas depois me olha com curiosidade.

— Por que Ryle odeia tanto Atlas, hein?

— Ele não gostava do fato de eu guardar recordações da época em que Atlas e eu namoramos.

Allysa está me encarando. Esperando.

— E o que mais?

Balanço a cabeça. Não tem mais nada.

— Como assim?

— Você traiu Ryle com Atlas?

— *Hã?* Não. *Meu Deus*, não. Eu jamais teria feito isso com o Ryle.

Fico um pouco ofendida com a pergunta, mas ao mesmo tempo não fico. A reação de Ryle faria com que qualquer pessoa ficasse pensando sobre o que a provocou.

Allysa parece perplexa.

— Ainda não entendi. Se você não o traiu com Atlas, por que Ryle o odeia?

Solto um suspiro exagerado.

— Já me fiz essa pergunta um milhão de vezes, Allysa.

Ela faz uma cara de irritação que somente um irmão provocaria.

— Nunca quis perguntar porque achei que você tivesse vergonha de ter traído meu irmão e apenas não queria me contar.

— Eu não beijo Atlas desde que tinha dezesseis anos. Ryle não suportava o fato de o meu passado às vezes voltar à tona, de uma maneira completamente platônica.

— Calma aí. Você não beija Atlas desde que tinha dezesseis anos? — Ela se concentrou na parte totalmente errada da conversa. — Vocês não se beijaram nem quando saíram na semana passada?

— Estamos fazendo tudo devagar. E por mim, tudo bem. Quanto mais devagar tudo acontecer, mais tempo eu tenho antes de precisar contar para o seu irmão.

— Acho que você devia puxar logo esse band-aid. — Ela aponta para o meu celular no balcão. — Mande uma mensagem para Ryle agora e diga que está saindo com Atlas. Ele vai superar, não tem escolha.

— Isso parece o tipo de coisa que preciso contar pessoalmente.

— Você é cuidadosa demais.

— Você é ingênua demais. Se acha que Ryle vai *superar* isso, não conhece seu irmão muito bem.

— Nunca disse que conhecia. — Allysa suspira e encosta o queixo na mão. — Marshall me disse que te contou que eu o traí.

Ainda bem que ela mudou de assunto.

— Pois é, foi um belo de um choque.

— Bebi e fiz besteira. Eu tinha dezenove anos, e nada antes dos vinte e um tem importância.

Dou uma risada.

— É mesmo?

— Uhum. — Ela se senta no balcão e começa a balançar as pernas. — Me conte mais sobre Atlas. Me conte como se eu fosse sua melhor amiga, e não a irmã do seu ex-marido.

E então voltamos à conversa de antes. Não durou muito.

— Tem certeza de que não acha isso estranho?

— Por quê? Porque Ryle é meu irmão? Não, não acho nada estranho. Ele devia ter te tratado melhor, e assim você não estaria saindo com um deus grego. — Ela mexe as sobrancelhas, sorrindo. — Como ele é? Ele parece misterioso.

— Ele não é, na verdade. Não para mim. — Sinto um sorriso querendo surgir no meu rosto e permito. — É tão fácil conversar com Atlas. E ele é gentil. Gentil como o Marshall, mas não tão extrovertido. É mais reservado. Ele trabalha muito, e eu estou sempre com Emmy, então tem sido difícil separar um tempinho para nos vermos. Além disso, ele descobriu esta semana que tem um irmão mais novo, então a vida dele está meio caótica no momento. Temos nos falado mais por mensagens e ligações, é uma chatice.

— É por isso que está sempre de olho no celular?

Sinto minhas bochechas esquentarem quando ela diz isso. Detesto que ela tenha percebido. Fiz o que pude para ser discreta. Não quero que ninguém saiba o quanto eu e Atlas trocamos mensagens, nem o quanto eu *penso* em lhe mandar mensagens, nem o quanto eu penso *nele*.

Talvez eu esteja com medo de conversar sobre isso com Allysa por não querer ficar com esperanças em relação a Atlas antes de saber que Ryle não vai ficar furioso sobre isso.

Recebo uma mensagem bem quando estou pensando nisso e preciso me esforçar ao máximo para conter meu sorriso quando olho o celular e a leio.

— É ele? — pergunta Allysa.

Confirmo.

— O que está dizendo?

— Ele perguntou se eu quero que traga almoço para mim.

— *Quer, sim* — diz Allysa enfaticamente. — Diga que você está faminta, e sua amiga também.

Dou uma risada e respondo a Atlas dizendo:

Pode trazer almoço para duas pessoas? Minha colega fica com inveja quando você traz comida só pra mim.

Ele responde imediatamente:

Chego daqui a uma hora.

Quando Atlas finalmente chega, Allysa e eu estamos ocupadas com clientes. Ele está carregando uma sacola de papel kraft. Gesticulo para que espere perto do balcão, então ele aguarda pacientemente enquanto terminamos. Allysa termina primeiro, e os dois conversam durante pelo menos cinco minutos. Deste lado da floricultura, não consigo ouvir o que dizem. Estou tentando prestar atenção na cliente à minha frente, mas saber que Allysa está conversando diretamente com Atlas me deixa mais do que nervosa. Nunca sei o que ela vai dizer.

Atlas parece contente, no entanto. O que quer que ela esteja dizendo, ele está gostando.

Parece que uma década se passou até eu finalmente me juntar a eles. Atlas se inclina e me cumprimenta com um beijo na bochecha quando chego perto dele. Seus dedos roçam meu cotovelo por vários segundos depois que nos cumprimentamos e até que ele afaste a mão. Esse mero gesto faz uma corrente atravessar meu corpo, e fica difícil me concentrar sem minha expressão denunciar o quanto ele me deixa boba.

Allysa sorri para mim com ar de entendida:

— Adam Brody, é?

Não faço ideia do que ela está falando, até que olho para Atlas e ele está sorrindo. Eu tinha um pôster do Adam Brody na parede do quarto na primeira vez que ele foi na minha casa.

Empurro o braço de Atlas.

— Eu tinha quinze anos!

Ele ri, e fico feliz que Allysa esteja sendo legal com Atlas. Sei que ela tem todo o direito de ser completamente leal ao irmão, mas Allysa não seria grosseira com alguém só porque outras pessoas não gostam dele.

Ela não é uma amiga que aceita tudo, assim como não é uma irmã que aceita tudo. É isso que mais amo nela, pois eu também não aceito tudo. Se você fizer alguma besteira, eu vou ser a amiga que vai lhe dizer que você está fazendo besteira. Não entrar na besteira junto com você.

Quero que minhas amigas me tratem da mesma maneira. Sempre prefiro sinceridade a lealdade, pois a sinceridade *traz consigo* a lealdade.

— Obrigada pelo almoço — digo. — Conseguiu resolver a situação de Josh na escola?

Atlas está tentando matriculá-lo numa escola mais próxima de sua casa, para que ele saia da escola anterior do outro lado da cidade.

— Consegui. Estou torcendo para que eles não olhem de muito perto os formulários que preenchi. Eu menti um pouco.

— Tenho certeza de que vai dar certo — asseguro. — Não vejo a hora de conhecê-lo.

— Quantos anos ele tem? — pergunta Allysa.

— Ele acabou de fazer doze anos — responde Atlas.

— Nossa — diz ela. — Pior idade de todas. Mas pelo menos você não precisa pagar uma creche. É o lado bom. — Allysa estala os dedos. — Por falar em crianças, Lily não vai estar com

Emerson no próximo sábado porque vai a um casamento. Ela vai ter uma noite inteirinha só para ela como adulta solteira.

Jogo a cabeça para trás e a encaro.

— Eu já ia convidá-lo. Não precisava da sua ajuda.

Atlas se anima.

— Um casamento, é? — Ele abre um sorrisinho travesso. — Vai dormir durante a cerimônia?

Enrubesço na mesma hora, o que deixa Allysa curiosa. Atlas se vira para ela e diz:

— Lily não te contou que dormiu no nosso encontro?

Nem estou olhando para Allysa, mas sinto que ela está me encarando.

— Eu estava cansada — digo, dando uma desculpa para algo indesculpável. — Foi sem querer.

— Ah, é óbvio que preciso saber mais dessa história — declara Allysa.

— Ela pegou no sono a caminho. Passou mais de uma hora dormindo no estacionamento. Nem fomos ao restaurante.

Allysa começa a rir, e agora eu meio que quero me esconder debaixo do balcão.

— Quem vai se casar? — pergunta Atlas para mim.

— Minha amiga Lucy. Ela trabalha aqui.

— Que horas vai ser?

— Às 19 horas. Vai ser um casamento à noite. Se você conseguir ir...

— Consigo. — Atlas faz aquela sua expressão característica com os olhos, como se por um instante desejasse que estivéssemos a sós. Isso faz um calor descer pelas minhas costas, fazendo-as formigar. — Preciso voltar. Bom almoço para vocês. — Ele cumprimenta Allysa com a cabeça. — Foi um prazer conhecê-la oficialmente.

— Digo o mesmo.

Enquanto está se dirigindo à saída, ele começa a assobiar. Atlas vai embora animado, e meu coração bate mais forte ao vê-lo tão feliz. Nem sei se seu bom humor tem a ver comigo, mas a adolescente que mora dentro de mim, que se preocupava com ele tantos anos atrás, fica extremamente contente ao vê-lo se dando tão bem na vida.

— O que ele tem de errado?

Quando olho para Allysa, ela está encarando com curiosidade a porta pela qual Atlas acabou de sair.

— Como assim?

— Por que ele não é casado? Por que não tem namorada?

— Espero que ele comece a namorar em breve — digo, sem conseguir conter o sorriso.

— Ele deve ser ruim de cama. Talvez seja por isso que está solteiro.

— Ele não é nada ruim de cama.

O queixo dela cai.

— Você disse que vocês dois nem tinham se beijado ainda, então como sabe disso?

— Eu não o beijei depois de *adulta*. Está esquecendo que tenho um passado com ele. Ele foi meu primeiro, e ele foi muito, muito bom. E tenho certeza de que agora está melhor ainda.

Allysa me encara por um instante, depois diz:

— Fico feliz por você, Lily. — Mas ela está franzindo a testa. — Marshall também vai gostar dele. É *muito* fácil gostar dele.

Ela diz isso como se fosse a pior coisa possível.

— E isso é ruim?

— Não sei se é *bom* — comenta ela. — Toda essa situação é confusa, você sabe disso. Nem preciso te explicar. Mas entendo totalmente por que você está hesitando em contar para Ryle. Saber que a ex-esposa está dividindo a cama com aquele espécime perfeito deve ser extremamente emasculante.

Ergo a sobrancelha.

— Não tão emasculante quanto deveria ser bater na esposa.

Fico um pouco chocada quando as palavras saem da minha boca, mas não consigo retirá-las. Acho que nem preciso fazer isso, porém, pois felizmente minha melhor amiga não é uma irmã que aceita tudo.

Em vez de se ofender, Allysa concorda com a cabeça.

— Touché, Lily. Touché.

19. Atlas

Não faço ideia se um menino de doze anos é novo demais para pegar sozinho um Uber, mas não quis deixar Josh sozinho na minha casa de novo depois da escola, então chamei um carro para trazê-lo ao restaurante. Decidimos alguns dias atrás que ele deveria ajudar aqui para compensar os danos que causou.

Estou acompanhando o Uber no aplicativo, então vou encontrá-lo lá na entrada. Quando ele sai do carro, parece um menino completamente diferente do que conheci dias atrás. Está com roupas do seu tamanho, o cabelo cortado e a mochila cheia de livros, em vez de latas de tinta spray.

Duvido que Sutton fosse reconhecê-lo se o visse.

— Como foi lá na escola?

Hoje foi o segundo dia na escola nova. Ontem ele disse que foi tudo bem, mas não entrou em detalhes.

— Foi tudo bem.

Imagino que não vou conseguir arrancar mais do que isso de um menino de doze anos. Abro a porta do restaurante, e Josh para antes de entrar. Ele olha o estabelecimento e o avalia.

— O engraçado é que dormi duas semanas aqui, mas é a primeira vez que estou entrando pela porta da frente.

Rio e o acompanho pelo restaurante. Estou animado para que ele conheça Theo, apesar de eu ainda não ter tido a oportunidade de contar a ele a respeito de Josh. Theo chegou alguns minutos atrás e entrou pelos fundos bem na hora em que eu estava indo buscar Josh.

Theo não vem ao restaurante desde a semana passada, e eu ainda não havia trazido Josh porque precisei tirar uns dias de folga para tentar resolver mais a vida dele. Ao passar pelas portas duplas que levam à movimentada cozinha, Josh fica imóvel, espantado. Encara o tumulto de olhos arregalados. Em comparação a quando ele dormia aqui à noite, com certeza o lugar é bem diferente durante o dia.

A porta do meu escritório está aberta, então Theo deve estar fazendo o dever de casa lá dentro. Levo Josh até lá, e ele me segue enquanto entramos no escritório. Theo está sentado à minha escrivaninha, lendo. Ele me olha, depois olha para Josh. Recosta-se na cadeira e abaixa o queixo.

— O que você está fazendo aqui?

— O que *você* está fazendo aqui? — pergunta Josh para Theo.

Estão agindo como se já se conhecessem. Eu não esperava isso, pois as escolas aqui são imensas, e são muitas. Nem sabia em que escola Theo estudava.

— Vocês dois se conhecem?

Theo me diz:

— Sim, ele é o novato lá da escola. — Depois ele diz para Josh: — Mas como é que você conhece Atlas?

Josh solta a mochila e aponta a cabeça para mim enquanto se joga no sofá.

— Ele é meu irmão.

Theo olha para mim, depois para Josh. Depois de volta para mim.

— Por que eu não sabia que você tinha um irmão?

— É uma longa história — digo.

— Não acha que seu terapeuta deveria saber de algo assim?

— Você passou a semana inteira sem vir aqui — respondo.

— Eu tive treino de matemática depois das aulas todos os dias — Theo se defende.

— Treino de matemática? Como é que se treina matemática?

Josh interrompe:

— Espera aí. Theo é seu *terapeuta*?

Theo responde:

— Sou, mas ele não me paga. Ei, seu professor de matemática é o Trent?

— Não, é o Sully — responde Josh.

— Que pena. — Theo olha para mim, depois para Josh. Depois para mim de novo. — Por que você nunca mencionou que tinha um irmão?

Parece que Theo ainda não superou esse fato, mas não tenho tempo de lhe explicar agora. As coisas estão ficando atrasadas na cozinha.

— Josh te conta. Preciso cuidar da comida.

Deixo-os no escritório e volto para ajudar com o que está atrasado.

Achei bom eles já se conhecerem, mas achei ainda melhor ver que Theo parece se sentir à vontade com Josh. Conheço Theo bem mais do que conheço meu irmão mais novo, e imagino que Theo teria reagido de outra maneira se não tivesse gostado de vê-lo.

Cerca de uma hora depois, a cozinha está com a equipe inteira, e tenho alguns minutos de intervalo. Quando entro no escritório, Josh e Theo parecem estar conversando intensamente sobre um mangá que Theo está segurando.

— Desculpem pela interrupção. — Gesticulo para que Josh me acompanhe. — Terminou o dever de casa?

— Tá tranquilo — responde ele.

— Tá tranquilo? — Eu não o conheço o bastante para saber o que significa *tá tranquilo*. — Isso é sim? Não? Quase tudo?

— Sim. — Ele suspira e sai da cozinha comigo. — Quase tudo. Eu termino à noite, minha cabeça não aguenta mais.

Apresento-o a algumas pessoas da cozinha, deixando Brad por último.

— Josh, este é Brad. Ele é o pai do Theo. — Aponto para Josh. — Este é Josh, meu irmão mais novo. — Brad franze a testa confuso, mas não diz nada. — Josh tem uma dívida a pagar. Tem algum trabalho para ele?

— Eu tenho uma dívida? — pergunta Josh, atordoado.

— Tem que pagar pelos croutons.

— Ah. Isso.

A ficha de Brad cai imediatamente. Ele assente devagar, depois diz para Josh:

— Já lavou louça alguma vez?

Josh revira os olhos e vai até a pia com Brad.

Fico mal por obrigá-lo a trabalhar, mas me sentiria ainda pior se não houvesse nenhuma consequência depois dos milhares de dólares que ele me fez gastar. Vou deixá-lo lavando louça por uma hora, e então estaremos quites.

No entanto, o que eu queria mesmo era tirá-lo do meu escritório para poder conversar com Theo a respeito dele. Não tive a oportunidade de falar com ele sem Josh por perto.

Theo está sentado à minha escrivaninha, guardando papéis na mochila. Sento no sofá, preparado para fazer perguntas sobre Josh, mas Theo fala primeiro:

— Já beijou a Lily?

Eu é que sempre sou o assunto. Nunca é ele.

— Ainda não.

— Caraca, Atlas. Você é muito mané de vez em quando.

— Você conhece bem o Josh? — pergunto, mudando de assunto.

— Faz só dois dias que ele chegou lá na escola, então não muito. Temos algumas aulas em comum.

— E como ele está se saindo?

— Não faço ideia. Não sou professor dele.

— Não estou falando das notas dele, mas da vida social. Ele está fazendo amigos? Está sendo legal?

Theo inclina a cabeça.

— Está perguntando *para mim* se seu irmão é legal? Você não deveria saber isso?

— Eu acabei de conhecê-lo.

— Pois é, eu também — rebate Theo. — E você está me fazendo uma pergunta complicada. Às vezes as crianças são maldosas. Você sabe disso.

— Está dizendo que Josh é maldoso?

— Existem tipos diferentes de maldade. Josh é maldoso de um jeito bom.

Não estou entendendo nada. Theo percebe, então explica:

— Ele faz bullying com quem faz bullying, se é que isso faz sentido.

Esta conversa está me deixando desconfortável.

— Então Josh é... o *rei* dos valentões? Isso não parece nada bom.

Theo revira os olhos.

— É difícil de explicar. Mas não sou o menino mais popular da escola, e imagino que isso não seja nenhuma surpresa. Sou da equipe de matemática e sou... — Ele dá de ombros em vez de completar. — Mas não preciso me preocupar com garotos como Josh. Quando você me pergunta se ele é legal, eu não sei como responder, pois ele não é legal. Mas também não é maldoso. Ou pelo menos não com as pessoas legais.

Não respondo de imediato, porque estou tentando assimilar todas essas informações. Talvez eu esteja mais confuso do que antes da conversa. Mas é bom saber que Theo não tem medo de Josh.

— Enfim — diz Theo, fechando o zíper da mochila. — E você e a Lily? As coisas já esfriaram, foi?

— Não, estamos ocupados, só isso. Mas amanhã vou a um casamento com ela.

— E aí você vai beijá-la, finalmente?

— Se ela quiser.

Theo faz que sim.

— Ela provavelmente vai querer, a não ser que você diga cafonices do tipo: *Olha ali o naviozinho, me dá aqui um beijinho!*

Pego uma das almofadas no sofá e a jogo em cima dele.

— Eu vou é arranjar um terapeuta novo que não faça bullying comigo.

20. Lily

É desafiador ser a fornecedora de flores e convidada de um casamento. Passei o dia inteiro na correria para garantir que as flores do local estivessem posicionadas como Lucy queria. Além disso, vamos fechar a floricultura mais cedo por causa da cerimônia, então Serena precisou de ajuda para completar todas as entregas e colocá-las na van.

Quando Atlas chega ao meu prédio para me buscar, estou longe de estar pronta. Acabo de receber uma mensagem sua perguntando se deve subir. Tenho certeza de que Atlas está sendo cuidadoso porque, como tudo entre nós é muito recente, ele não sabe quem pode estar aqui caso bata à porta, nem se eu quero que os outros saibam que vou levá-lo ao casamento.

Hesitei em convidá-lo justamente por isso, mas tenho certeza de que, no casamento de Lucy, ninguém nem conhece Ryle. Nossos círculos sociais são diferentes. E ainda que alguém o conheça e que ele ouça falar que eu levei alguém, vale a pena correr o risco. Desde que Atlas topou vir comigo, eu não via a hora de esta noite chegar.

Pode subir, ainda estou me arrumando.

Atlas bate à porta do apartamento momentos depois. Quando a abro para que ele entre, sinto como se meus olhos pudessem dobrar de tamanho como em um desenho.

— Nossa.

Eu o encaro, todo arrumado com seu terno preto de grife. Ele fica parado no meio do corredor por mais tempo do que eu normalmente levo para convidar alguém para entrar, pois, quando estou na sua presença, eu me esqueço de coisas básicas, como ser educada.

Atlas está segurando um buquê, mas não são flores. São cookies.

Ele o entrega para mim.

— Imaginei que você já tivesse flores de sobra — explica.

Ele se aproxima e me beija na bochecha, e sinto vontade de virar o rosto um pouquinho para que seus lábios encostem nos meus. Tomara que eu não precise ser paciente por muito mais tempo.

— Parecem perfeitos — digo, gesticulando para ele entrar. — Entre. Preciso de uns quinze minutos para me vestir.

Passei o dia tão ocupada que não tive tempo de comer. Desembrulho um dos cookies e dou uma mordida. Com a boca cheia, digo:

— Desculpe, mas estou morrendo de fome. — Aponto para o quarto. — Pode esperar comigo aqui no quarto enquanto me arrumo. Não vou demorar.

Atlas está olhando ao redor, observando tudo enquanto me acompanha até o quarto.

Meu vestido está estendido na cama, então o pego e vou ao banheiro. Deixo a porta entreaberta para que possamos conversar enquanto me troco.

— Onde está Josh?

— Você se lembra de Brad, da noite do pôquer?

— Lembro, sim.

— O filho dele, Theo, está lá em casa com Josh. Os dois estudam na mesma escola.

— Ele está gostando de lá?

Não estou vendo Atlas, mas ele está mais próximo do banheiro quando diz:

— Acho que sim.

Ele parece estar bem ao lado da porta. Ponho o vestido pela cabeça e abro a porta um pouco mais. O vestido que escolhi é vinho, justo e de alcinha. Tem um xale que combina, mas ainda está pendurado no closet.

Atlas me observa quando apareço na porta. Ele me olha dos pés à cabeça, mas não lhe dou tempo de me elogiar.

— Pode subir meu zíper?

Viro de costas para ele e ergo o cabelo, mas o sinto hesitar. Ou talvez ele esteja apreciando o momento.

Alguns segundos depois, sinto seus dedos pressionarem minhas costas enquanto ele puxa o zíper. Minha pele se arrepia toda. Quando termina, solto o cabelo e me viro para ele.

— Preciso me maquiar.

Começo a voltar para o banheiro, mas Atlas agarra minha cintura.

— Vem cá — diz ele, me puxando até meu corpo colar no seu. Ele admira meu rosto por alguns segundos, sorrindo prazerosamente. Sedutoramente. Como se estivesse prestes a me beijar. — Obrigado por me convidar.

Também sorrio.

— Obrigada por ter vindo. Sei que a semana foi agitada.

Os olhos de Atlas parecem cansados. O brilho habitual diminuiu um pouco, como se ele estivesse estressado e precisasse de uma noite de folga. Não consigo deixar de tocar sua bochecha quando digo:

— A gente pode ir de Uber, se quiser. Parece que você está precisando de uma bebida.

Atlas toca na minha mão que está na sua bochecha. Ele inclina o rosto para poder beijar minha palma. Depois a afasta e entrelaça os dedos nos meus. Ele abre a boca para dizer alguma outra coisa, mas percebo o instante em que seus olhos veem minha tatuagem.

Atlas nunca tinha visto a tatuagem de coração no meu ombro — a que eu fiz porque ele sempre costumava me beijar ali. Ele a toca delicadamente, percorrendo seu contorno. Seus olhos se voltam para os meus.

— Quando foi que fez isso?

Minha voz falha, e tenho que limpar a garganta.

— Na faculdade.

Eu pensei muito neste momento, no que ele diria se a visse, no que sentiria.

Atlas me fita em silêncio e depois olha a tatuagem de novo. Está tão perto, que sinto sua respiração escoar pela minha clavícula.

— Por que fez a tatuagem?

Foram muitos os motivos, mas decido dizer o mais óbvio.

— Porque... sentia sua falta.

Fico esperando que ele abaixe a cabeça e beije a área, como já fez tantas vezes. Que ele *me* beije. Que pressione a boca na minha para me agradecer em silêncio.

Atlas não faz nada disso. Ele continua encarando a tatuagem por um momento, mas depois me solta e se vira. Sua voz está fria quando diz:

— É melhor você terminar de se arrumar, senão a gente vai se atrasar. — Ele dá alguns passos na direção da porta do quarto e, sem olhar para trás, avisa: — Vou esperar na sala.

Parece que nem consigo respirar.

O comportamento inteiro dele mudou. Não era o que eu esperava de jeito nenhum. Fico parada no mesmo canto por alguns segundos miseráveis, mas depois me obrigo a terminar de me arrumar. Talvez eu tenha entendido errado sua reação e ela não tenha sido negativa. Talvez ele tenha gostado tanto que precisou de um tempo sozinho para assimilar tudo.

Seja qual for o motivo por trás de sua reação inesperada, contenho as lágrimas que ardem nos meus olhos durante todo o tempo em que tento me maquiar. É algo inevitável. Talvez eu esteja magoada, e eu não esperava que algo assim fosse acontecer esta noite.

Vou até o closet, encontro os sapatos e pego o xale, e estou quase que esperando nem encontrar mais Atlas quando saio do quarto, mas ele ainda está aqui. Está encostado na parede do corredor, olhando fotos de Emmy. Quando me escuta saindo, ele olha na minha direção e se vira para mim.

— Caramba. — Ele parece genuinamente contente por estar perto de mim de novo, e suas mudanças de humor me deixam um pouco confusa. — Você está linda, Lily.

Gosto do elogio, mas não consigo ignorar o que acabou de acontecer. E se tem uma coisa que aprendi no meu relacionamento anterior e ao testemunhar o relacionamento dos meus pais, é que eu me recuso a ficar com alguém que varre toda a sujeira para baixo do tapete. Eu quero que o tapete *nem exista*.

— Por que ficou chateado com a minha tatuagem?

Minha pergunta o surpreende. Ele mexe na gravata e parece procurar alguma desculpa, mas nada lhe vem à mente, e o corredor continua em silêncio, exceto pelo momento em que ele inspira de maneira irregular, vagarosa.

— Não foi a tatuagem.

— O que foi então? Por que está zangado comigo?

— Não estou zangado com você, Lily — diz Atlas, de maneira convincente, mas ele mudou depois de ver a tatuagem, e não quero que a gente já comece com mentiras.

Aparentemente nem ele quer isso, pois percebo que está pensando no que vai me dizer em seguida. Ele parece constrangido, como se não quisesse estar tendo essa conversa, ou pelo menos não agora.

Ele coloca as mãos nos bolsos da calça e suspira.

— Naquela noite em que te levei ao pronto-socorro, eles enfaixaram seu ombro enquanto a gente estava lá. — Sua voz parece sofrida, mas, quando seus olhos encontram os meus, o sofrimento em sua voz não é nada em comparação à aflição que vejo ali. — Ouvi quando você contou à enfermeira que ele te mordeu, mas eu não estava perto o bastante para ver que... — Ele para no meio da frase e engole em seco. — Não estava perto o bastante para ver que você tinha essa tatuagem e que ele mordeu... — Atlas para de falar de novo. Está tão chateado que nem consegue concluir a frase. Ele apenas diz outra coisa. — Foi por isso que ele te mordeu? Porque leu seus diários e descobriu que sua tatuagem era por minha causa?

Minhas pernas ficam bambas.

Entendo por que Atlas não queria conversar sobre isso. É um assunto intenso demais para um papo casual enquanto estamos de saída. Sinto o estômago revirar e pressiono a palma da mão na barriga, preparada para responder, mas é difícil falar disso. Sobretudo quando sei o quanto Atlas está se chateando por minha causa.

Não quero magoá-lo, mas também não quero mentir para ele, nem proteger Ryle de alguma maneira. Porque Atlas tem razão. Foi exatamente por isso que Ryle fez o que fez, e odeio o fato de que agora Atlas sempre vai associar minha tatuagem àquela lembrança terrível.

A ausência de uma resposta minha serve de confirmação para ele. Atlas estremece e me dá as costas. Vejo que se obriga a respirar fundo para manter a calma. Ele parece querer explodir, mas Ryle não está aqui para ser o alvo de sua explosão.

Atlas está furioso, mas é um tipo de raiva que não me dá medo.

Percebo a importância deste momento. Estou sozinha com um homem furioso no meu apartamento, mas sem temer pela minha própria vida, pois ele não está com raiva de mim. Está com raiva da pessoa que me *feriu*. É uma raiva protetora, e há uma diferença imensurável entre as minhas reações à raiva de Ryle e a minha reação à raiva de Atlas.

Quando Atlas se vira de novo para mim, vejo seu maxilar retesado e suas veias saltando quando diz:

— Como poderei ser civilizado com ele, Lily? — Há culpa em sua voz quando diz: — Eu deveria ter ficado do seu lado. Deveria ter feito mais.

Compreendo sua raiva, mas Atlas não precisa sentir nenhuma culpa. Naquele momento da minha vida, não havia nada que ele pudesse ter dito ou feito para me fazer mudar de opinião em relação a Ryle. Isso foi algo que precisei fazer sozinha.

Eu me aproximo de Atlas e me encosto na parede, virada para ele. Ele faz o mesmo na parede oposta, então ficamos um de frente para o outro. Ele está lidando com muitas emoções no momento, e quero lhe dar espaço para que o faça. Porém, também tenho muito a dizer a respeito da culpa que está sentindo.

— A primeira vez que Ryle me bateu foi porque eu ri dele. Eu estava um pouco bêbada, e achei que uma coisa era engraçada quando não era. Então ele me bateu com as costas da mão.

Atlas precisa desviar o olhar depois de me ouvir dizer isso. Não sei se ele quer saber desses detalhes, mas faz um bom tempo que eu queria lhe contar tudo isso. Ele continua na mesma posição, mas parece estar usando todas as suas forças para não sair correndo atrás de Ryle neste exato momento. Quando me encara de novo, esperando que eu termine de falar, seus olhos estão atentos.

— Na segunda vez, ele me empurrou escada abaixo. A discussão começou porque ele encontrou seu número escondido na capa do meu celular. E quando me mordeu no ombro... Você tem razão. Foi porque tinha lido os diários e descoberto que minha tatuagem era por sua causa e que o ímã que eu deixava na geladeira tinha sido um presente seu. — Olho para baixo rapidamente, pois é difícil ver o quanto Atlas está ficando abalado. — Antes eu pensava que as coisas que eu fazia justificavam as reações dele. Como se, caso eu não tivesse rido, talvez ele não tivesse batido em mim. Se eu não tivesse seu número no meu celular, talvez ele não tivesse ficado tão furioso a ponto de me empurrar da escada.

Atlas nem está mais me olhando. Está com a cabeça encostada na parede, encarando o teto, assimilando tudo, paralisado pela raiva.

— Sempre que eu começava a me sentir culpada e a justificar as ações de Ryle, eu pensava em você. Eu me perguntava qual teria sido sua reação e a comparava à de Ryle. Porque eu sabia que teria sido diferente. Se eu tivesse rido de você nas mesmas circunstâncias em que ri de Ryle, você teria rido *comigo*. Você nunca teria me batido. E se qualquer homem do mundo inteiro me desse o número dele para me proteger de alguém que ele temia ser perigoso, você lhe *agradeceria* por ter feito isso. Você não teria me empurrado numa escada. E se os diários que eu deixei você ler falassem de um garoto do meu colégio que não fosse você, você teria tirado sarro de mim. Provavelmente teria sublinhado as frases que achasse bregas e riria delas comigo.

Paro de falar até o momento em que Atlas me olha de novo, então concluo:

— Sempre que eu duvidava de mim e pensava que merecia o que Ryle tinha feito, tudo o que eu precisava fazer era pensar em você, Atlas. Pensava em como cada situação teria sido diferente se fosse com você, e isso me ajudava a lembrar que nada daquilo era culpa minha. Você é um dos maiores motivos pelos quais eu consegui enfrentar aquilo, mesmo sem estar presente.

Atlas assimila tudo que eu disse por uns cinco segundos, mas depois se aproxima de mim e me beija. Finalmente. *Finalmente.*

Sua mão direita envolve minha cintura enquanto ele me puxa para perto, com a língua delicada e morna deslizando em meus lábios e abrindo caminho entre eles. Sua mão esquerda serpenteia pelo meu cabelo até a palma se ajustar na parte de trás da minha cabeça. Um carretel de desejo começa a se desenrolar dentro de mim.

Não há nenhuma hesitação em seu beijo. Sua boca encontra a minha com confiança, e a minha reage a ela com alívio. Puxo-o, querendo absorver seu calor. Sua boca e seu toque são familiares, porque já fizemos isso antes, mas ao mesmo tempo é algo completamente novo, pois este beijo é composto de ingredientes completamente novos. Nosso primeiro beijo era composto de medo e inexperiência juvenil.

Este beijo é esperança. É conforto e segurança e estabilidade. É tudo que estava faltando na minha vida adulta, e estou tão feliz que Atlas e eu temos um ao outro novamente que poderia até chorar.

21. Atlas

Muitas coisas na minha vida já me deixaram com raiva, mas nada me deixou tão furioso como ver a tatuagem de Lily e as marcas de cicatrizes em forma de mordida que a cercavam.

Nunca vou entender como um homem é capaz de fazer isso com uma mulher. Nunca vou entender como *um ser humano* é capaz de fazer isso com alguém que ele deveria amar e querer proteger.

No entanto, o que eu entendo é que Lily merece algo melhor. E eu serei a pessoa que vai lhe *dar* esse algo melhor. Começando por este beijo que não conseguimos interromper. Sempre que paramos para nos olhar, voltamos ao beijo na mesma hora, como se tivéssemos de compensar todo o tempo perdido num único beijo.

Vou dando beijos em seu queixo até chegar à sua clavícula. Sempre gostei de beijá-la ali, mas foi somente quando li seu diário que descobri o quanto ela gostava que eu beijasse essa parte do seu corpo. Pressiono os lábios em sua tatuagem, determinado a fazê-la se lembrar das partes boas de nós dois em todos os beijos futuros que vou lhe dar bem aqui. Se ela precisar de um milhão de beijos na sua tatuagem de coração para não pensar mais nas cicatrizes, vou lhe dar um milhão de beijos e *ainda mais um*.

Dou beijos no seu pescoço, depois no seu queixo. Quando a olho de novo, coloco a alça do seu vestido no lugar, pois, por mais que eu pudesse passar horas aqui, preciso levá-la ao casamento.

— É melhor a gente ir — sussurro.

Ela assente, mas eu a beijo de novo. Não consigo me segurar. Estou esperando este momento desde a adolescência.

Nem sei direito como foi o casamento, pois estava mais concentrado em Lily do que em qualquer outra coisa. Eu não conhecia ninguém, e depois de finalmente beijá-la esta noite, foi difícil não pensar no quanto queria que aquilo se repetisse. Dava para perceber que Lily queria que estivéssemos a sós tanto quanto eu. Foi uma tortura ser obrigado a ficar sentado pacientemente ao seu lado depois do que aconteceu entre nós no seu corredor.

Assim que chegamos à recepção, Lily viu como estava cheio e ficou aliviada. Disse que Lucy jamais perceberia se nós dois saíssemos cedo, e eu nem conheço Lucy, então por mim isso estava ótimo. Depois de meia hora socializando, ela agarrou minha mão e nós dois saímos de fininho.

Acabamos de parar o carro no prédio de Lily, e embora tenha quase certeza de que ela quer que eu suba também, não vou presumir nada. Abro a porta e espero enquanto ela se calça. Ela tirou os sapatos no carro porque estavam machucando seus pés, mas parecem difíceis de afivelar. Eles têm tiras, e Lily está no banco do passageiro tentando ajeitá-las. Mas duvido que ela queira andar descalça pelo estacionamento do prédio.

— Posso te carregar nas costas.

Ela me olha e ri como se eu estivesse brincando.

— Quer me levar nas costas?

— Quero. Pegue os sapatos.

Lily me encara por um instante, mas depois sorri como se estivesse entusiasmada. Eu me viro, e ela ainda está rindo quando seus braços se enroscam no meu pescoço. Eu a ajudo a subir nas minhas costas e depois fecho a porta do carro com um chute.

Quando chegamos ao seu apartamento, inclino-me para que ela possa usar a chave e destrancar a porta. Depois de entrarmos, ela ri enquanto a coloco no chão. Eu me viro bem na hora em que ela solta os sapatos e começa a me beijar de novo.

Vamos continuar de onde paramos, pelo jeito.

— A que horas você precisa voltar para casa? — pergunta ela.

— Falei para Josh que estaria lá umas dez ou onze da noite. — Olho a hora, e passou um pouco das dez da noite. — Devo ligar para ele e dizer que talvez eu me atrase?

Lily confirma.

— Com certeza você vai se atrasar. Ligue para ele enquanto vou pegar uma bebida pra gente.

Ela vai até a cozinha, então pego meu celular e ligo para Josh. Faço uma chamada de vídeo para conferir se ele não está dando nenhuma festa lá em casa. Duvido que Theo fosse permitir isso, mas não ponho a mão no fogo por nenhum dos dois.

Quando Josh atende a chamada de vídeo, o celular está no chão. Vejo seu queixo e a luz da televisão. Ele está segurando um controle.

— A gente está no meio de um torneio — explica.

— Só queria saber como estão as coisas por aí. Tudo bem?

— Tudo! — grita Theo.

Josh começa a sacudir o controle, a apertar botões, mas depois grita:

— Merda! — Ele joga o controle para o lado e pega o celular, aproximando-o do rosto. — Perdemos.

Theo aparece atrás dele.

— Você não parece estar num casamento. Que lugar é esse?

Não respondo.

— Talvez eu chegue um pouco tarde hoje.

— Ah, você está na casa da Lily? — pergunta Theo, aproximando-se da tela do celular. Ele está sorrindo. — Você finalmente a beijou? Ela está me ouvindo? Que cantada você deu para que ela te convidasse para a casa dela? *Lily! Vimos sua amiga se casar, então que tal a gente tran...*

Desligo imediatamente antes que ele conclua a rima, mas Lily ouviu a conversa inteira. Ela está a alguns metros de mim, segurando duas taças de vinho. Está com a cabeça inclinada, confusa.

— Quem era aquele?

— Theo.

— Quantos anos ele tem?

— Doze.

— Você conversa sobre a gente com um menino de doze anos?

Lily parece estar achando graça. Pego uma taça com ela, e, antes de tomar um gole, digo:

— Ele é meu terapeuta. Tenho sessões com ele todas as quintas às 16 horas.

Ela ri.

— Seu terapeuta está no ensino fundamental?

— Está, mas ele vai ser demitido em breve.

Ponho a mão na cintura de Lily e a puxo para perto. Quando a beijo, ela está com o gosto do vinho tinto que serviu. Beijo-a mais intensamente para sentir o gosto melhor. Para senti-la melhor.

Após se afastar, ela comenta:

— Que estranho.

Não sei o que ela está achando estranho. Espero que não seja nós dois, pois *estranho* é a última palavra que eu usaria para descrever isto aqui.

— O que é estranho?

— Você estar aqui. Não ter uma criança aqui. Não estou acostumada a ter tempo livre, ou... a ter tempo para qualquer homem. — Ela toma outro gole de vinho e depois se separa de mim. Põe a taça na bancada e se dirige ao quarto. — Venha, vamos aproveitar.

Vou atrás dela com uma rapidez impressionante.

22. Lily

Estou tentando parecer confiante, mas, assim que entro no quarto, perco toda a confiança que me trouxe até aqui.

É que faz muito tempo que não fico com ninguém. Provavelmente desde logo depois de engravidar de Emmy. Não transei depois que ela nasceu, e não transo com Atlas desde que tinha dezesseis anos, e esses dois pensamentos começam a rodopiar juntos na minha cabeça, criando um tornado monstruoso de pensamentos intrusivos.

Estou parada no meio do quarto quando Atlas aparece na porta alguns segundos depois. Ponho as mãos nos quadris e apenas... fico parada. Ele está me encarando. Pelo jeito devo tomar alguma atitude, já que fui eu que o chamei para o quarto.

— Não sei o que fazer agora — admito. — Não faço isso há um tempinho.

Atlas ri. Então vem descontraidamente até a cama, pois é óbvio que ele não é capaz de andar de uma maneira que não seja atraente. Todos os movimentos dele são sensuais. Ele tirando o paletó neste momento é sensual. Ele o joga em cima da cômoda e depois tira os sapatos com os pés. *Meu Deus, até isso foi sensual.* Em seguida, ele se senta na cama.

— Vamos conversar.

Atlas se encosta na cabeceira, depois cruza os tornozelos. Ele está com uma aparência bem relaxada. *E sensual.*

Não consigo me imaginar deitada na cama com este vestido. Seria desconfortável, e acho que não seria muito divertido tentar tirá-lo caso a gente chegue a esse ponto.

— Vou trocar de roupa primeiro.

Entro no meu closet e fecho a porta.

Acendo a luz, mas nada acontece. A lâmpada queimou. *Merda.* Não vou conseguir me vestir no escuro. Não estou com o celular, então não posso usar a lanterna dele para me ajudar.

Faço o que posso, mas demoro um pouco para puxar o zíper para baixo. Depois de finalmente puxá-lo, em vez de tirar o vestido por baixo, por algum motivo eu o puxo pela cabeça, e é óbvio que ele fica preso no meu cabelo. Tento soltar meu cabelo, mas o vestido é pesado e estou demorando uma eternidade na escuridão, e não consigo ir atrás de um espelho porque Atlas está lá fora. Continuo tentando soltá-lo. Depois de alguns minutos frustrantes, Atlas finalmente bate à porta.

— Está tudo bem aí dentro?

— Não. Estou presa.

— Posso abrir a porta?

Estou de calcinha e sutiã com o vestido por cima da cabeça, mas é isso que mereço. É o carma dos closets.

— Pode, mas não estou muito vestida.

Ouço a risada de Atlas, mas quando ele abre a porta e vê meu estado, ele age imediatamente apertando o interruptor da luz. É óbvio que nada acontece.

— A lâmpada queimou.

Ele se aproxima de mim para inspecionar minha situação.

— O que aconteceu?

— Meu cabelo ficou preso.

Atlas pega o celular e usa a luz dele para ajudá-lo a enxergar no que meu cabelo prendeu. Ele puxa o cabelo e o vestido em direções opostas. Então, magicamente, o vestido cai no chão.

Ajeito o cabelo.

— Obrigada. — Cruzo os braços na frente do corpo. — Que vergonha.

A lanterna do celular de Atlas ainda está acesa, então ele vê que estou de calcinha e sutiã. Ele desliga a lanterna, mas a porta do closet está aberta e há um abajur no quarto, então ainda consegue me ver muito bem.

Nós dois hesitamos por um momento. Ele não sabe se deve se afastar para que eu termine de me vestir, e eu não sei se quero que ele faça isso.

E de repente estamos nos beijando.

Simplesmente aconteceu, como se tivéssemos nos aproximado um do outro na mesma hora. Uma de suas mãos desliza para a minha cabeça, e a outra vai direto para minha lombar, descendo tanto que seus dedos roçam minha calcinha.

Coloco os dois braços ao redor de seu pescoço e o puxo com tanta força que tropeçamos numa pilha de roupas. Atlas nos equilibra de novo, mas sinto um sorriso em seu beijo. Ele se afasta da minha boca para falar:

— Você adora um armário, não é?

Depois ele me beija de novo.

A gente se agarra no closet por alguns minutos, e é igual à lembrança que eu tenho de todas as vezes que nos agarrávamos escondidos quando éramos mais novos. O desejo, a empolgação, a novidade de fazer coisas nunca feitas antes, ou, neste caso, coisas que não são feitas há um bom tempo.

Isso me faz pensar no quanto eu adorava ficar na cama com ele. Quer a gente estivesse se beijando, conversando ou fazendo outra coisa, as lembranças que criei com ele no meu quarto estão entre as minhas recordações favoritas. Ele está beijando meu pescoço quando sussurro:

— Me leve para a cama.

Atlas não hesita. Desliza as mãos pela minha bunda e agarra minhas coxas, me erguendo. Ele me carrega para fora do closet, atravessa o quarto e me coloca no colchão antes de vir para cima de mim.

Senti-lo contra meu corpo só me deixa ainda mais desesperada por ele, mas Atlas trata o momento como costumava tratar nossos beijos de antigamente, com paciência e determinação, como se me agarrar já bastasse, como se me beijar já fosse um privilégio.

Não sei onde ele encontra paciência para isso, pois eu meio que quero que ele tire a roupa e me trate como se esta fosse sua única chance de ficar comigo.

E talvez ele o fizesse se pensasse assim — mas nós dois sabemos que é apenas o começo. Ele está indo devagar porque foi o que lhe pedi. Tenho certeza de que, se eu lhe pedisse para ir mais rápido, ele também atenderia ao meu pedido.

Atlas atencioso.

Acabamos chegando a um momento em que precisamos decidir. Tenho uma camisinha na gaveta, e ele provavelmente tem um tempinho antes de precisar ir embora, mas quando paramos de nos beijar por tempo o bastante para nos olharmos, ele balança a cabeça. Nós dois estamos ofegantes, e um pouco cansados de tanta agitação, então ele sai de cima de mim e se deita de costas.

Atlas ainda está vestido. Ainda estou de calcinha e sutiã. Não fomos mais longe do que isso.

— Por mais que eu queira — sussurra —, não quero ir embora logo depois.

Ele se deita de lado e coloca a mão na minha barriga. Está me fitando com olhos desejosos, como se quisesse dizer "deixa pra lá" e me possuir.

Suspiro e fecho os olhos.

— Às vezes, eu odeio as responsabilidades.

Atlas ri, então o sinto se aproximar. Ele beija o canto da minha boca e diz:

— Eu não preciso ir *agora*.

Quando diz isso, seu dedo indicador desliza para baixo da costura da minha calcinha, logo abaixo do meu umbigo. Ele a puxa para um lado e para o outro, aguardando alguma reação.

Ergo os quadris, esperando que isso encerre a conversa.

Parece que cada parte do meu corpo está pegando fogo quando ele desliza mais dois dedos para baixo da calcinha. Então, quando sua mão inteira se mexe, eu me perco por completo. Estremeço e agarro o lençol dos dois lados do corpo, arqueando as costas e os quadris e me pressionando contra sua mão.

Atlas traz sua boca até a minha, mas não me beija. Fica perto dos meus lábios, usando o movimento dos meus quadris e os sons dos meus gemidos para guiá-lo até o fim.

Ele é extremamente intuitivo. Não demora muito antes que eu me contraia em sua mão, abaixando o pescoço dele para que eu possa beijá-lo até que acabe.

Quando acaba, ele tira a mão da minha calcinha, mas a deixa em cima de mim enquanto me recupero. Meu peito está ofegante enquanto tento recobrar o fôlego.

Atlas também está ofegante, mas preciso de um minuto para me recuperar antes que eu possa fazer alguma coisa a respeito disso.

— Lily. — Atlas me beija na bochecha delicadamente. — Acho que você...

Ele para de falar, então abro os olhos e o encaro. Seus olhos se voltam para os meus seios, depois para o meu rosto.

Então ele puxa sua camisa branca e olha para ela, então vejo que tem alguma espécie de mancha nela.

Ah, merda.

Olho meu sutiã, que está encharcado. *Meu Deus*. Leite materno. Por toda parte. Que idiota que eu sou.

Atlas não parece nada abalado. Ele sai da cama e diz:

— Vou te dar um pouco de privacidade.

Estou morrendo de vergonha por meu sutiã estar coberto de leite materno, então pego o lençol e cubro meus seios antes de encontrar Atlas na frente da cama. Isso meio que acabou com todo o clima.

— Você vai embora?

— Claro que não.

Ele me beija e sai do quarto como se fosse completamente normal um homem se agarrar com uma mulher que está amamentando uma bebê que nem é dele. Deve ser pelo menos um pouco constrangedor, mas ele disfarçou bem.

Passo os próximos vários minutos tirando leite com a bombinha, depois tomo uma ducha rápida. Visto uma camiseta larga e um short de pijama antes de voltar para a sala.

Atlas está sentado no sofá, esperando pacientemente com o celular na mão. Ao me ouvir entrar na sala, ele ergue a vista e me olha da cabeça aos pés. Ainda estou um pouco envergonhada, então, quando me sento perto dele, não me sento *ao lado* dele. Sento a meio metro de distância e sussurro:

— Me desculpe pelo que aconteceu.

— Lily. — Ele percebe meu constrangimento, então estende o braço para mim. — Vem cá. — Atlas se recosta no sofá e puxa minha perna para cima da dele, me sentando em seu colo. Depois desliza as mãos pelas minhas coxas, pela minha cintura, e deixa sua cabeça encostar preguiçosamente no sofá. — A noite inteira foi perfeita. Nem sonhe em pedir desculpas.

Reviro os olhos.

— Você está sendo gentil. Sujei você de leite materno.

Atlas coloca a mão na minha nuca e me puxa para perto.

— Pois é, enquanto a gente estava se agarrando. Acredite em mim, eu não me incomodei nem um pouco.

Ele me beija depois disso, o que talvez seja um erro, pois *lá vamos nós de novo.*

Assim vai ser impossível Atlas ir embora. Eu deveria ter colocado outro sutiã, mas sinceramente achei que ia me despedir dele quando viesse para a sala. Não sabia que a gente ia continuar de onde tinha parado, bem aqui no sofá, mas por mim isso está ótimo.

Ele já está duro novamente e estamos tão perfeitamente encaixados que nem precisamos nos ajustar para aproveitar ao máximo nossa posição. Ele geme durante nosso beijo, o que só aumenta meu tesão.

Uma das mãos de Atlas sobe pelas minhas costas, e o sinto hesitar quando sua mão não encontra nenhum sutiã. Ele interrompe nosso beijo e me encara. Ainda estou me movendo contra ele, e seu olhar me penetra completamente. Ele começa a levar a mão das minhas costas para os meus seios. Quando ele põe um deles na mão, algo parece mudar. Em nós dois.

Nosso beijo fica eletrizante enquanto começo a desabotoar sua camisa. Nada mais é dito. Nós apenas arrancamos freneticamente todas as roupas que ainda restam, e nem nos damos ao trabalho de ir para o quarto. Mal paramos de nos beijar enquanto ele pega a carteira, tira a camisinha e a coloca.

E então, como se fosse a coisa mais natural do mundo, Atlas me beija enquanto me penetra, e eu me sinto tão amada quanto me senti da primeira vez que isso aconteceu conosco. São tantos sentimentos aflorando neste momento; quando finalmente nos unimos, parece que nunca senti algo tão caoticamente lindo.

Ele suspira no meu pescoço, como se estivesse sentindo o mesmo. Começa a entrar e sair, devagar, me beijando delicadamente o tempo todo. Porém, vários minutos depois, os beijos se aceleram e nós dois estamos suados, mas estou tão completamente imersa no momento que nada mais me importa além do fato de estarmos juntos de novo, de como isso é certo. Tudo nessa situação é mais do que certo.

Estou exatamente onde é o meu lugar, sendo amada por Atlas Corrigan.

23. Atlas

Eu realmente deveria voltar para casa, mas é tão difícil sair desta cama depois das últimas duas horas com ela. Depois do sofá, foi a vez do chuveiro. Agora nós dois estamos cansados demais para fazer qualquer coisa além de falar.

Lily está deitada de costas, com os braços sob a cabeça. Está me encarando, ouvindo atentamente enquanto conto da minha reunião de ontem com o advogado.

— Ele disse que fiz certo em levá-lo ao hospital. Eles foram obrigados a chamar o Conselho Tutelar. Mas não sei o que acho disso. Assim o poder fica nas mãos do governo. E se eles não acharem que sou a melhor opção para Josh?

— Por que eles achariam isso?

— Eu trabalho demais. Não sou casado, então Josh vai passar um tempo sozinho. E não tenho experiência cuidando de crianças. Talvez eles achem que é melhor Josh ficar com Tim, já que ele é o pai biológico. Eles podem até devolvê-lo para minha mãe. Nem sei se o que ela fez é suficiente para perder a guarda.

Lily se aproxima de mim e beija meu antebraço.

— Vou te dizer uma coisa que você me disse na nossa primeira chamada de vídeo. Você disse: "Você está estressada com coisas que nem aconteceram ainda."

Comprimo os lábios por um instante.

— Eu realmente disse isso.

— Disse, sim — confirma ela. Lily se aconchega em mim, colocando a perna por cima da minha coxa. — Vai dar tudo certo, Atlas. Você é a melhor opção para ele, e qualquer pessoa que dê atenção ao caso vai perceber isso. Prometo.

Eu me acomodo em torno dela, deixando sua cabeça sob meu queixo. É incrível que, apesar de termos passado por muitas mudanças físicas desde a adolescência, nós ainda nos encaixamos perfeitamente um no outro.

— Eu estava querendo te perguntar uma coisa — diz ela, afastando-se o suficiente para me olhar. — Se você se lembra da nossa primeira vez? Do que aconteceu mais tarde naquela noite? Depois que meu pai bateu em você?

O fato de ela estar pensando nisso não me surpreende, porque isso também passou pela minha cabeça. É a primeira vez que ficamos juntos desde aquela noite que teve um fim tão terrível, então é difícil não comparar os dois momentos.

O último texto que ela escreveu no diário era sobre isso. Foi difícil lê-lo e ver o quanto ela estava sofrendo. Como eu queria que aquela noite tivesse acabado melhor!

— Não me lembro de muita coisa daquela noite — admito. — Acordei no hospital no dia seguinte, confuso. Sabia que quem me bateu tinha sido seu pai, isso eu lembrava, mas não fazia ideia se ele tinha feito a mesma coisa com você. Apertei a campainha do meu leito várias vezes e, como ninguém apareceu no meu quarto, fui mancando até o corredor, com o tornozelo quebrado. Estava agitado, perguntando se você estava bem, mas a pobre da enfermeira não fazia ideia do que eu estava falando.

Lily se aconchega mais em mim enquanto falo.

— A enfermeira finalmente me acalmou o suficiente para conseguir obter suas informações comigo, depois voltou para me avisar que somente eu tinha sido trazido. Ela me perguntou se seu pai era Andrew Bloom. Disse que sim e que gostaria de denunciá-lo. Quando lhe pedi para chamar um policial para o meu quarto, ela me olhou com pena. Eu me lembro exatamente do que ela disse. Suas palavras foram: "A lei está do lado dele, meu bem. Ninguém o denuncia. Nem mesmo a esposa."

Lily suspira no meu peito, então paro e dou um beijo no topo da sua cabeça.

— E depois? — sussurra ela.

— Eu o denunciei mesmo assim — digo. — Se eu não o denunciasse, sua mãe nunca teria saído daquela situação. Pedi para a enfermeira chamar um policial, e quando ele finalmente chegou naquela tarde, não foi para que eu prestasse meu depoimento. Ele estava lá para explicar que, se eles fossem prender alguém, não seria seu pai. O policial disse que seu pai poderia mandar me prenderem por eu ter invadido casas e feito coisas à força com a filha dele. Foi exatamente o que ele disse, como se meu relacionamento com você fosse algo criminoso. Passei anos me sentindo culpado por isso.

Lily me olha e toca minha bochecha.

— O quê? Atlas, você é apenas dois anos e meio mais velho do que eu. Você não fez absolutamente nada de errado.

É bom ouvi-la dizer isso, mas não muda o fato de que me senti culpado por ter causado problemas na vida dela. Mas também me senti culpado por tê-la deixado depois de causar esses problemas.

— Acho que nenhuma decisão que eu tomasse naquela época teria me parecido certa. Eu não queria ficar e fazê-la correr mais perigo aparecendo na sua casa de novo. E não queria ser preso porque assim eu não entraria para a Marinha. Achei que a melhor opção seria a gente se afastar, e depois, no futuro, eu te procuraria para ver se você ainda pensava em mim como eu pensava em você.

— Todos os dias — sussurra ela. — Pensei em você todo santo dia.

Acaricio suas costas por um tempo, depois passo os dedos em seu cabelo. Fico me perguntando como ela pode fazer com que eu me sinta tão inteiro se não fazia ideia de que, sem ela, eu era só metade de mim mesmo.

É óbvio que senti sua falta durante todos esses anos, e se pudesse tê-la trazido para a minha vida num passe de mágica, era o que teria feito num piscar de olhos. Porém, cada um tinha construído a própria vida sem o outro, ela com Ryle e eu com minha carreira, e eu imaginava que esse seria o nosso destino. Eu tinha me acostumado a viver sem ela. Agora que Lily voltou, entretanto, acho que nunca mais me sentirei completo de novo sem ela. Ainda mais depois desta noite.

— Lily — sussurro.

Ela não responde. Afasto-me um pouco e vejo que seus olhos se fecharam e que seu braço relaxou ao meu redor. Tenho medo de me mexer e acordá-la. Mas eu disse a Josh que voltaria somente umas duas horas depois do horário combinado, e já se passaram três horas. Nem sei se posso deixar dois meninos de doze anos sozinhos.

Quando perguntei se os dois ficariam bem sozinhos, Brad não viu nenhum problema nisso. E se ele nem deixa Theo ter celular, duvido que fosse permitir que eu os deixasse sozinhos se ele próprio já não tivesse feito o mesmo com Theo.

Talvez eu devesse pesquisar no Google a partir de que idade uma criança pode ficar sem supervisão em Boston.

Estou exagerando. É óbvio que eles estão bem. Nenhum deles ligou ou mandou mensagem por causa de alguma emergência, e às vezes crianças de doze anos até cuidam de outras crianças.

Acho que está tudo bem, mas preciso voltar mesmo assim. Ainda não conheço Josh o bastante, e não estou convencido de que ele não está dando a maior festa lá em casa agora. Lentamente, tiro o braço de baixo da cabeça de Lily e saio da cama. Visto-me no maior silêncio, depois procuro papel e caneta. Não quero acordá-la, mas não quero ir embora sem dizer nada. Especialmente depois da nossa noite juntos.

Encontro um caderno e uma caneta na gaveta da cozinha, então me sento à mesa e lhe escrevo uma carta. Quando termino, levo-a para o quarto e a coloco no travesseiro ao seu lado. Então lhe dou um beijo de boa-noite.

24. Lily

Tem alguma coisa batendo dentro da minha cabeça.

E *fora* da minha cabeça.

Afasto o rosto do travesseiro e sinto a baba no meu queixo. Enxugo-a com a ponta da fronha. Sento e vejo que Atlas deixou uma carta ao meu lado. Estendo o braço para pegá-la, mas ouço a batida de novo, então coloco a carta debaixo do travesseiro para mais tarde e me obrigo a criar algum espaço no meu cérebro enevoado para poder entender o que está acontecendo neste momento.

Emmy está na casa da minha mãe.

Acabo de ter a melhor noite de sono dos últimos dois anos.

Tem alguém batendo na porta.

Pego o celular na mesa de cabeceira e tento me concentrar na tela. Tem várias ligações perdidas de Ryle, então fico preocupada de ter alguma coisa errada. Mas a única notícia que minha mãe mandou foi uma foto de Emmy tomando o café da manhã meia hora atrás.

Ufa. Emmy está bem. Relaxo na mesma hora, mas, como sei que provavelmente é Ryle batendo à porta, não consigo relaxar tanto assim.

— Já vou! — grito.

Visto algo rapidamente — uma camiseta e uma calça jeans e abro a porta para deixá-lo entrar. Ele passa direto por mim, entrando no apartamento sem ser convidado.

— Está tudo bem? — pergunta ele, parecendo estar em pânico, mas também aliviado por ver que estou viva.

— Eu estava dormindo. Está tudo bem. — Dá para perceber que ele está irritado. Ryle dá uma olhada pela sala, procurando Emmy. — Ela passou a noite na casa da minha mãe.

— Ah. — Ele está decepcionado. — Tentei ligar porque queria vir buscá-la e passar algumas horas com ela. Você não atendeu e sempre está acordada a essa hora... — diz Ryle, com a voz ficando mais baixa depois que vê o sofá.

Nem preciso olhar o sofá para saber o que ele está vendo. Com certeza minha camiseta e minha calcinha ainda estão jogadas no encosto do móvel.

— Vou ligar para a minha mãe e avisar que você vai passar lá.

Vou pegar o celular no quarto, esperando que Ryle não esteja prestes a fazer nenhuma pergunta. Ele está estragando o bom humor em que Atlas me deixou ontem à noite.

Quando volto à sala, paro enquanto procuro o contato da minha mãe no celular. Ryle está segurando uma taça de vinho, inspecionando-a. É a que Atlas usou. A minha está ao lado dela, na bancada — um sinal evidente de que havia alguém aqui *comigo* ontem à noite, bebendo vinho.

Antes que minha calcinha fosse tirada e largada no sofá.

Vejo o ciúme de Ryle transbordar quando ele põe a taça na bancada e me olha.

— Alguém passou a noite aqui?

Não me dou ao trabalho de negar. Sou adulta. Adulta e solteira. *Bem, talvez eu não esteja mais solteira, mas isso já é outra questão.*

— Estamos divorciados, Ryle. Você não pode me fazer esse tipo de pergunta.

Talvez tenha sido a coisa errada a se dizer, pois Ryle reage imediatamente e dá dois passos rápidos na minha direção.

— Não posso te perguntar se alguém passou a noite no apartamento onde minha filha *mora*?

Recuo um passo.

— Não foi isso que eu quis dizer. E eu não levaria ninguém para perto dela sem sua aprovação, motivo pelo qual ela está com minha mãe.

Os olhos de Ryle estão semicerrados, acusadores. Ele parece enojado de mim.

— Você não permite que ela durma na minha casa, mas a deixa em outro canto quando quer dar pra alguém? — Ele ri. — Que mãe excelente você é, Lily.

Agora sou eu que estou ficando com raiva.

— É apenas a segunda vez que ela dorme em outro lugar desde que nasceu quase um ano atrás. Não tente me fazer sentir vergonha por ter tirado uma noite para mim mesma. E quando eu tiro uma noite para mim, o que eu faço nela não é da sua conta.

Ryle está com aquele olhar, a expressão vazia e distante que sempre aparecia pouco antes de ele ir longe demais.

Minha raiva se transforma em medo na mesma hora, e quando Ryle vê que estou me afastando, ele faz um barulho de raiva. Um barulho gutural e furioso de frustração que reverbera pela sala.

Ele sai do meu apartamento, batendo a porta com força. Ouço-o gritar a palavra *porra* no corredor.

Não sei ao certo qual o motivo da sua raiva de mim. É porque estou seguindo em frente com minha vida? É porque minha mãe está com Emmy? Ou é porque deixo Emmy dormir com minha mãe, mas ainda não me sinto à vontade para deixá-la dormir na casa dele? Talvez Ryle esteja com raiva de todas essas três coisas de uma vez.

Exalo para me acalmar, aliviada por ele ter ido embora. No entanto, antes que eu possa pensar no que fazer em seguida,

Ryle está novamente abrindo a porta. Ele me olha do corredor de um jeito muito frio quando pergunta:

— É ele?

Sinto o coração preso na garganta quando ele diz isso. Ryle não diz o nome de Atlas, mas a quem mais estaria se referindo? Não nego imediatamente, e isso já é confirmação o suficiente para ele.

Ryle olha o teto um instante, depois balança a cabeça.

— Então eu tinha mesmo razão para me preocupar com ele naquela época?

Os últimos minutos foram uma montanha-russa de emoções, mas nada foi mais tumultuoso do que a pergunta que acaba de sair da sua boca. Dou alguns passos e paro perto da porta, preparada para fechá-la na cara dele depois de dizer o que estou pensando.

— Se realmente acha que eu teria te traído, vá em frente, acredite nisso. Não tenho energia para continuar te convencendo do contrário. Já te expliquei antes e não vou repetir: eu jamais teria te deixado para ficar com Atlas. Eu não te *deixei* para ficar com Atlas. Eu te deixei porque mereço ser tratada melhor do que como você me tratava.

Vou fechar a porta, mas, antes que eu possa dar um passo para trás, Ryle se move para a frente e me empurra até me encostar na porta aberta da sala. Seus olhos estão repletos de fúria quando ele desliza a mão esquerda na base do meu pescoço, fazendo pressão como se quisesse me deixar parada. Ele bate a palma direita na porta, ao lado da minha cabeça, e fico tão assustada que fecho os olhos na mesma hora, sem querer ver o que vai acontecer em seguida.

Sinto uma onda tão intensa de medo e ansiedade me invadir que tenho medo de desmaiar. Sinto a respiração de Ryle na minha bochecha, atravessando seus dentes cerrados, pois seu rosto está bem próximo do meu. Meu coração está tão acelerado que, com sua mão me pressionando desse jeito, é impossível que ele não esteja sentindo meu medo latejando na sua palma. Quero gritar, mas estou morrendo de medo de fazer barulho e deixá-lo ainda mais furioso.

Vários segundos se passam entre o momento em que Ryle me segura na porta e o momento em que ele começa a perceber o que fez. O que mais ele provavelmente estava *prestes* a fazer.

Meus olhos ainda estão fechados, mas sinto o remorso na maneira como ele se inclina para a frente e pressiona a testa na porta, bem ao lado da minha cabeça. Ainda estou presa contra a porta, mas ele não está mais fazendo pressão com a mão que estava agarrando meu pescoço, e ouço um barulho saindo dele, como se ele estivesse se segurando para não chorar.

Isso me faz pensar na última noite em que ele me machucou. Nos pedidos de desculpa que ele sussurrou enquanto eu perdia e recobrava a consciência. *Desculpe, desculpe, desculpe...*

Estou de coração partido, pois Ryle não mudou absolutamente nada. Por mais que esperasse que isso tivesse acontecido, e por mais que saiba que ele quer mudar, ele continua sendo o mesmo homem que sempre foi. Por algum motivo, eu ainda tinha uma pequena esperança de que ele tivesse se tornado mais forte por causa de Emmy, mas essa é a confirmação inegável de que estou tomando as decisões certas por ela.

Ryle está me segurando como se eu pudesse melhorar a situação, e num dado momento eu realmente achei que poderia. Ele é um homem destruído, mas não por minha causa. Ele já estava destruído antes de me conhecer. Às vezes, uma pessoa acha que, se amar alguém destruído, se amá-lo o bastante, ela pode afinal conseguir consertá-lo. Mas o problema disso é que ela acaba se destruindo também.

Não posso permitir que mais ninguém me destrua. Preciso estar inteira para minha filha.

Pressiono as mãos delicadamente em seu peito, direcionando-o para o corredor. Quando finalmente há espaço bastante entre nós dois para que eu feche a porta, eu a fecho e a tranco. Na mesma hora ligo para minha mãe e lhe digo para colocar Emmy no carro e me encontrar no parque. Não quero que elas estejam na casa dela, caso Ryle ainda planeje passar lá.

Depois de desligar, ando pelo apartamento com determinação. Se eu parar e me permitir processar o que acabou de acontecer, talvez eu chore. E não tenho tempo de chorar agora. Visto-me para ir ao parque, pois preciso estar presente para minha filha de todas as maneiras possíveis.

Antes de sair do apartamento, pego a carta que Atlas escreveu e a guardo na bolsa. Tenho a impressão de que suas palavras serão a única coisa que vai iluminar o meu dia.

Minha premonição se concretiza. Ouço o estrondo de um trovão assim que chego ao estacionamento do parque. Tem uma tempestade se formando mais a leste, vindo nessa direção. *Que apropriado.*

Ainda não está chovendo, contudo, então dou uma olhada no parquinho até avistar minha mãe. Ela está segurando Emmy e as duas estão descendo juntas no escorregador. Ela ainda não me viu, então paro um instante e tiro a carta de Atlas da bolsa. Ainda estou abalada pelo que aconteceu com Ryle. Quero ler alguma coisa que me deixe num humor melhor antes de ir falar com minha filha.

Querida Lily,

Peço desculpa por ter ido embora sem me despedir, mas você pega no sono com muita facilidade. Não me incomodo, gosto de te ver dormindo. Mesmo quando é num carro, no meio de um encontro.

Às vezes, quando éramos mais novos, eu ficava observando você dormir. Gostava de te ver tão relaxada daquele jeito, pois, quando estava acordada, sempre havia uma tensão silenciosa dentro de você. Mas ela sumia quando você dormia, e aquilo sempre me tranquilizava.

Nem sei como começar a dizer o que esta noite significou para mim. Acho que nem preciso descrever, pois você estava lá. Você também sentiu.

Sei que mencionei mais cedo que carreguei muita culpa pelo que aconteceu entre a gente, mas não quero que você pense que me arrependo de ter te amado naquela época. Se tem uma coisa de que me arrependo é do fato de eu não ter lutado mais por você. Acho que a maior parte da minha culpa vem disso, de saber que se eu não tivesse te deixado, você jamais teria conhecido um homem que acabaria te machucando da mesma maneira como seu pai machucava sua mãe.

No entanto, independentemente de como chegamos até este ponto, estamos aqui. Precisei chegar à conclusão de que sempre mereci o seu amor. Odeio o fato de não termos chegado a este momento antes, pois são tantas as coisas na sua vida que eu queria que você não tivesse vivenciado ou que eu poderia ter impedido. Mas de qualquer outro trajeto você não teria Emerson, então sou grato por termos vindo parar aqui.

Adoro ver você falando dela. Não vejo a hora de conhecê-la. Mas isso vai acontecer em seu devido tempo, assim como todas as outras coisas pelas quais anseio. Vamos continuar no ritmo que você achar melhor. Se for para falar com você todos os dias ou te ver apenas uma vez ao mês, qualquer coisa é melhor do que os anos que precisei passar sem saber nada a seu respeito.

Estou tão feliz por você estar feliz. É tudo que eu sempre quis para você.

Mas vou te dizer uma coisa: não tem nada melhor do que saber que, agora, é comigo que você vai ser feliz.

Com amor,

Atlas

Estremeço tanto que quase rasgo a carta ao meio quando alguém bate à minha janela. Tomo um susto e vejo minha mãe parada ao lado do carro. Emmy se alegra ao me ver pelo vidro, e só seu sorriso já me faz sorrir também.

Bem, seu sorriso e a carta na minha mão.

Eu a dobro e a guardo de volta na bolsa. Minha mãe abre a porta do carro.

— Está tudo bem?

— Está, sim.

Pego Emmy dos braços dela, mas os olhos da minha mãe se estreitam, desconfiados.

— Você parecia assustada quando pediu para eu vir te encontrar no parque.

— Está tudo bem — repito, querendo deixar o assunto de lado. — Só não queria que Ryle ficasse com ela hoje. Ele não está com o humor muito bom, e ele sabia que Emmy estava com você, então...

Solto o ar pela boca e ando até os balanços vazios. Sento-me em um deles e ponho Emmy no meu colo, virada para a frente. Pressiono a terra e vou um pouco para trás enquanto minha mãe se senta no balanço ao lado.

— Lily. — Ela me olha preocupada. — Me conte o que aconteceu.

Sei que Emerson tem apenas um ano e não consegue me entender ainda, mas não me sinto à vontade para falar do pai dela em sua presença. Tenho certeza de que bebês e crianças pequenas percebem nosso humor, mesmo que não entendam o que a gente está dizendo.

Tento explicar a situação sem citar nenhum nome.

— Eu meio que estou namorando alguém?

Minha confissão soa como uma pergunta porque ainda não oficializamos nada, mas acho que Atlas e eu não precisamos de nenhum rótulo para saber aonde isso vai dar.

— É mesmo? Quem?

Balanço a cabeça. Não vou dizer que é Atlas, embora ela provavelmente não fosse saber de quem estou falando. Ela o viu duas vezes quando eu era mais nova, e nunca falamos sobre ele. E caso se lembre dele, tenho certeza de que preferiria nem lembrar, considerando que seu marido o fez parar no hospital.

Talvez um dia eu precise apresentar Atlas oficialmente para minha mãe, e não quero que ela o reconheça do meu passado, senão ela poderia se sentir muito envergonhada.

— É só um cara que eu conheci. Ainda é recente. Mas... — Suspiro e pressiono a terra de novo para nos empurrar um pouco para trás. — Ryle descobriu e não está nada contente.

Minha mãe estremece, como se soubesse muito bem o que significa o *não está nada contente.*

— Ele passou lá em casa hoje de manhã, e sua reação foi assustadora. Fiquei em pânico, achando que ele ia aparecer na sua casa para pegá-la, então não queria que vocês estivessem lá.

— O que Ryle fez?

Balanço a cabeça.

— Não estou machucada. É que faz um tempo que não vejo esse lado dele, então estou um pouco abalada, mas estou bem. — Dou um beijo no topo da cabeça de Emmy. Fico surpresa ao sentir uma lágrima escorrendo pela minha bochecha, então a enxugo rapidamente. — Mas agora não sei mais o que fazer em relação aos encontros dele com Emmy. Quase desejo que algo tivesse *mesmo* acontecido, pois assim eu o teria denunciado desta vez. Ao mesmo tempo, me sinto uma péssima mãe por pensar dessa forma do pai dela.

Minha mãe estende o braço e aperta minha mão. Isso faz meu balanço parar, então me viro e fico de frente para ela.

— Independentemente do que você decidir fazer, você *não é* uma péssima mãe. É exatamente o oposto. — Ela solta minha mão e segura a corrente, fitando Emmy. — Admiro as escolhas que você fez por causa dela. Às vezes, fico triste por não ter conseguido ter sido tão forte assim por você.

Balanço a cabeça na mesma hora.

— Não dá para comparar nossas situações, mãe. Eu tive muito apoio, e isso me permitiu tomar a decisão que tomei. Você não tinha ninguém.

Ela dá um sorriso triste, agradecido. Depois se encosta no balanço e se empurra um pouco para trás.

— Seja quem for, ele é um cara de sorte. — Ela me olha. — Quem é ele?

Eu rio.

— Não, nem adianta. Só vou te falar dele quando for algo mais certo.

— Mas já é algo certo — observa ela. — Dá para ver pelo seu sorriso.

Nós duas olhamos para cima na mesma hora em que começa a chuviscar. Seguro Emmy e começamos a voltar para o estacionamento. Minha mãe beija Emmy antes que eu a coloque na cadeirinha.

— Eu te amo. A vovozinha te ama, Emmy.

— Vovozinha? — pergunto. — Semana passada era vó.

— Ainda não me decidi.

Minha mãe me beija na bochecha e depois vai correndo até seu carro.

Entro no meu bem na hora em que o temporal começa. Gotas imensas golpeiam o para-brisa, o asfalto, o capô. Elas são tão grandes que parecem bolotas de carvalho atingindo o carro.

Fico sentada um instante, tentando resolver para onde devo ir antes de ligar o carro. Ainda não quero voltar para casa, porque Ryle pode aparecer lá de novo. Não quero ir para o apartamento de Allysa de jeito nenhum, pois assim eu certamente o encontraria, já que ele mora no mesmo prédio.

Estou me sentindo muito protetora em relação a Emmy no momento, pois juridicamente Ryle tem todo o direito de pegá-la comigo e passar o dia com ela, mas não vou deixar minha filha ficar perto dele num dia em que sei que ele está de pavio curto.

Olho o retrovisor, e Emmy está simplesmente sentada, quietinha, observando a chuva pela janela. Não faz ideia do caos que cerca sua existência, pois, para ela, *eu* sou toda a sua existência. Sua confiança inteira é depositada em mim. Ela depende de mim para tudo, e está apenas sentada ali, feliz e confortável, como se eu soubesse o que estou fazendo.

Não me parece que sei o que estou fazendo, mas, se ela acha que sim, já está bom para mim.

— Para onde a gente vai hoje, Emmy?

25. Atlas

— Que horas você chegou ontem à noite? — pergunta Josh.

Ele está se arrastando pela cozinha usando duas meias diferentes. Uma delas fui eu que comprei para ele, e a outra é minha. Theo e Josh estavam dormindo quando cheguei, mas mesmo assim acordei três horas antes deles. Brad veio buscar Theo uns vinte minutos atrás.

— Não é da sua conta. — Aponto para a mesa onde está seu dever de casa, que ele ainda não terminou. Josh me prometeu que terminaria ontem se eu deixasse Theo dormir aqui, mas imagino que os video games e os mangás e os animes o atrapalharam. — Você não fez o dever de casa.

Josh olha para a pilha de papéis e depois para mim.

— Não.

— Vá terminar — digo com firmeza, mas não faço ideia de como fazer isso.

Nunca precisei mandar uma criança ir fazer o dever de casa antes. Nem sei como deixá-lo de castigo se ele *não* fizer. Sinto como se estivesse atuando. Estou mesmo. Sou um impostor.

— Não estou evitando — admite Josh. — É que não sei fazer.

— É difícil demais? O que é, matemática?

— Não, o de matemática eu fiz. Matemática é fácil. É esse caralho que eu preciso fazer para a aula de computação que é difícil.

— *Cacete* — digo, corrigindo-o, eu *acho*... Talvez "cacete" seja igualmente ruim.

Sento-me ao lado de Josh para ver com o que ele está tendo dificuldade. Ele empurra o dever para mim e eu dou uma olhada.

É uma pesquisa sobre ancestralidade. São cinco coisas para fazer ao longo do trimestre, e uma delas é uma árvore genealógica que devia ter sido entregue na sexta-feira passada. Ele também tem um trabalho sobre gerações para a próxima sexta, usando um site sobre ancestralidade.

— É pra gente encontrar nossos parentes usando um site. Não sei o nome de nenhum deles, nem por onde começar — admite. — Você sabe o nome de alguém?

Balanço a cabeça.

— Não. Conheci o pai de Sutton uma vez, mas ele faleceu quando eu era criança. Nem me lembro do nome dele.

— E os pais do meu pai? — pergunta Josh.

— Também não sei nada sobre a família dele.

Josh pega os papéis comigo.

— Eles deviam parar de pedir para as crianças fazerem coisas assim. As famílias são diferentes hoje em dia.

— Pior que você está certo.

Ouço uma notificação de mensagem vindo do meu celular na cozinha, então me levanto para ir ver.

— Você tentou encontrar meu pai pra mim? — pergunta Josh.

Eu tentei, mas Tim não respondeu à mensagem de voz que lhe deixei. Só não quero contar isso para Josh, pois sei que ele vai se decepcionar. Pego meu celular, mas volto para perto de Josh antes de olhar a mensagem.

— Ainda não tive tempo de investigar a fundo. Tem certeza de que quer que eu faça isso?

Josh assente.

— Talvez ele queira falar comigo. Aposto que Sutton fez de tudo para manter a gente longe um do outro.

Sinto uma pontada de preocupação no peito. Tinha esperanças de que Josh estivesse se sentindo tão confortável aqui que não quisesse mais encontrar o pai, mas era uma esperança tola. Ele é um menino de doze anos. É óbvio que quer encontrar o pai.

— Vou te ajudar a encontrá-lo. — Aponto para os papéis. — Mas, por enquanto, faça o que der para a pesquisa. Apenas tente, pois eles não podem te dar uma nota ruim por você não conhecer seus avós.

Josh se inclina por cima do dever de casa, e eu finalmente olho a mensagem. É de Lily.

Posso te ligar?

Lily deveria saber que pode me ligar a qualquer segundo do dia e eu vou atender. Levo o celular para o quarto e ligo para ela sem responder a mensagem. Ela atende ao primeiro toque.

— Oi — diz ela.

— Olá.

— O que está fazendo?

— Ajudando Josh com o dever de casa. Tentando fingir que não estou pensando em você. — Ela fica quieta depois que digo isso, então percebo na mesma hora que há algo de errado. — Você está bem?

— Estou, é que... não quero ir para casa. Será que posso dar uma passada aí?

— Claro que sim. Emmy ainda está com sua mãe?

Ela suspira.

— Esse é o problema. Ela está aqui comigo. Sei que é estranho, mas eu explico quando chegar aí.

Se ela vai trazer Emerson para a minha casa, é porque há mesmo algo de errado. Ela não queria de jeito nenhum que eu chegasse perto da filha antes de Ryle saber da gente.

— Vou mandar meu endereço por mensagem.

— Obrigada. Daqui a pouco eu chego aí.

Ela desliga, e eu me deito no colchão me perguntando o que diabos aconteceu entre o momento em que saí da sua cama ontem à noite e esta ligação.

Será que ela leu minha carta? Será que eu disse algo errado?

Ela está prestes a terminar tudo entre a gente?

Todas essas preocupações reviram meu estômago enquanto a espero, mas minha maior preocupação é uma que prefiro afastar da mente: *será que Ryle bateu nela?*

Estou aguardando quando seu carro para aqui na frente, então vou encontrá-la do lado de fora. Quando Lily sai do carro, percebo na hora que há algo de errado. Mas acho que não tem a ver comigo, pois ela parece aliviada em me ver. Puxo-a para um abraço porque ela parece estar precisando.

— O que aconteceu?

Lily põe as mãos no meu peito e se afasta para me olhar. Parece estar hesitando em falar. Ela olha o banco de trás para conferir como está a filha, que dorme na cadeirinha.

E então começa a chorar. Ela encosta o rosto no meu peito e soluça na minha camisa, e é realmente de partir o coração. Pressiono os lábios no seu cabelo e lhe dou um instante.

Lily não precisa de muito tempo. Ela se recompõe com bastante rapidez e enxuga os olhos.

— Desculpe — lamenta ela. — Passei a manhã inteira segurando o choro desde que Ryle saiu lá de casa.

A menção ao nome dele faz minhas costas se enrijecerem. Sabia que tinha a ver com ele.

— Ele sabe da gente — revela.

— O que aconteceu? — Preciso de todas as minhas forças para ficar parado aqui em vez de sair correndo atrás dele. Meus ossos parecem estalar de raiva. — Está machucada?

— Não. Mas ele está muito chateado, e não quero ficar sozinha em casa no momento. Sei que eu ainda não devia trazer Emmy para perto de você, mas me sinto mais segura com ela aqui do que se Ryle tentasse passar lá em casa e levá-la. Desculpe, só não quero estar num lugar onde ele possa me encontrar.

Levanto seu rosto para que ela possa me encarar.

— Gosto que esteja aqui. *Vocês duas*. Pode passar o dia inteiro se quiser.

Ela expira e pressiona os lábios nos meus.

— Obrigada. — Lily vai até o banco de trás para tirar a filha da cadeirinha. Emerson nem acorda. Está com o corpo mole nos braços da mãe, apagada. — Ela passou um tempo no parquinho, está exausta.

Encaro Emerson admirado, ainda surpreso com o quanto ela se parece com Lily. Ela é a cara da mãe, e acho excelente que não tenha puxado ao pai.

— Precisa que eu pegue alguma coisa?

— A bolsa maternidade está no banco do passageiro.

Pego a bolsa e nós entramos em casa. Josh olha por cima do ombro quando me ouve entrar. Lily acena para ele, e ele a cumprimenta de volta, mas, quando percebe Emerson, se vira completamente na cadeira.

— É um bebê — diz ele.

— É, sim — responde Lily. — O nome dela é Emerson.

Josh me olha.

— É sua filha? — Com o marcador permanente na mão, ele aponta para Emmy. — Ela é minha sobrinha?

Lily ri, um pouco constrangida.

Deveria ter avisado a Josh antes de elas chegarem.

— Não, eu não sou pai, e você não é tio.

Josh nos encara por um minuto, depois dá de ombros e diz:

— Tudo bem.

Ele se vira e volta a prestar atenção no dever de casa.

— Foi mal por isso — digo baixinho. Deixo a bolsa de Emerson perto do sofá. — Quer que eu pegue um cobertor para ela?

Lily faz que sim, então pego uma manta grossa no armário do corredor e a coloco no chão, ao lado do sofá. Dobro-a para que fique mais espessa, e Lily coloca Emerson em cima. Emerson dorme o tempo todo.

— Não se engane, ela tem o sono bem leve.

Lily tira os sapatos e se senta no sofá, em cima dos pés. Sento ao seu lado, esperando que esteja no clima para me contar o que aconteceu, pois preciso saber o motivo de ela estar assustada.

Josh não consegue nos ver da sala de jantar, então dou um beijo rápido em Lily. Duvido que ele consiga nos escutar de onde está, mas sussurro, de todo jeito:

— O que aconteceu?

Ela suspira profundamente e se encosta no sofá, virada para mim.

— Ryle apareceu para buscar Emmy, e eu não o estava esperando. Ele viu nossas taças de vinho. Minhas roupas. Juntou dois mais dois e reagiu exatamente como eu temia.

— Como ele reagiu?

— Ficou furioso. Mas foi embora antes que a situação se tornasse feia demais.

Feia *demais*? *O que isso significa?*

— Ele sabe que era eu?

Lily assente.

— Foi praticamente a primeira coisa que ele perguntou. Ryle ficou com raiva, e eu pedi para ele ir embora. E ele foi... mas...

Ela para de falar, e pela primeira vez reparo que sua mão está tremendo. Meu Deus, como eu o odeio! Puxo-a para perto de mim, deixando sua bochecha encostada no meu peito enquanto a abraço.

— O que ele fez que te assustou, Lily?

A mão dela está bem em cima do meu coração. Ela sussurra:

— Ele me empurrou contra a porta e ficou bem perto do meu rosto e achei que ele ia me bater ou... sei lá. Mas ele não me bateu. — Ela deve ter sentido meu coração disparar no peito, pois ergue a cabeça e me olha. — Eu estou bem, Atlas. Juro. Depois disso, não aconteceu nada. É que faz muito tempo que não o vejo furioso daquele jeito.

— Ele te empurrou contra a porta. Isso não é *nada*.

Lily desvia o olhar e encosta a cabeça de novo no meu peito.

— Eu sei. *Eu sei*. É que não sei o que fazer depois disso. Não sei o que fazer a respeito de Emmy. Eu estava quase deixando que ela dormisse na casa dele, e agora não quero nem que ele tenha direito a visitas sem supervisão.

— Ryle não merece visitas sem supervisão. Você precisa entrar na Justiça.

Lily suspira, e dá para perceber que essa deve ser a parte de sua vida que mais a estressa. Não consigo nem imaginar como deve ser para ela vê-lo ir embora com sua filhinha no carro, sabendo do que ele é capaz. Que bom que ela veio para cá hoje. Sei que, para ela, era importante esperar antes que eu convivesse com Emmy, mas ela tomou a decisão certa. Ryle poderia voltar para se desculpar e pegar Emmy, e ele a encontraria nos locais onde Lily costuma estar.

Aqui ele não vai encontrá-la. Além disso, Lily e eu sabemos que o que está acontecendo entre nós é pra valer. Ela não precisa se preocupar com a possibilidade de Emmy se apegar a mim e depois eu desaparecer. Enquanto Lily me quiser por perto, eu não vou a lugar nenhum.

Ela ergue o rosto para me olhar de novo, e tem uma mancha de rímel perto da sua têmpora. Eu a limpo.

— Esse conflito com ele... — prossegue. — Foi isso que tentei te avisar. Talvez isso se torne algo constante, sobretudo agora que ele sabe que você reapareceu na minha vida.

Ela diz isso como se estivesse me oferecendo uma oportunidade de cair fora. Como ela pode achar que eu cogitaria essa ideia?

— Você poderia ter cinquenta ex-maridos tentando infernizar a nossa vida. Enquanto eu tiver você, não vou ser afetado pela interferência de ninguém. Prometo.

Isso a faz sorrir pela primeira vez desde que chegou aqui. Não quero fazer nem dizer nada que faça sumir o seu sorriso, então mudo de assunto e não falo mais do patético do seu ex-marido.

— Está com sede?

Lily se afasta do meu peito e sorri ainda mais.

— Estou. Com sede *e* com fome. Por que outro motivo eu estaria na casa de um chef?

Lily e Emerson estão aqui há umas quatro horas. Depois que Josh fez o que podia do dever de casa, ele começou a brincar com Emerson. Lily disse que ela começou a andar algumas semanas atrás, e Josh morre de rir quando ela o segue pelos cantos. Ele ficou andando por uma hora enquanto Emmy cambaleava atrás dele, mas agora ela pegou no sono de novo. Ela adormeceu no chão, do meu lado, com a cabeça na minha perna. Lily se ofereceu para tirá-la daqui, mas não deixei.

Estaria mentindo se dissesse que isso não me parece um pouco surreal. No fundo, sei que Lily e eu vamos dar certo. Ela é a pessoa certa para mim, e eu sou a pessoa certa para ela, e sei disso desde a semana em que nos conhecemos. Porém, quando olho para Emerson, sabendo que ela eventualmente vai se tornar uma parte bem importante da minha vida... Isso é algo grande. Talvez um dia eu seja seu padrasto. É provável que eu vá influenciar mais a sua vida do que seu pai biológico, pois Lily e eu vamos acabar morando juntos. Vamos acabar nos casando.

Jamais admitiria essas coisas em voz alta, pois pessoas como Theo diriam que estou me adiantando demais, mas a verdade é que já estou anos atrasado em relação ao ponto em que eu queria estar com Lily. Ao ponto em que poderia estar com ela.

Hoje é um dia importantíssimo, mesmo que eu passe meses sem ver Emerson. Hoje pode ser o primeiro dia que estou passando com alguém que, algum dia, pode vir a se tornar minha filha.

Ponho os fios finos de cabelo ruivo atrás da orelha de Emerson e tento entender de onde está vindo parte da raiva de Ryle. Ele deve imaginar como Lily estar com outra pessoa vai afetar seu relacionamento com Emerson. Lily está com Emerson na maior parte do tempo, então quem quer que Lily escolha para participar de sua vida também vai passar a mesma quantidade de tempo com Emerson.

Não estou justificando o comportamento de Ryle de maneira nenhuma. Se dependesse de mim, ele arranjaria um emprego no Sudão e a gente só precisaria lidar com ele uma vez ao ano.

Mas essa não é a realidade. Ryle mora na mesma cidade que a filha, e sua ex-esposa está com outra pessoa. Isso não deve ser fácil para ninguém. Por mais que eu entenda como isso deve ser difícil para ele, jamais vou entender como Ryle não percebe que é o único culpado aqui. Se ele tivesse sido um homem mais maduro, mais racional, Lily jamais o teria deixado. Ele estaria com a esposa e a filha, e eu e Lily nem estaríamos nos falando.

Estou preocupado por Lily. Receio que Ryle seja um pouco como minha mãe e que decida retaliar, brigando só por brigar mesmo, sem ter nenhum outro motivo.

— Você denunciou Ryle alguma vez? — pergunto, olhando para Lily.

Ela está sentada no chão ao meu lado, observando Emerson dormir na minha perna.

— Não.

Ouço um pouco de vergonha em sua resposta.

— Vocês dois têm um acordo de guarda compartilhada?

Ela assente.

— Tenho guarda total dela, mas há requisitos. Devido aos horários dele, eu preciso ser flexível. Mas, tecnicamente, ele tem direito a ficar com ela dois dias por semana.

— Ele paga pensão?

Ela confirma.

— Paga. Ele nunca atrasou.

É um alívio saber que ele lhe proporciona ao menos isso, mas, depois de ouvir essas respostas, estou achando a situação de Lily ainda mais precária.

— Por quê? — pergunta ela.

Balanço a cabeça.

— Não é da minha conta.

É da minha conta? Eu nem sei. Estou tentando ir devagar e dar espaço a Lily, mas essa parte de mim luta com outra: a parte que gostaria de protegê-la.

Lily ergue a mão e chama minha atenção.

— É da sua conta, sim, Atlas. Agora nós estamos juntos.

Sua resposta faz meu coração bater mais forte. Ela acabou de oficializar tudo?

— Estamos mesmo? Juntos? — Sorrio e a chamo para perto de mim, com as veias latejando. — Eu e você somos um casal, Lily Bloom?

Seus lábios sorriem colados aos meus. Ela assente enquanto me beija.

Acho que nós dois já sabíamos que éramos um casal bem antes de ontem à noite, mas, se a filha dela não estivesse dormindo na minha perna neste momento, eu provavelmente ergueria Lily e rodopiaria com ela de tão feliz que estou.

E de tão envolvido que estou.

A adrenalina que explodiu dentro de mim começa a diminuir, fazendo com que eu volte a pensar no que estava refletindo sobre antes de Lily declarar que éramos um casal.

Ryle. Guarda. Imaturidade.

A cabeça de Lily está no meu ombro, e sua mão está no meu peito, então ela sente quando respiro fundo. Ela ergue a cabeça e me olha com ansiedade.

— Diga logo.

— Dizer o quê?

— O que acha sobre a minha situação. Suas sobrancelhas estão grudadas uma na outra, como se você estivesse preocupado com alguma coisa.

Ela ergue a mão e usa o dedão para desfazer a expressão séria do meu rosto.

— É tarde demais para avisar à Justiça que ele já representou um risco para você no passado? Talvez assim eles o impeçam de ter o direito de Emmy dormir na casa dele.

— Depois que duas pessoas chegam a um acordo de guarda compartilhada, não se pode mais usar provas do passado para modificá-lo. Infelizmente eu nunca o denunciei, então não posso usar a violência doméstica como argumento a esta altura.

Isso é uma pena. Mas entendo por que ela tentou manter a civilidade com ele naquela época. Temo apenas que isso acabe a afetando no futuro de uma maneira negativa.

— Na metade do tempo, Ryle está ocupado demais para ficar com ela ou até mesmo para que Emmy passe a noite com ele, na verdade. Duvido que vá tentar obter a guarda compartilhada dela em algum momento.

Cerro os lábios e assinto, esperando que Lily esteja certa. Não o conheço tão bem quanto ela, mas, pelo que já ouvi falar dele, Ryle parece ser rancoroso. E pessoas rancorosas costumam achar necessário retaliar. Pais e mães fazem isso o tempo todo. Um não gosta do que o outro está fazendo, ou da pessoa com quem o outro está saindo, e usa o filho como arma. E isso me preocupa. Consigo imaginar facilmente Ryle decidindo entrar na Justiça só para se vingar de Lily por ela estar comigo. E ele provavelmente conseguiria o que deseja. Ele nunca machucou Emerson, nunca foi denunciado por bater em Lily, nunca atrasou a pensão. E tem uma carreira bem-sucedida. Tem tudo isso a seu favor.

Quando olho para Lily, parece que ela está prestes a afundar no chão. Não queria chateá-la ainda mais falando disso.

— Desculpe. Não estou tentando ser pessimista. Podemos mudar de assunto.

— Você não é pessimista, Atlas. Você é realista, e eu preciso que seja assim. — Ela tira a cabeça do meu ombro e dá uma olhada em Emmy, que ainda está dormindo na minha perna. Depois Lily se aconchega em mim de novo, suspirando baixinho. — Sabe, mesmo que eu tivesse denunciado Ryle e tentado obter guarda unilateral, minhas chances eram poucas. Ele não tem antecedentes criminais e tem dinheiro para conseguir os melhores advogados. Quase todos os advogados com quem conversei me encorajaram a resolver a situação amigavelmente, pois já tinham visto casos como o nosso, e o acordo que Ryle aceitou naquela época era a minha melhor opção.

Seguro sua mão e entrelaço meus dedos nos seus. Lily enxuga uma lágrima que escorre pela bochecha. Estou odiando ter mencionado esse assunto, mas esses medos já estão dentro dela. Acho importante que ela pense neles, pois precisa estar um passo à frente de Ryle.

— O que quer que aconteça, você não vai mais enfrentar isso sozinha.

Lily sorri em agradecimento.

Emerson começa a acordar na minha perna. Abre os olhos e me encara, procurando Lily logo em seguida. Ela vai direto para a mãe, passando por cima de mim. Quando está no colo de Lily, ergo a perna e a alongo. Passei mais de meia hora sem poder mexê-la, e agora ela está dormente.

— É melhor a gente ir — anuncia ela. — Só de estar aqui com ela já me sinto culpada. Eu ficaria furiosa se Ryle a levasse para conhecer uma namorada dele sem que eu soubesse.

— Acho que a situação de vocês dois é um pouco diferente. Ryle não está precisando procurar um lugar seguro para esconder a filha durante o dia por ter medo do seu pavio curto. Não seja tão dura assim consigo mesma.

Lily me olha com gratidão.

Ajudo-a a pegar suas coisas e a acompanho até o carro. Depois que Emerson está na cadeirinha, Lily se aproxima para se despedir. Ponho os dedos nos seus quadris e a puxo para perto. Abaixo a cabeça, roçando seu nariz, e depois encosto meus lábios nos seus. Dou um beijo bem intenso, querendo que ela o carregue consigo enquanto volta para casa.

Coloco as mãos nos bolsos de trás de sua calça jeans e aperto sua bunda. Isso a faz rir. Depois ela suspira melancolicamente.

— Já estou com saudade.

Faço que sim.

— Também tenho sentido muita saudade — admito. — Eu estou meio que obcecado por você, Lily Bloom.

Beijo sua bochecha e depois me forço a soltá-la.

Este é o único aspecto negativo de finalmente estar com a pessoa com quem você deveria estar: você passa anos desejando ficar com ela e, quando ela enfim se torna uma parte importante da sua vida, de alguma maneira isso dói ainda *mais*.

26. Lily

Você me decepciona, Lily.

Estou encarando o celular, chocada.

Isso é uma piada?

Você me trata como um monstro, sou o pai dela cacete.

São 5h. Acordei para ir ao banheiro e, naturalmente, dei uma olhada no celular antes de dormir mais uma horinha até o despertador tocar.

Todas as mensagens são de Ryle. Ele não dá notícias desde que apareceu aqui em casa no domingo. Já se passaram quatro dias, e ele nem se deu ao trabalho de entrar em contato para se desculpar por ter perdido a cabeça comigo. Ele passou quatro dias em silêncio, e agora vem com *essa*?

Eu era mais feliz antes de te conhecer.

Leio as inúmeras mensagens, sabendo muito bem que ele estava bêbado quando as enviou ontem à noite. A primeira chegou à meia-noite, e a última, escrita às 2h da manhã, diz:

Divirta-se trepando com o morador de rua.

Largo o celular na cama, as mãos trêmulas. Não acredito que ele me enviou essas mensagens. Achei que os quatro dias de silêncio significassem remorso, mas está na cara que ele anda remoendo a raiva.

Isso é bem pior do que eu imaginava.

Tento voltar a dormir, mas não consigo. Eu me levanto e preparo uma xícara de café, mas estou enjoada demais para tomá-lo. Passo a próxima meia hora parada na cozinha, olhando para o nada, pensando sem parar nas mensagens.

Quando Emerson finalmente acorda, fico aliviada. Vai ser ótimo me distrair com nossa rotina matinal agitada.

Depois que a deixo com minha mãe, chego ao trabalho às 8h em ponto. Sou a primeira na floricultura, então me ocupo o máximo possível até Serena e Lucy chegarem. Lucy percebe que há algo de errado comigo, e em dado momento até me pergunta como estou, mas respondo que está tudo bem.

Finjo que *estou* bem, mas olho para a porta da frente sempre que posso, achando que vou ver Ryle irromper por ela. Fico esperando outra de suas mensagens cruéis, fico esperando o telefone tocar.

Horas se passam e nada. Nem mesmo um pedido de desculpa.

Não conto para Atlas, não conto para Allysa, não conto para ninguém ao longo do dia sobre o que ele fez. É vergonhoso. As mensagens insultaram a Atlas e a mim. Não tenho ideia do que fazer, mas sei que não estou disposta a tolerar esse tipo de coisa. Eu me recuso a passar os próximos dezessete anos da vida da minha filha sofrendo qualquer abuso, mesmo que seja por mensagens de texto.

Serena já foi embora, e estou sozinha com Lucy quando o inevitável enfim acontece. Já passa das 17h, e estamos nos organizando para fechar a floricultura a fim de que eu possa buscar Emerson na casa da minha mãe quando Ryle entra pela porta da frente.

Minha ansiedade jorra dentro de mim como uma explosão de lava.

Lucy nunca foi muito fã de Ryle, então solta um gemido baixo quando o vê e diz:

— Se precisar de mim, vou estar lá atrás.

— Lucy, espere — sussurro. Olho para o celular como se estivesse ocupada com alguma coisa para que Ryle não veja meus lábios se mexendo. — Fique aqui.

Olho para ela, pois quero que perceba a preocupação em meus olhos. Ela apenas assente e vai fazer alguma coisa para fingir que está ocupada.

Meu coração está martelando no peito quando Ryle se aproxima. Nem tento disfarçar quando o encaro.

Ele sustenta meu olhar por alguns segundos e depois olha Lucy de esguelha. Aponta a cabeça para o meu escritório.

— Podemos conversar?

— Já estou de saída. — Minhas palavras saem com rapidez e firmeza. — Preciso ir buscar nossa filha.

Vejo a mão esquerda de Ryle agarrar a beirada do balcão. Ele a aperta, e os músculos do seu braço se contraem.

— Por favor. Não vou demorar.

Olho para Lucy.

— Você me espera para trancar?

Ela assente, me tranquilizando, então me viro e vou para o escritório. Ouço-o logo atrás de mim. Cruzo os braços na frente do peito e inspiro antes de conseguir encará-lo.

Já estou de saco cheio do seu remorso. Quero arrancar essa expressão fechada da sua cara de tão furiosa que estou.

— Desculpe. — Ele passa a mão no cabelo e estremece, aproximando-se. — Bebi demais num evento ontem à noite e...

Não digo nada.

— Eu nem lembrava que tinha mandado aquelas mensagens, Lily.

Continuo em silêncio. Ele começa a se inquietar, constrangendo-se com minha raiva. Põe a mão nos bolsos e fita os próprios pés.

— Você contou para Allysa?

Não respondo à sua pergunta. Na verdade, ela só aumenta minha raiva. Ryle está mais preocupado com o que a irmã vai pensar dele do que com o mal que está me causando?

— Não, mas contei para uma advogada — minto, mas vai ser verdade assim que ele sair daqui.

A partir de agora, vou documentar tudo que ele fizer comigo. Atlas tem razão. Ryle parece perfeito por fora, e se ele vai continuar com suas táticas abusivas, preciso de proteção para mim e para Emerson.

Os olhos de Ryle se voltam lentamente para os meus.

— Você fez *o quê*?

— Enviei as mensagens para a minha advogada.

— Por que você faria isso?

— É sério? Você me imprensou contra uma porta no domingo, e agora me manda mensagens ameaçadoras no meio da noite. Não fiz nada para merecer isso, Ryle!

Ele tira as mãos do bolso e aperta a nuca enquanto se vira para outra direção. Alonga as costas e inspira pela boca. Ryle parece prender o ar enquanto conta em silêncio, tentando amenizar a raiva que cresce dentro de si.

Nós dois sabemos o quanto essas técnicas deram certo no passado.

Quando ele se vira, não há mais remorso.

— Você não está enxergando um padrão? É mesmo tão burra assim?

É óbvio que eu enxergo um padrão, mas acho que estamos vendo dois padrões diferentes.

— Nós passamos *um ano* bem, Lily. Não tivemos nenhum problema até ele dar as caras de novo. Agora estamos brigando o tempo todo, e você ainda está trazendo advogados pra história, é?

Ele parece querer socar o ar.

— Pare de culpar os outros pelo seu comportamento, Ryle!

— Pare de ignorar a porra da causa de todos os nossos problemas, *Lily*!

Lucy aparece na porta do escritório. Olha para mim e para Ryle, depois para mim de novo.

— Você está bem?

Ryle solta uma risada exasperada.

— Ela está bem — responde ele, irritado. Ryle vai até a porta, e Lucy precisa se encostar na guarnição para que ele não esbarre nela. — Uma *advogada*, caralho — murmura. — Posso muito bem imaginar de quem foi essa ideia.

Ryle está se dirigindo para a saída com determinação. Lucy e eu saímos do escritório provavelmente pelo mesmo motivo: trancar a porta assim que ele for embora.

Quando Ryle chega à porta da floricultura, se vira e me lança um olhar fulminante.

— Sou neurocirurgião. Já você trabalha com *flores*, Lily. Lembre-se disso antes que sua advogada faça alguma besteira que coloque minha carreira em risco. Eu pago o apartamento onde você mora, porra.

A ameaça de Ryle se intensifica quando suas mãos escancaram a porta com força.

Lucy é quem a tranca depois que ele finalmente sai, pois o impacto do último insulto me paralisou. Ela vem até mim e me abraça para me confortar.

É neste momento que percebo que a parte mais difícil de acabar com um relacionamento abusivo é que você não está necessariamente acabando com os momentos ruins. Os momentos ruins ainda dão as caras de vez em quando. Ao terminar um relacionamento abusivo, é com os momentos bons que você acaba.

No nosso casamento, aqueles poucos terríveis episódios estavam cobertos por muitos momentos bons, mas agora que nosso relacionamento terminou, o cobertor foi retirado e tudo o que me resta são as piores partes de Ryle. Nosso casamento já teve um coração e muita carne em torno do esqueleto, mas agora tudo o que resta é o esqueleto. Ossos afiados e pontiagudos que me cortam.

— Você está bem?

Assinto.

— Estou, mas... Não parece que ele saiu daqui determinado demais? Como se estivesse indo para algum outro lugar?

Os olhos de Lucy se voltam para a porta outra vez.

— Pois é, ele saiu do estacionamento a mil por hora. Talvez você devesse avisar Atlas.

Pego o telefone na mesma hora e ligo para ele.

27. Atlas

Faz apenas meia hora que dei uma olhada no celular, então me assusto ao ver várias chamadas perdidas e três mensagens de Lily.

Me liga, por favor.

Eu estou bem, mas Ryle está furioso.

Ele apareceu aí? Atlas, me liga, por favor.

Merda.

— Darin, você pode assumir aqui?

Darin vem terminar de empratar para mim, e vou imediatamente até o escritório e ligo para ela. A ligação cai na caixa postal. Tento de novo. Nada.

Estou me preparando para ir até o carro quando meu telefone toca. Atendo na mesma hora, dizendo:

— Você está bem?

— Estou — responde ela.

Paro de correr até a porta e encosto o ombro na parede.

Lily parece estar dirigindo.

— Estou indo buscar Emmy. Só queria te avisar que ele está furioso. Estava preocupada achando que ele podia passar aí.

— Obrigado por me avisar. Você está bem mesmo?

— Estou. Me liga quando chegar em casa. Não importa a hora.

Ryle irrompe pelas portas da cozinha no meio da frase de Lily. Causa um alvoroço tão grande que todos percebem e param o que estão fazendo. Derek, meu maître, está logo atrás dele.

— Eu disse que ia *chamá-lo* — Derek está dizendo para Ryle.

Derek me olha e joga as mãos para o alto, indicando que tentou impedir a intrusão.

— Eu ligo quando estiver indo para casa — aviso.

Não menciono que Ryle acabou de chegar. Não quero deixá-la preocupada. Desligo bem na hora em que os olhos de Ryle se fixam em mim.

Não acho que ele esteja aqui para me parabenizar.

— Quem é esse aí? — pergunta Darin.

— Meu maior fã.

Aponto a cabeça para a porta dos fundos, então Ryle se dirige para lá.

A cozinha começa a se agitar de novo, com todos ignorando a intrusão de Ryle. Todos menos Darin.

— Precisa de mim para alguma coisa?

Balanço a cabeça.

— Está tudo bem.

Ryle empurra a porta dos fundos com tanta força, que ela bate na parede externa.

Que babaquinha. Sigo naquela direção, mas assim que abro a porta dos fundos e coloco os pés nos degraus, ele me ataca pela esquerda. Ryle me derruba e, quando tento me levantar, ele me dá um soco.

E é um soco dos bons. Isso eu admito.

Merda.

Enxugo a boca e me levanto, grato por ele ao menos me dar tempo de ficar de pé. Não é muito justo uma pessoa estar no chão quando os socos começam. No entanto, Ryle não me parece o tipo de cara que joga limpo.

Ele está prestes a me bater de novo, mas eu recuo e ele acaba tropeçando. Ryle se ergue e, quando fica de pé novamente, me encara furioso. Não parece estar querendo me atacar no momento.

— Já acabou? — pergunto.

Ryle não responde, mas não acho que ele vá tentar me esmurrar de novo. Ele ajeita a camisa e dá um sorrisinho.

— Gostei mais quando você bateu de volta na última vez.

Eu me seguro para não revirar os olhos.

— Não estou a fim de brigar com você.

Ele estala o pescoço e começa a andar de um lado para o outro. Há tanta raiva dentro dele que nem consigo imaginar como deve ser para Lily precisar testemunhar isso. Ryle está ofegante, de mãos nos quadris, os olhos me perfurando como facas. Não vejo apenas raiva no seu rosto. Vejo um bocado de dor.

Às vezes tento me colocar no lugar dele, mas, por mais que eu tente, não consigo. E nunca vou conseguir, pois nem ter o pior passado do mundo justifica alguém agredir a pessoa que deveria proteger.

— Diga logo o que veio me dizer.

Ryle limpa os nós dos dedos ensanguentados com a manga da camisa, e percebo sua mão inchada. Pelo jeito, ele esmurrou algumas coisas antes de chegar aqui e me bater. Pelo menos sei que Lily está bem, senão ele não iria embora nas mesmas condições em que chegou.

— Acha que não sei que a advogada foi ideia sua? — dispara ele.

Tento disfarçar a surpresa, mas não faço ideia do que Ryle está falando. *Será que ela conversou com uma advogada sobre sua situação?* Sinto vontade de sorrir, mas tenho certeza de que um sorriso irritaria Ryle, e minha existência já o irrita o suficiente.

A ausência de uma resposta minha começa a exasperá-lo. Seu rosto se contorce de raiva.

— Você pode até ter enganado Lily agora, mas vai ter sua primeira briga com ela. E a segunda. Ela vai ver que casamento não é um maldito mar de rosas o tempo todo.

— Mesmo que a gente tenha um milhão de discussões, elas jamais vão acabar com Lily no hospital, isso eu posso garantir.

Ryle ri. Ele quer distorcer a situação para que eu pareça ridículo, não ele. Não fui eu que invadi seu local de trabalho porque não estava conseguindo controlar minhas emoções.

— Você não sabe pelo que eu e Lily passamos — continua. — Não sabe pelo que *eu* passei.

Parece que ele veio aqui atrás de briga e, como não estou entrando no seu jogo, agora está desabafando. Talvez eu devesse lhe dar o número de Theo. Não faço ideia de como agir nessa situação.

Não quero me lembrar deste momento amanhã e pensar que foi uma oportunidade perdida. Meu único objetivo é fazer com que a relação da Lily com este homem seja mais tranquila. A última coisa que quero é dificultar ainda mais as coisas entre todos nós, mas até Ryle entender que somente ele controla suas próprias reações, eu e Lily não saberemos muito bem como lidar com ele.

— Tem razão, Ryle. — Assinto lentamente. — Tem razão. Eu não sei pelo que você passou.

Sento-me no degrau para mostrar que ele não precisa se sentir ameaçado por mim. E se ele tentar me atacar de novo enquanto estou sentado, não serei mais tão compreensivo. Junto as mãos e me esforço ao máximo para falar de uma maneira que o faça entender.

— O que quer que tenha acontecido no seu passado fez de você um ótimo neurocirurgião, e o mundo precisa desse seu lado. Mas, por algum motivo, seu passado também fez de você um marido ruim pra caralho. Esse é um lado seu de que o mundo não precisa. O fato de você ter a oportunidade de desempenhar um certo papel não significa que você vai se sair bem nele.

Ryle revira os olhos.

— Quanto drama.

— Eu vi quando deram pontos nela, Ryle. Acorda pra vida, porra. Você foi um marido de merda.

Ele me encara por um instante e diz:

— E por que acha que vai se sair melhor do que eu?

— Tratar Lily como ela merece ser tratada é a parte mais fácil da minha vida. Acho que você deveria é sentir alívio por ela estar com alguém como eu.

Ele ri.

— Alívio? Eu deveria sentir *alívio*? — Ele dá vários passos na minha direção, com a raiva crescendo de novo. — É por *sua* causa que não estamos juntos!

Preciso de todas as minhas forças para continuar sentado e de toda a minha paciência para não responder aos seus gritos à altura.

— É por *sua* causa que vocês não estão juntos. Foi a *sua* raiva e os *seus* punhos que te colocaram nessa situação. Eu era apenas um conhecido da Lily quando ela estava com você, então aja com maturidade e pare de jogar a culpa pelas suas ações em mim, na Lily e em todos os outros. — Levanto-me, mas não para bater nele. Preciso apenas criar espaço no meu peito para expirar, caso contrário, não sei quanto tempo mais vou aguentar sem erguer a voz como ele. É difícil olhar para Ryle e manter a compostura sabendo o que ele fez com Lily. — *Porra* — murmuro. — Que coisa ridícula.

Ryle e eu ficamos em silêncio por um instante. Talvez ele tenha percebido que cheguei ao meu limite, pois não estou mais controlando tão bem a minha frustração. Viro para ele e o encaro, suplicante:

— Essa é a nossa vida agora. Sua, minha, da Lily, *da sua filha*. Teremos que lidar com isso. Para sempre. Feriados, aniversários, formaturas, o casamento da Emerson. Todas essas coisas serão difíceis para você, mas você é o único que pode garantir que elas não serão difíceis para o restante de nós. Porque nenhum de nós deve a nossa felicidade a você. *Especialmente* a Lily.

Ryle balança a cabeça. Anda de um lado para o outro como se quisesse destruir o asfalto e deixar a terra à mostra.

— O que você espera que eu faça? Torça por vocês? Deseje felicidade a vocês? Incentive você a ser um bom pai para a *minha* filha, porra?

Ele ri de tão absurda que acha a ideia, mas eu continuo bem sério.

— Isso. *Exatamente* isso.

Acho que minha resposta o desorienta. Ele para e junta as mãos na nuca.

Dou um passo para perto dele, mas não de um jeito ameaçador. Não quero gritar. Quero que Ryle ouça a total sinceridade na minha voz.

— Por mais que eu saiba que posso fazer Lily feliz, ela jamais será completamente feliz sem sua aceitação e cooperação. E você está dificultando as coisas, apesar de saber que ela merece uma vida boa. As duas merecem. Se você quer que sua filha cresça com a melhor versão de Lily, ajude-a, por favor. Podemos todos fazer isso acontecer.

Ryle vira o pescoço para o lado.

— E por acaso agora a gente é uma *equipe*, é?

Odeio ver que ele está tentando fazer com que tudo isso soe impossível.

— Uma equipe é a *única* coisa que as pessoas deveriam ser quando tem uma criança envolvida.

Isso mexe com ele. Percebo pela maneira como se contrai e depois engole em seco de repente. Ryle se vira, me dá as costas e anda enquanto reflete sobre o que eu disse. Quando se vira de volta e me olha, há um pouco menos de mordacidade nele.

— Quando as coisas entre vocês não derem certo e Lily precisar correr atrás de alguém, eu não vou ajudar desta vez.

Com isso, ele se afasta. Ryle não volta pelo restaurante. Em vez disso, segue pelo beco, em direção à rua.

Tudo o que consigo fazer é encará-lo com pena. Ele realmente não conhece Lily.

Não mesmo.

Lily não *corre* atrás de ninguém. Ela não correu atrás de mim quando fui embora do Maine. Ela não correu atrás de mim depois que terminou com Ryle. Ela se concentrou em ser mãe. Porém, é isso que ele espera que Lily faça se as coisas entre nós dois não derem certo? Ele espera que ela *vá correndo* atrás dele, como se ele fosse seu porto seguro?

O porto seguro da Lily é Emerson, e se ele ainda não enxergou isso é porque não tem noção de nada.

Se Lily tivesse ficado com Ryle, ele teria passado o resto da vida dos dois inventando motivos para justificar sua raiva excessiva. Porque eu nunca fui uma questão no casamento deles e jamais teria sido.

Achei que tinha pena de Ryle antes, mas ele está lutando por uma mulher que mal conhece. No fundo, está lutando só por lutar. Ele tem a personalidade bem parecida com a da minha mãe, e às vezes isso não tem conserto. A gente precisa simplesmente aprender a lidar com o fato.

Talvez seja isso que Lily e eu precisaremos fazer. Aprender a viver da melhor maneira possível, precisando lidar ocasionalmente com a ira ridícula de Ryle.

Tudo bem. Eu enfrentaria essa merda todo dia se fosse para poder dormir ao lado dela todas as noites.

Subo os degraus e volto à agitação da cozinha, retornando ao trabalho como se Ryle nunca tivesse estado ali. Não sei se minha postura esta noite tornou a situação melhor, mas com certeza não a deixou pior.

Darin me entrega um pano úmido.

— Você está sangrando. — Ele aponta para o lado esquerdo da minha boca, então pressiono o pano úmido ali. — Esse era o ex-marido?

— Era.

— Está tudo bem agora?

Dou de ombros.

— Não sei. Ele pode se irritar e reaparecer. Que merda, isso pode se repetir por anos. — Olho para Darin e sorrio. — Mas Lily vale a pena.

Três horas depois, bato levemente à porta de Lily. Mandei uma mensagem avisando que estava vindo. Achei que talvez ela estivesse precisando de outro delivery de abraço.

Quando abre a porta, fica evidente que é exatamente disso que ela precisa. E do que *eu* preciso. Assim que chegamos à sala de estar, ela coloca os braços ao redor da minha cintura, e eu me aconchego nela. Passamos alguns minutos abraçados.

Depois que ela ergue o rosto, suas sobrancelhas se afastam quando ela vê o pequeno corte no meu lábio.

— Que babaca imaturo que ele é. Você colocou gelo?

— Vou ficar bem. Nem chegou a inchar.

Lily fica na ponta dos pés e beija meu corte.

— Conte o que aconteceu.

A gente se senta no sofá e tento me lembrar de tudo o que foi dito, mas certamente esqueço algumas coisas. Quando termino de falar, ela está encostada no sofá, com a perna em cima da minha, concentrada e passando os dedos no meu cabelo.

Ela fica um bom tempo quieta. Depois apenas me olha com uma doçura que me faz derreter.

— Estou convencida de que você é o único homem do mundo que leva um soco e depois oferece *conselhos* e ajuda ao agressor. — Antes que eu possa responder, ela vem para o meu colo e aproxima o rosto do meu. — Não se preocupe, acho isso bem mais atraente do que se você tivesse batido nele de volta.

Minhas mãos sobem pelas suas costas, e fico surpreso por vê-la tão bem-humorada. Não sei por que achei que essa conversa seria um fardo para ela. Mas imagino que esse é o melhor resultado possível. Ryle sabe que estamos juntos, eu tive a oportunidade de dizer o que penso e todos nós saímos da situação relativamente ilesos.

— Não posso demorar, mas acho que esse abraço pode durar mais uns quinze minutos antes que Josh perceba que estou atrasado.

Lily ergue a sobrancelha.

— Quando você diz abraço, está querendo dizer...

— Para você tirar a roupa, pois agora só temos catorze minutos.

Deito-a e a beijo, e nós continuamos pelos catorze minutos restantes. Depois dezessete. Depois vinte.

Trinta minutos se passam até eu deixar seu apartamento.

28. Lily

Allysa teve a ótima ideia de simplesmente colocar os bolos no chão em cima de uma camada de sacos de lixo, para que fosse fácil limpar depois. Agora Emmy e a prima Rylee estão cobertas de bolo.

Emmy não faz ideia do que está acontecendo, mas está se divertindo. Acabamos fazendo uma festinha para ela aqui na casa de Allysa. Minha mãe está aqui, os pais de Ryle também, além de Marshall e Allysa.

Ryle também está aqui, mas já vai embora. Ele tira algumas fotos no celular antes de dar um rápido beijo de despedida nas duas meninas.

Ouvi-o dizer para Marshall que teve um dia agitado no trabalho, mas ele conseguiu comparecer à festa. Achei bom que ele chegou a tempo de ver a abertura dos presentes, e ele ficou até o bolo estar quase todo destruído. Sei que um dia isso vai ser importante para Emmy, quando ela vir as fotos.

Não nos falamos desde que ele chegou. Passamos perto um do outro, fingindo que está tudo bem na frente das outras pessoas, mas Ryle não está nada bem. Sinto a tensão que irradia dele do outro lado da sala. Mas é melhor ele me ignorar do que jogar a culpa em mim. Sempre vou achar que ser ignorada é melhor do que a alternativa.

Infelizmente, não sou ignorada por muito tempo.

Ryle faz contato visual comigo pela primeira vez hoje. Cometi o erro de ficar parada sozinha, e ele interpreta isso como uma oportunidade de se aproximar e parar do meu lado. Meu corpo enrijece, e não quero fazer isso agora. A gente não se fala desde que ele me insultou enquanto saía da floricultura na semana passada. Sei que precisamos conversar, mas aqui, na festa de aniversário da nossa filha, não é a hora nem o lugar para isso.

Ryle põe as mãos nos bolsos. Encosta o queixo no peito e encara o chão.

— O que sua advogada disse?

Sinto a raiva arder dentro de mim. Olho-o de esguelha e balanço a cabeça.

— Não vamos falar sobre isso agora.

— Quando então?

Não é uma questão de quando, mas *com quem?* Pois nunca mais vou discutir nada com ele sozinha. Ryle me provou que não estou segura quando fico a sós com ele, então esse privilégio acabou.

— Eu te mando mensagem — digo e me afasto, deixando Ryle sozinho.

Minha mãe está com Emmy no colo, limpando o bolo do rosto e das mãos dela, então vou em sua direção, mas Allysa me puxa antes que eu a alcance.

— Vamos conversar — diz ela.

Sigo-a até seu quarto, e ela se senta na cama.

Allysa só me traz para o seu quarto quando quer me questionar em relação a alguma coisa e escolhe os momentos ideais com uma intuição impecável. Reviro os olhos assim que entro no cômodo, depois me sento na cama.

— O que você quer saber?

Faz umas duas semanas que não conversamos a sós. Ela pode estar querendo fazer várias perguntas sobre a minha vida. Tem acontecido muita coisa ultimamente.

Allysa se deita na cama.

— As coisas parecem meio esquisitas entre você e Ryle hoje.

— Deu pra perceber?

— Eu percebo tudo. Você está bem?

Reflito bastante sobre a pergunta. *Você está bem?* Eu costumava me esconder dessa pergunta porque não estava bem. Mesmo meses depois do nascimento de Emerson, quando alguém me perguntava isso, eu abria um sorriso enquanto me sentia arrasada por dentro.

É a primeira vez que não estou mentindo quando digo:

— Estou, sim.

Allysa me encara em silêncio. Sua expressão é reconfortante, como se ela até acreditasse em mim desta vez. Ela pega minha mão e me puxa até eu estar deitada ao seu lado. Entrelaça nossos braços na altura dos cotovelos, e ficamos apenas encarando o teto, curtindo um momento de silêncio em uma casa cheia de gente.

Que bom que ainda tenho Allysa. Perdê-la por causa do divórcio teria partido meu coração em pedacinhos. Sou grata por ela ser tão compassiva e positiva.

Gostaria de poder dizer o mesmo sobre seu irmão. Às vezes parece que Ryle tem um monstro dentro de si que está sempre à procura de uma ofensa. Seu lado sombrio se alimenta de drama, e se ninguém o causa, ele inventa algum. Mas não posso mais fazer parte do seu jogo. Sei que minhas intenções eram genuínas quando eu estava casada com Ryle, por mais que ele queira que suas ilusões sejam verdadeiras para que possam justificar seu comportamento.

— Como vão as coisas com Adônis?

Eu rio.

— Com Atlas?

— Foi o que disse. Adônis, o belo deus grego por quem você está apaixonada.

Rio de novo.

— Adônis não foi fruto de um incesto?

Allysa me empurra.

— Pare de evitar o assunto. Como estão as coisas?

Eu me deito de bruços e me apoio no cotovelo.

— Estariam boas se a gente conseguisse passar algum tempo juntos. O restaurante dele só abre depois que minha floricultura fecha. Ainda nem conseguimos passar uma noite inteira juntos.

— O que Atlas está fazendo agora? Trabalhando?

Assinto.

— Você devia ver se ele consegue sair mais cedo hoje e eu posso ficar com a Emerson à noite. Não temos nenhum plano para amanhã. Você pode vir buscá-la na hora que quiser.

Meus olhos se arregalam com a sugestão dela.

— Sério?

Allysa sai da cama.

— Rylee adora quando ela está aqui. Vá passar a noite com seu Adônis.

Não mandei mensagem para Atlas avisando que estava a caminho do Corrigan's. Ele me disse que estaria trabalhando lá esta noite, e achei que seria divertido surpreendê-lo, mas quando passo pelas portas da cozinha, fico espantada com o quanto está movimentada. Ninguém nem me escuta chegar, então olho ao redor até avistá-lo.

Atlas está inspecionando cada prato que lhe dão para colocar nas bandejas, e então os garçons desaparecem depressa pelas portas duplas levando a comida. Este lugar é mais chique do que o Bib's, e eu já achava o Bib's chique. Todos os garçons estão de traje formal. Atlas está vestindo um dólmã branco de chef, assim como duas outras pessoas na cozinha.

Eles estão num ritmo tão bom que me pergunto se eu deveria ter vindo. Parece que vou atrapalhar se for falar com Atlas, e de repente me sinto constrangida por simplesmente ter aparecido sem avisá-lo.

Reconheço Darin assim que ele me vê. Ele sorri e assente com a cabeça, depois chama a atenção de Atlas. Ele gesticula na minha direção e quando Atlas se vira e me vê em sua cozinha, seus olhos brilham. Mas apenas por um instante. O fato de eu estar aqui transforma imediatamente seu entusiasmo em preocupação. Ele vem direto até mim, contornando um garçom que está voltando para a cozinha com uma bandeja vazia.

— Oi. Está tudo bem?

— Está, sim. Allysa decidiu ficar com Emmy esta noite, então pensei em passar aqui.

Atlas sorri esperançosamente.

— Ela vai dormir lá?

Vejo uma centelha de flerte em seus olhos.

Assinto.

— Olha o quente! — grita alguém atrás de mim.

Olha o quente? Meus olhos se arregalam bem na hora em que Atlas nos tira do caminho de um garçom carregando uma bandeja de comida.

— É jargão de cozinha — explica ele. — Significa que tem algum prato quente passando.

— Ah.

Atlas ri, depois olha por cima do ombro para todos os pratos que ele está atrasando.

— Me dá uns vinte minutos para organizar aqui?

— Claro. Não vim aqui para te pedir para sair mais cedo. Pensei em te observar trabalhando por um tempo, é meio divertido.

Atlas aponta para uma bancada metálica.

— Sente aí, você vai ter a melhor vista e não vai ser derrubada. Aqui fica bem agitado. Já, já eu termino.

Ele ergue meu queixo e se inclina para me beijar, depois se afasta e volta ao que estava fazendo antes de eu chegar.

Eu me sento na bancada e ponho as pernas em cima dela, cruzando-as para ficar totalmente fora do caminho. Percebo alguns funcionários me olhando sorrateiramente, o que me deixa um tanto constrangida. De todos que estão aqui agora, eu só conheci Darin, então não faço ideia de quem são os outros. Eu me pergunto o que eles estão pensando da mulher desconhecida que Atlas acabou de beijar e que agora está observando o trabalho deles.

Não sei se Atlas costuma trazer mulheres aqui, mas apostaria que não. Todos estão me olhando como se isso fosse uma anomalia.

Darin se aproxima para me cumprimentar assim que consegue. Ele me dá um abraço rápido e diz:

— É bom te ver de novo, Lily. Você ainda se aproveita de jogadores de pôquer inocentes?

Rio.

— Tem um tempinho que eu não faço isso. A noite do pôquer ainda tá rolando?

Ele balança a cabeça.

— Que nada, estamos ocupados demais agora que Atlas tem dois restaurantes. Ficou difícil encontrar uma noite em que todo o pessoal pudesse ir.

— Que pena. Está trabalhando aqui agora?

— Não oficialmente. Atlas queria ver como eu me sairia com o cardápio daqui. Ele está pensando em me promover a chef de cozinha. — Darin se aproxima e sorri. — Disse que quer trabalhar menos. Acho que agora entendi o motivo. — Ele joga um pano no ombro. — Foi bom te ver. Parece que agora vamos nos encontrar mais vezes.

Ele dá uma piscadela antes de se afastar.

Saber que Atlas está se esforçando para passar menos tempo no trabalho faz meu coração bater mais forte de alegria.

Passo os próximos quinze minutos observando silenciosamente Atlas trabalhar. De vez em quando, ele me olha e sorri afetuosamente para mim, mas no resto do tempo está concentrado no trabalho. Sua intensidade e confiança são fascinantes.

Ninguém demonstra se sentir intimidado por ele, mas todos parecem querer sua opinião. Eles lhe fazem perguntas constantemente, e ele responde a cada uma delas com paciência. Entre esses momentos de ensino, há muita gritaria. Não o tipo de gritaria que eu esperaria encontrar numa cozinha, mas pessoas berrando os pedidos e cozinheiros exclamando para mostrar que ouviram. É barulhento e agitado, mas o clima do restaurante é de uma correria empolgante.

Não era o que eu esperava ver de jeito nenhum. Achei que veria um lado totalmente diferente de Atlas — que ele berraria ordens com raiva e se comportaria como todos os chefs que já vi na televisão. Mas, felizmente, não é isso que está acontecendo nesta cozinha.

Após meia hora de alvoroço, Atlas enfim se afasta de sua estação. Ele lava as mãos antes de vir até mim. Sinto um frio na barriga de entusiasmo quando ele se aproxima e pressiona a boca na minha, como se não ligasse para o fato de todos os seus funcionários conseguirem nos ver.

— Desculpe a demora — diz ele.

— Eu gostei. Foi diferente do que eu imaginava.

— Diferente como?

— Achei que todos os chefs eram babacas e gritavam com os funcionários.

Ele ri.

— Não tem nenhum babaca nesta cozinha. Sinto decepcioná-la. — Ele descruza minhas pernas para se posicionar entre elas. — Adivinha só.

— O que foi?

— Josh vai dormir na casa do Theo hoje.

Não consigo deixar de sorrir.

— Que coincidência maravilhosa.

Os olhos de Atlas me observam, depois ele apoia a cabeça na minha, encostando delicadamente os lábios na minha orelha.

— Na sua casa ou na minha?

— Na sua. Quero me deitar numa cama que tenha o seu cheiro.

Atlas mordisca minha orelha, me causando um calafrio na espinha. Depois segura minhas mãos e me ajuda a descer da bancada. Ele desvia a atenção para alguém que está passando:

— Ei, você pode assumir a finalização dos pratos?

O cara responde:

— Pode deixar.

Atlas olha de novo para mim e diz:

— Te encontro lá em casa.

Tinha dado uma passada no meu apartamento para arrumar uma bolsa antes de ir ao restaurante dele, caso isso fosse acontecer. Assim, chego à casa dele primeiro. Aproveito enquanto espero Atlas no meu carro para falar com Allysa.

Ela dormiu direitinho?

Dormiu. E sua noite, tudo bem?

Tudo. ;)

Divirta-se. Vou querer o relatório completo.

Os faróis do carro de Atlas iluminam o meu quando ele chega à entrada da casa. Ainda estou pegando minhas coisas quando ele abre minha porta. Assim que saio do carro, Atlas põe uma mão impaciente no meu cabelo e me beija. É o tipo de beijo que grita *que saudade de te beijar*.

Ao se afastar, ele estuda meu rosto com um sorriso meigo.

— Gostei de te ver me observando na cozinha esta noite.

Sinto um calafrio no corpo todo.

— E eu gostei de te observar.

Não consigo dizer isso sem sorrir. Pego minha bolsa no banco do carona, e Atlas a tira das minhas mãos, pendurando-a no ombro. Acompanho-o pela garagem. Ainda tem caixas de mudança empilhadas em uma parede e um banco de musculação desmontado no chão, ao lado das caixas vazias. Há dois cestos de roupa suja na frente de uma máquina de lavar e secar.

É reconfortante ver um pouco de bagunça na sua garagem. Estava começando a achar que ele era bom demais para ser verdade, mas Atlas Corrigan tem coisas na vida para resolver e roupa acumulada para lavar como todos nós.

Ele destranca a casa e segura a porta para mim. É menor do que sua casa anterior, mas é mais a cara dele. E não é uma casa de tijolos banal, numa fileira de residências de aparência semelhante. As casas desta vizinhança têm personalidade. Cada uma delas é bastante diferente das outras, indo de uma casa rosa de dois andares na esquina a uma construção moderna, quadrada e envidraçada na outra extremidade da rua.

A casa de Atlas é de estilo bangalô e se situa entre duas residências maiores. Quando estive aqui da última vez, percebi que, por algum motivo, o quintal dele era o maior dos três. *Tem espaço de sobra para uma horta no futuro...*

Atlas digita seu código no teclado.

— É nove, cinco, nove, cinco — informa. — Se você precisar entrar algum dia.

— Nove, cinco, nove, cinco — repito, percebendo que é a mesma senha do seu celular.

Ele se compromete com as coisas. Gosto disso.

O código de segurança não é o mesmo que uma chave para sua casa, mas me parece ter quase a mesma importância. Ele deixa minha bolsa no sofá, depois acende a luz da sala de estar. Estou encostada na parede, fora do caminho, observando-o. Que bom que ele me contou que gostou quando eu o observei no trabalho, pois observar Atlas é meu passatempo favorito. Eu poderia viver como uma mosca nesta parede e me contentar com isso.

— Como é sua rotina quando você chega em casa à noite?

Atlas inclina a cabeça para o lado.

— Como assim?

Gesticulo na direção da sala.

— O que você faz quando chega em casa? Finja que não estou aqui.

Ele me encara silenciosamente. Depois se aproxima e para bem na minha frente. Pressiona a mão na parede ao lado da minha cabeça e se inclina.

— Bem — sussurra ele —, primeiro eu tiro os sapatos.

Ouço-o tirar um dos sapatos, depois o outro. De repente ele está dois centímetros mais baixo, ficando ainda mais próximo da minha boca. Seus lábios roçam levemente nos meus, disparando todas as terminações nervosas sob minha pele.

— Depois... — Ele beija o canto da minha boca. — Eu tomo uma ducha.

Atlas se afasta da parede, recua e me encara, me desafiando.

Ele vai para o quarto.

Inspiro para me acalmar ao ouvi-lo abrir o chuveiro. Tiro os sapatos e os deixo ao lado dos seus, depois repito o seu percurso. Empurro a porta entreaberta com delicadeza e pela primeira vez vejo seu quarto pessoalmente. Eu já o tinha visto pelas nossas chamadas de vídeo, mas não entrei aqui quando estive na casa dele pela primeira vez. Reconheço a cabeceira preta e a parede azul cor de jeans atrás, mas todo o resto é novidade para mim. Olho tudo enquanto procuro a porta do banheiro.

Ele a deixou aberta. Sua camisa está no chão, perto da porta.

Não sei por que meu coração está disparando como se fosse ser a primeira vez que vou vê-lo sem roupa. Isso não é novidade para mim. Nem ele, nem tomar banho com ele. Porém, sempre que estou com Atlas, é como se meu coração tivesse amnésia.

Vou até a porta do banheiro e me decepciono ao ver que seu boxe fica escondido atrás de uma parede de pedra. Ouço o barulho da água do chuveiro, e sinto todas as curvas do meu corpo se retesarem.

Não deixo minhas roupas com as dele. Continuo vestida e ando lentamente até o boxe. Eu me encosto na longa parede de seu banheiro e me aproximo devagar da abertura do boxe e dou uma espiadinha nele.

Atlas está de pé debaixo da água corrente, de olhos fechados, com a água caindo direto em seu rosto enquanto passa os dedos no cabelo. Fico quieta, parada, e continuo encostada na parede enquanto o observo.

Ele sabe que estou aqui, mas ignora minha presença e me permite assimilar o que estou vendo. Quero passar minhas mãos pelos músculos dos seus ombros, e quero beijar as covinhas de sua lombar. Ele é incrivelmente lindo.

Depois de enxaguar o sabão do cabelo e do rosto, ele me encara. Seus olhos encontram os meus e se estreitam. Se intensificam. Depois ele se vira para mim, e meu olhar desce, desce...

— Lily.

Meus olhos se voltam para os seus, e ele está sorrindo. Então, bem depressa, Atlas atravessa o boxe molhado e me arranca da parede até seus braços me envolverem. Ele me puxa para baixo da água junto com ele, e tudo é tão rápido que fico boquiaberta.

Ele põe a boca na minha enquanto agarra minhas coxas, enroscando em seu corpo minhas pernas dentro da calça jeans agora molhada. Minhas costas encontram a parede do boxe, tirando parte do meu peso de Atlas para que ele possa usar uma das mãos.

Ele usa a mão livre para desabotoar minha blusa.

Uso as minhas para ajudá-lo. Nós paramos de nos beijar para que Atlas possa me colocar no chão e tirar minha blusa pelos braços. A blusa cai no piso do boxe com um ruído abafado na mesma hora em que os dedos de Atlas encontram o botão do meu jeans.

Sua boca está faminta e volta para a minha enquanto ele desliza a mão entre meus quadris e minha calcinha, puxando minha roupa para baixo com dificuldade, um centímetro de cada vez.

Ele agarra os dois lados da minha calça e se abaixa pelo meu corpo enquanto se esforça para tirá-la. Quando ela está na altura dos meus tornozelos, eu o ajudo a removê-la com os pés, então ele põe as mãos nas minhas panturrilhas e se levanta devagar.

Quando está de pé novamente, seus dedos vão até o fecho do meu sutiã nas minhas costas. Sinto um frio na barriga quando ele começa a abri-lo. Sua boca encontra a minha de novo, mas esse beijo é delicado e lento, como se a remoção da última peça de roupa merecesse ser saboreada.

Sinto suas mãos deslizarem até meus ombros, depois ele coloca os dedos sob as alças e as puxa para baixo pelos meus braços. Meu sutiã começa a cair, e Atlas se afasta da minha boca por tempo suficiente para me admirar. Sua mão cobre meu quadril e desliza pela minha bunda, me apertando.

Coloco os braços ao redor do seu pescoço e passo os lábios pelo seu queixo até minha boca parar no seu ouvido.

— E agora?

Vejo seus braços se arrepiarem. Ele geme, depois me ergue contra a parede até ficarmos com as cinturas alinhadas. Viro meus quadris para ele, querendo sentir sua rigidez contra o meu corpo, e ele reage se pressionando contra mim com rapidez, me fazendo ofegar. É óbvio que nós dois queremos isso, mas ele ainda me encara em busca de permissão antes de me possuir ali mesmo no chuveiro. Já conversamos sobre métodos contraceptivos e fizemos os devidos testes, então eu simplesmente sussurro um desesperado *sim*.

Agarro seus ombros com mais firmeza, tentando tirar mais peso dos seus braços para que ele possa se posicionar para me penetrar. Atlas usa o braço esquerdo para me erguer e a mão direita para se segurar, então move os quadris para a frente e para cima, até eu sentir a pressão dele dentro de mim.

Ele suspira no meu pescoço na mesma hora em que expiro profundamente, o que sai como um gemido, estimulando Atlas a arrancar o mesmo som de mim outra vez.

Minhas pernas estão enroscadas em sua cintura, mas ele me penetra com tanta força que meus tornozelos se soltam.

Começo a escorregar pelo corpo dele, mas Atlas me ergue de novo e se reposiciona até eu senti-lo dentro de mim outra vez.

Solto mais um gemido, e ele me penetra uma segunda vez, uma terceira, e talvez na parede de um boxe molhado não seja tão gracioso quanto numa cama, mas estou adorando esse lado selvagem dele.

Ele me mostra seu lado selvagem por vários minutos antes que nós dois fiquemos fracos e ofegantes demais para continuar sem a ajuda de uma cama. Atlas não diz nada quando sai de mim e me põe no chão. Apenas fecha o chuveiro e pega uma toalha. Ele começa pelo meu cabelo, apertando-o com as duas mãos para tirar a água, depois desce vagarosamente com a toalha pelo meu corpo até eu ficar seca o bastante. Ele passa a toalha rapidamente no próprio corpo antes de pegar minha mão e me levar para fora do banheiro.

Não sei como algo tão simples quanto ir de mãos dadas com ele para o quarto pode fazer meu coração disparar.

Atlas levanta o edredom e gesticula para que eu me deite. É tão confortável que parece que estou me acomodando numa nuvem. Ele vem para perto de mim e só para quando não consegue se aproximar nem mais um centímetro. Ele está deitado de lado, mas me vira para que eu fique deitada de costas na cama, aconchegada nele.

Gosto dessa posição. Gosto da maneira como ele está se apoiando no cotovelo, parado ao meu lado. Gosto do leve sorriso em seus olhos, como se eu fosse uma recompensa que ele tivesse merecido.

Atlas se abaixa, e não estamos mais indo com calma nos beijos. É um beijo imediato e urgente que começa com o mergulho da sua língua e termina impressionantemente com ele pegando a camisinha e a colocando sem interromper a intensidade do beijo. Atlas agarra a parte interna da minha coxa e afasta minha perna para o lado para ter espaço.

Depois ele está em cima de mim, dentro de mim, e se movendo contra mim até eu explodir ao seu redor.

Atlas está deitado na cama, e estou aconchegada nele, com a perna por cima da sua coxa. São esses momentos que mais gosto de compartilhar com ele. Os minutos quietos que conseguimos roubar do caos das nossas vidas, quando estamos apenas nós dois, saciados e contentes. Minha cabeça está apoiada em seu peito, e seus dedos sobem e descem pelos meus braços.

Ele me beija o topo da cabeça e diz:

— Faz quanto tempo que a gente se encontrou na rua?

— Quarenta dias — digo.

Sim, eu estou contando.

Ele murmura, como se isso o surpreendesse.

— Por quê? Parece mais tempo?

— Não. Só queria saber se você também estava contando.

Dou uma risada e pressiono os lábios em sua pele, bem em cima do seu coração.

— Como foram as coisas na festa hoje? — pergunta ele.

Sei o que ele está perguntando sem que seja necessário dizer. Ele quer saber como Ryle me tratou.

— A festa foi boa. Conversei com Ryle durante uns cinco segundos.

— Ele foi grosseiro?

— Não. A gente ficou longe um do outro a maior parte do tempo.

Atlas passa os dedos no meu cabelo, no meio das mechas, deixando-as cair nas minhas costas. Ele pega outra mecha e repete o movimento.

— Já é um progresso. Tomara que as coisas fiquem mais fáceis daqui pra frente.

— Tomara. — Eu realmente espero que as coisas entre Ryle e eu continuem ficando mais fáceis, mas não vou mais deixar suas reações controlarem minha felicidade. Estou com Atlas pra valer, e quero estar presente nessa parte da minha vida. Se isso deixa Ryle magoado ou chateado, ele que carregue o fardo dos próprios sentimentos. — Talvez eu peça para Allysa participar de uma conversa minha com Ryle esta semana. Quero discutir o que aconteceu e o que fazer a partir de agora, mas sem estar sozinha com ele.

— É uma boa ideia.

Talvez minhas interações com Ryle nunca ultrapassem a mera civilidade. Mas civilidade eu aceito. O que não aceito são os insultos, as mensagens ameaçadoras, as explosões. Ele precisa melhorar muito, e finalmente estou disposta a repreendê-lo de verdade.

Eu já deveria ter agido com mais firmeza, mas tenho tentado lidar com a situação da forma menos dramática possível. Porém, cansei de adaptar minha própria vida por causa de Ryle.

Sou leal às pessoas que me trazem coisas boas. Sou leal às pessoas que querem me apoiar e me ver feliz. E é em função delas que vou tomar as minhas decisões.

Vou continuar dando o meu melhor, e isso é tudo o que posso fazer. Talvez eu não tenha tomado todas as decisões certas nos momentos certos, mas vou continuar me concentrando no fato de que ao menos tive coragem para tomá-las.

Atlas toca meu queixo e inclina minha cabeça para que eu o encare. Sua expressão é de quem está exatamente onde quer estar.

— Você não faz ideia do quanto gostei disso — revela. Ele me puxa para perto, erguendo-me sobre seu peito até nossos olhos ficarem na mesma altura. Ele acaricia a lateral da minha cabeça. — Queria que você ficasse assim na minha cama todas as noites. Quero tomar banho com você e cozinhar com você e ver televisão com você e ir ao mercado com você. Eu quero *tudo* com você. Detesto que tenhamos que fingir que ainda não sabemos que vamos passar o resto da vida juntos.

É impressionante a rapidez com que o coração consegue dobrar de velocidade. Deslizo meus dedos em seus lábios.

— Não estamos fingindo. Vamos *mesmo* passar o resto da vida juntos.

— Quanto tempo precisamos esperar antes de começar?

— Pelo jeito, já começamos — observo.

— Quanto tempo precisamos esperar antes de eu te chamar para morar comigo?

Sinto um frio na barriga.

— Seis meses, pelo menos.

Atlas assente como se estivesse decorando a informação.

— E depois de quanto tempo posso te pedir em casamento?

Sinto um nó na garganta e fica difícil engolir.

— Depois de um ano, um ano e meio.

— Depois de um ano *morando juntos* ou depois de um ano a partir de *agora*?

— A partir de agora.

Ele sorri e me deita sobre si.

— Bom saber.

Não consigo evitar sorrir em seu pescoço.

— Que conversa surpreendente.

— Pois é, meu terapeuta vai me matar quando eu contar para ele.

Estou sorrindo quando saio de cima dele e me deito de lado. Eu me aconchego em seu braço e passo os dedos pelo seu peito, depois os levo até as linhas de seu abdômen. Seus músculos se contraem e tremem sob minhas unhas.

— Você malha?

— Quando consigo.

— Dá pra perceber.

Atlas ri descontraidamente.

— Está flertando comigo, Lily?

— Estou.

— Não preciso de elogios. Você está nua e na minha cama. Não há muito mais que precise fazer. Você me conquistou há anos.

Ergo a cabeça e abro um sorrisinho, como se ele estivesse me desafiando.

— É mesmo?

Ele balança a cabeça, sorrindo preguiçosamente. Passa o polegar no meu lábio inferior.

— Tenho certeza de que estou na minha capacidade máxima. Acho até que alcancei a transcendência hoje à noite.

Mantenho meus olhos fixos nos seus, mas me reposiciono e começo a descer vagarosamente pelo seu corpo.

— Acho que ainda consigo te impressionar — sussurro.

Atlas expira profundamente quando beijo seu abdômen. Ainda estou olhando para o seu rosto, e adoro ver que sua expressão começa a ficar tensa enquanto me observa.

Ele engole em seco quando começo a afastar o lençol até não ter mais nada o cobrindo da cintura para baixo. Seu olhar se intensifica.

— *Porra*, Lily.

Ele deixa a cabeça cair no travesseiro assim que minha língua desliza por seu membro.

Ele geme quando o coloco na boca, e então eu provo que ele estava *muito* errado.

29. Atlas

Nunca me canso dela, mas acho que tudo bem porque ela também parece nunca se cansar de mim. Hoje de manhã ela me acordou subindo em mim e me dando um beijo no pescoço.

Segundos depois, ela já estava de costas, com a minha boca entre suas coxas.

Talvez a gente tenha tanta fome um do outro por saber que é muito raro termos dias assim. Ou vai ver que é porque passamos muitos anos com saudade.

Ou então é assim que as coisas são quando se está apaixonado. Já estive com outras mulheres além da Lily, mas tenho certeza de que ela é a única que realmente amei.

O que sinto por ela vai além de tudo que já vivenciei. Vai além do que sentia quando éramos mais jovens. Hoje é diferente — mais forte, mais profundo, mais excitante. Não existe a menor chance de eu deixar Lily como a deixei naquela época.

Sei que com dezoito anos minha cabeça era totalmente diferente, e isso tinha muito a ver com o motivo de eu sentir que não devia me manter em sua vida. Agora, porém, estou aqui para o que der e vier. Detesto demais a ideia de ir devagar. Entendo que a gente precise fazer isso, mas não tenho que gostar. Quero Lily perto de mim todo dia, porque me sinto absolutamente incompleto nos dias em que não a vejo.

Agora que passamos a noite juntos, tenho a sensação de que vou sentir cada vez mais sua falta. Vou ficar irritado quando tiver de passar muito tempo sem vê-la. Ela está bem do meu lado enquanto escovamos os dentes, mas já estou com medo de quando ela for embora daqui a pouco.

De repente, se eu falar que faço o café da manhã, ganho uma hora a mais com ela.

— Por que tem uma escova de dentes sobrando? — pergunta Lily. Ela cospe a pasta de dente na pia e me dá uma piscadela. — É comum mais alguém passar a noite aqui?

Sorrio para ela e enxáguo a boca, mas não respondo à pergunta. Tenho a escova de dentes para ela, mas não quero admitir. Fiz várias coisas ao longo dos anos com a desculpa de *vai que a Lily...*

Depois que ela saiu da minha casa dois anos atrás, quando estava escondida de Ryle, saí e comprei algumas coisas só para o caso de ela precisar voltar. Uma escova de dentes a mais, travesseiros mais confortáveis para o quarto de hóspedes, roupas para o caso de ela aparecer numa emergência.

Eu tinha, digamos, um kit de emergência para a Lily. Agora me parece que era mais um kit *para o caso de a Lily dormir aqui.* E, sim, trouxe tudo para a casa nova quando me mudei. Sempre tive certa esperança de que um dia ficaríamos juntos.

Caramba, sendo muito honesto, eu tinha era muita esperança. Muitas decisões minhas foram baseadas na possibilidade de que Lily voltasse para minha vida. Até escolhi esta casa em vez de outra que eu tinha em mente só por causa do quintal. Parecia um quintal que ela ia amar.

Enxugo a boca com uma toalha e passo para ela.

— Quer que eu faça o café da manhã antes de você ir embora?

— Quero, mas me dá um beijo primeiro. Meu gosto está melhor agora do que estava mais cedo.

Ela fica na ponta dos pés, eu a abraço com força e a levanto até minha boca. Beijo-a enquanto saio junto com ela do banheiro e a deixo cair no meu colchão. Fico parado acima dela.

— Quer panqueca? Crepe? Omelete? Um pãozinho? — Antes que ela me responda, a campainha toca. — Josh chegou. — Dou um beijinho nela. — Ele gosta de panqueca. Pode ser?

— Adoro panqueca.

— Então teremos panqueca.

Ando até a sala de estar e abro a porta para Josh. Abro e imediatamente fico paralisado ao ver minha mãe.

Suspiro frustrado por não ter conferido o olho mágico antes.

Ela me olha de cara fechada, os braços cruzados no peito.

— Ontem recebi a visita de um assistente social.

Seus olhos são acusadores, mas pelo menos ela não está gritando.

Não vou ter uma discussão com Lily aqui. Saio e tento fechar a porta, mas minha mãe a abre com força.

— Josh, venha já aqui! — grita ela para dentro da casa.

— Ele não está — tento falar baixo.

— Onde ele está?

— Na casa de um amigo.

Tiro o telefone do bolso e olho a hora. Brad tinha dito que traria Josh às 10h e já são 10h15. *Tomara que ele não apareça enquanto Sutton está aqui.*

— Liga pra ele — exige ela.

A porta está escancarada desde que Sutton a abriu, por isso vejo Lily aparecendo no corredor pelo canto dos olhos.

Não era assim que eu queria que minha manhã com Lily terminasse. Consigo sentir a tristeza crescendo dentro de mim. Olho para ela como quem pede desculpas, e então volto a prestar atenção em Sutton.

— O que o assistente social disse? — pergunto a ela.

Os lábios dela se retorcem com firmeza, e em seguida ela olha para a esquerda.

— Eles não vão nem investigar. Se ele não voltar para mim hoje, vou dar queixa.

Conheço os passos dados pelo Conselho Tutelar numa investigação, e eles ainda nem chamaram Josh para uma entrevista.

— Você está mentindo. Gostaria que você se retirasse.

— Vou me retirar quando puder levar meu filho.

Dou um suspiro.

— Ele não quer morar com você agora.

Nem agora nem nunca, mas guardo essa alfinetada.

— Ele não quer *morar* comigo — repete ela, rindo. — Qual criança dessa idade *quer* morar com os pais? Quantos pais *nunca* bateram numa criança dessa idade? Eles não suspendem sua guarda por causa disso, *Deus do céu.* — Ela cruza os braços sobre o peito outra vez. — Você só está fazendo isso para se vingar de mim.

Se Sutton me conhecesse, saberia que não sou vingativo como ela. Porém, claro que a conclusão a que chega é algo que só se encaixa em sua própria personalidade.

— Você sente falta dele? — pergunto, calmamente. — Falando sério, você tem saudade? Porque se está fazendo isso só para provar alguma coisa para alguém, não precisa. *Mesmo.*

O carro de Brad aparece na rua, e eu gostaria que houvesse algum jeito de pedir-lhe para passar direto. Mas ele para no meio-fio antes que eu alcance o celular. Sutton segue meu olhar e vê Josh abrindo a porta de trás do carro de Brad.

Ela imediatamente anda na direção do carro, mas Josh faz uma pausa quando a vê. Ele fica *paralisado,* na verdade. Não sabe o que fazer.

Sutton estala os dedos e aponta para o carro dela.

— Vamos embora.

Josh olha para mim na mesma hora. Balanço a cabeça e sinalizo para ele entrar. Brad percebe que tem alguma coisa errada, então estaciona o carro e abre a porta.

Josh abaixa a cabeça e atravessa diretamente o quintal da frente, passando por Sutton, e corre na minha direção. Sutton vem atrás dele, por isso tento fazer Josh entrar rápido para eu poder fechar a porta na cara dela, mas ela é ágil. Não vou machucá-la com a porta, então simplesmente a deixo entrar.

É, parece que vai ser agora.

Aceno para Brad para que ele saiba que pode ir, e em seguida olho para Lily, que está de pé recostada numa parede, olhando tudo acontecer com cara de surpresa.

Articulo os lábios para ela: "Desculpe."

Josh deixa a mochila cair no chão e se senta no sofá, cruzando os braços com firmeza.

— Não vou com você — diz ele a Sutton.

— Não é você quem decide.

Josh olha para mim, implorando.

— Você disse que eu podia ficar aqui.

— Você pode.

Sutton me fulmina com o olhar, como se eu tivesse dito algo de errado. Talvez tenha. Talvez eu não deva interferir na relação entre mãe e filho, mas ela devia ter pensado duas vezes antes de fazer de mim irmão desse filho. Não posso dar as costas e simplesmente torcer para que fique tudo bem com ele.

— Se você não vier comigo, vou mandar prender o seu irmão.

Josh bate as mãos no sofá e se levanta.

— Por que *eu* não posso decidir? — berra ele. — Por que eu tenho de morar com um de vocês? Já falei para os dois que eu quero morar com meu pai, mas ninguém quer me ajudar a encontrá-lo! — Sua voz falha, e logo ele está andando pelo corredor.

A batida da porta faz com que eu estremeça... Ou talvez tenha sido o que ele falou antes de correr para o quarto.

De qualquer modo, me sinto arrasado.

Sutton enxerga o estrago, pois ela está me encarando, avaliando minha reação àquilo.

Então ela começa a rir.

— Ah, *Atlas*. Você achou que estava construindo alguma coisa? Criando um *relacionamento* com ele? — Ela balança a cabeça e ergue a mão, frustrada. — Leve-o para o papai dele. Semana que vem você vai vir correndo atrás de mim, exatamente como fez da última vez que precisou da minha ajuda.

Ela anda até a porta e vai embora, e eu estou atordoado demais por tudo que aconteceu para ir trancá-la.

Lily faz isso por mim.

Ela começa a andar na minha direção com um rosto cheio de compaixão, mas assim que me puxa para um abraço, balanço a cabeça e me separo dela.

— Preciso de um instante.

30. Lily

Atlas fecha a porta do quarto, e eu me vejo sozinha na sala de estar.

Estou me sentindo péssima pelos dois. Não consigo acreditar que aquela era a mãe dele. *Ou até consigo*. Depois de ouvir as histórias sobre ela, eu a imaginava descontrolada assim, mas acho que esperava que ela tivesse outra aparência. Tanto Atlas quanto o irmão parecem tanto com ela que fica difícil ver aquele tipo de atitude em alguém que é parente de Atlas. São pessoas completamente opostas.

Sento-me na beirada do sofá, chocada por ter testemunhado tudo aquilo. Nunca vi Atlas tão abalado. Quero ir abraçá-lo, mas entendo totalmente que ele precisa de um momento de paz.

Josh também. Coitado do garoto.

Não quero ir embora sem me despedir de Atlas, mas também não quero perturbá-lo até que ele se recupere. Vou até a cozinha e abro a geladeira. Procuro os ingredientes para preparar o café da manhã para eles.

Preparo algo simples porque, na verdade, é tudo o que sei fazer. Faço ovos mexidos e bacon, e ponho uma bandeja com pãezinhos no forno. Quando os pãezinhos estão quase prontos, bato à porta do quarto de Josh. Pelo menos posso perguntar se ele quer comer alguma coisa enquanto espero Atlas sair do quarto dele.

Josh abre a porta uns cinco centímetros e me encara.

— Quer tomar café? — pergunto.

— Sutton já foi?

Assinto, e ele abre a porta e me segue pelo corredor. Josh pega algo para beber enquanto tiro os pãezinhos do forno e monto uma bandeja de café da manhã para nós. Ele me olha enquanto come, e tenho a sensação de estar sendo avaliada.

— Cadê a Emerson? — pergunta ele.

— Está com a tia.

Josh faz um gesto com a cabeça e come. Em seguida, pergunta:

— Há quanto tempo você e meu irmão estão juntos?

Dou de ombros.

— Isso depende. Conheço Atlas desde que eu tinha quinze anos, mas começamos a sair mais ou menos um mês e meio atrás.

O rosto de Josh se ilumina com a surpresa.

— Mesmo? Vocês eram, tipo, amigos na época ou algo do tipo?

— Algo do tipo. — Dou um gole no café e apoio a xícara com cuidado. — Seu irmão não tinha onde morar quando o conheci, então eu o ajudei por um tempo.

Josh se reclina na cadeira.

— Mesmo? Achei que ele morava com a nossa mãe.

— Só quando ela e o seu pai deixavam — revelo. — Mas ele passava muito tempo tentando sobreviver sem a ajuda deles. — Espero não estar contando demais, mas acho que Josh precisa entender Atlas melhor. — Pega leve com seu irmão, tá? Você é muito importante para ele.

Josh me encara por um momento, e então assente. Ele se inclina outra vez sobre o prato e dá uma mordida no bacon. Deixa o bacon cair de volta no prato e limpa a boca com um guardanapo.

— Normalmente ele cozinha melhor.

Dou uma risada.

— É porque fui eu que fiz.

— Ah, merda — pragueja Josh. — Foi mal.

Não fico nem um pouco ofendida porque tenho certeza de que ele está se acostumando à comida de Atlas.

— Acha que vai ser chef como ele? Atlas me falou que você gosta de ajudar nos restaurantes.

Ele dá de ombros.

— Não sei. É divertido. Talvez. Mas acho que vou enjoar. Ele trabalha muito à noite. Mas eu acho que vou enjoar de *qualquer* trabalho depois de alguns anos, então não sei o que vou fazer.

— Às vezes eu tenho a sensação de que eu ainda não sei o que quero ser quando crescer.

— Achei que você tinha uma floricultura ou algo assim. Foi o que Atlas me disse.

— E tenho. Antes disso eu trabalhava numa empresa de marketing. — Afasto meu prato e cruzo os braços na mesa. — Mas acho que é assim mesmo. Você fica com medo do tédio. Por que a gente tem que escolher uma coisa para tentar se dar bem nela? E se eu quiser fazer algo inteiramente diferente a cada cinco anos?

Josh assente como se estivesse totalmente de acordo.

— Se depender dos professores da escola, a gente tem que escolher uma coisa de que a gente gosta e ficar com ela, mas eu quero fazer mil coisas.

Estou adorando como ele se animou todo agora. Parece que estou na frente de um Atlas mais jovem.

— Tipo o quê?

— Quero ser pescador profissional. Não sei pescar, mas parece divertido. E quero ser chef. E às vezes acho que seria legal fazer filmes.

— Às vezes eu sonho em vender minha floricultura e em abrir uma loja de roupas.

— Quero fazer cerâmica e vender em feiras.

— Eu quero escrever um livro um dia.

— Quero ser capitão de navio — diz ele.

— Acho que seria divertido ser professora de artes.

— Acho que seria divertido ser o leão de chácara de um clube de striptease.

Dou uma risada ao ouvir isso, mas não sou só eu que estou rindo. Josh e eu erguemos o olhar para Atlas, que está encostado na guarnição da porta, se divertindo com a nossa conversa. Fico aliviada por vê-lo mais bem-humorado do que logo após a conversa com Sutton. Atlas sorri calorosamente para mim.

— Lily preparou o café da manhã pra gente — avisa Josh.

— Estou vendo — responde ele.

Atlas se aproxima e me beija na bochecha, e em seguida pega um pedaço de bacon e come.

— Meio ruim — murmura Josh, advertindo.

— Não insulte minha namorada, senão eu paro de cozinhar para você.

Atlas rouba a última fatia de bacon do prato de Josh.

— Os ovos estão ótimos, Lily — diz Josh com falso entusiasmo.

Rio enquanto Atlas se senta ao meu lado. Por mais que eu queira passar o dia inteiro aqui com ele, já fiquei mais do que pretendia.

Também parece que ele e Josh têm muito o que resolver hoje.

— Preciso ir — digo, triste. Atlas assente, e eu me levanto da mesa. — Vou pegar minhas coisas. — Ando até o quarto de Atlas, mas não fecho a porta, então ouço a conversa deles enquanto arrumo a bolsa.

Atlas diz:

— Vamos pegar a estrada hoje?

— Para ir aonde? — pergunta Josh.

— Achei o endereço do seu pai.

Paro de juntar as coisas e me aproximo da porta para ouvir a resposta de Josh.

— Achou mesmo? — Há uma nova empolgação em sua voz. — Ele sabe que vamos lá?

— Não, só consegui o endereço. Não sei como entrar em contato com ele. Mas você tinha razão, ele está em Vermont.

Consigo ouvir do quarto o medo que Atlas está tentando encobrir com a voz. *Detesto que ele tenha de passar por isso.*

Ouço Josh correr na direção do quarto dele.

— Ele vai ficar tão chocado!

Termino de arrumar as coisas com o coração mais pesado. Quando volto para a cozinha, Atlas está de pé diante da pia, olhando o quintal dos fundos pela janela. Ele não me ouve chegar, então coloco a mão em seu ombro.

Ele imediatamente me puxa e me beija na lateral da cabeça.

— Vou te acompanhar até o carro.

Atlas leva minha bolsa até o carro e a põe no banco de trás. Abro a porta, mas nos abraçamos outra vez antes de eu entrar.

É o mesmo abraço que Atlas me deu quando apareceu no meu apartamento precisando de um abraço naquela noite. É longo e triste, e não quero soltá-lo.

— O que acha que vai acontecer quando você chegar lá? — pergunto.

Atlas finalmente me solta, mas mantém a mão na minha cintura enquanto se apoia no carro. Ele suspira, colocando o dedo sob um passante da minha calça jeans.

— Não sei. Por que estou tão receoso por ele?

— Porque você o ama.

Os olhos de Atlas percorrem meu rosto de cima a baixo.

— É por isso que sempre fico receoso por você? Porque eu te amo?

Perco um pouco o fôlego com a pergunta.

— Não sei. Você me ama?

Atlas pressiona os dedos na minha cintura e me puxa para si. Levanta a mão e desce um dedo pelo meu pescoço, até que encontra minha tatuagem.

— Eu te amo há anos e anos e anos, Lily. Você sabe disso.

Ele move o dedo e então me beija ali. Depois de seu movimento e de suas palavras, preciso de todas as minhas forças para manter a compostura.

— Eu também te amei esse tempo todo.

Atlas assente.

— Eu sei disso. Ninguém neste mundo me ama como você.

Ele envolve a minha cabeça com as mãos, inclina meu rosto para o dele e me beija. Quando se afasta, Atlas me olha com saudade, como se eu já tivesse ido embora e ele já estivesse triste. Ou talvez isso seja só uma projeção minha porque é o que *eu* estou sentindo.

— Eu te ligo hoje à noite. Te amo.

— Também te amo. Boa sorte hoje.

Dirijo para casa com um misto de sentimentos. Cada momento com ele nesse último dia foi mais do que eu poderia ter esperado, mas saber o que ele está prestes a enfrentar me dá a sensação de que um pedaço do meu coração se partiu e ficou com ele.

Vou passar o dia pensando em Atlas. Espero que eles não encontrem Tim, mas, se encontrarem, espero que Josh tome a decisão certa.

31. Atlas

São três horas de carro até lá. Josh não disse muita coisa. Ficou lendo, mas, se estiver tão nervoso quanto eu a respeito disso, não sei se está realmente absorvendo a leitura. Já faz cinco minutos que está na mesma página. É um desenho do que parece uma cena de batalha, mas o que mais vejo são decotes.

— Esse mangá é apropriado para um menino de doze anos? — pergunto.

Ele se vira um tantinho de nada, de modo que só consigo ver a capa do livro.

— É.

A voz dele baixou uma oitava inteira nessa mentira. Pelo menos ele é um péssimo mentiroso. Se decidir ficar comigo, acho que vai ser fácil detectar quando ele está ou não está dizendo a verdade.

Se decidir ficar comigo, talvez eu devesse comprar para ele alguns livros de autoajuda para equilibrar. Vou encher suas prateleiras com os quadrinhos que ele quiser, e ainda vou secretamente acrescentar alguns livros meus para suplementar minhas poucas habilidades como tutor. *Indomável*, *Man Enough*, *A sutil arte de ligar o f*da-se*. Cacete, de repente até algum texto sagrado de todas as principais religiões do mundo. Estou aceitando qualquer ajuda.

Especialmente depois de hoje. Por mais que Josh ache que essa é uma viagem só de ida, por dentro eu sei que ele vai vol tar direto para Boston comigo. Só espero que ele não volte aos gritos e berros.

Quando o GPS diz que estamos virando na rua de Tim, a mão de Josh aperta com mais força o mangá. Porém, ele não desvia os olhos, mesmo que ainda não tenha virado a página. Quando vejo o endereço no meio-fio em frente a uma casa em péssimo estado, paro o carro. A casa está do outro lado da rua, do lado do motorista, mas Josh finge estar absorto na história.

— Chegamos.

Ele larga o mangá e finalmente ergue os olhos. Aponto para a casa, e Josh a observa por uns bons dez segundos. Em seguida, põe o mangá na mochila.

Josh trouxe a maior parte de suas coisas. As roupas que comprei, alguns dos mangás. Está tudo apertado numa mochila que mal fecha, e ele a segura no colo na esperança de que ao menos um de seus pais queira ficar com ele.

— A gente pode esperar um pouco? — pergunta.

— Claro.

Enquanto espera, ele mexe em tudo. A saída de ar, o cinto de segurança, a música no bluetooth. Dez minutos se passam enquanto eu pacientemente lhe dou o tempo de reunir toda a coragem de que precisa para ajudá-lo a abrir a porta.

Olho a casa, desviando a atenção de Josh por um tempinho. Há uma velha picape Ford branca na entrada, e deve ser por isso que Josh ainda não teve coragem de atravessar a rua e bater à porta. É um sinal de que alguém provavelmente está em casa.

Não tentei convencê-lo a não fazer isso porque sei como é querer conhecer o próprio pai. Ele vai viver essa fantasia até conseguir enfrentar a realidade. Quando criança, eu também tinha as maiores expectativas em relação à minha família, mas, depois de anos de decepções, percebi que só porque você nasceu em um grupo de pessoas isso não quer dizer que elas sejam sua família.

— Será que simplesmente bato lá? — pergunta Josh finalmente.

Ele está com medo, e, francamente, também não estou me sentindo lá muito corajoso agora. Passei por muita coisa com Tim. Não tenho vontade de revê-lo, e estou de verdade com medo do possível resultado deste encontro.

Não acho que este seja o melhor lugar para Josh, e não estou em posição de lhe dizer que ele não pode se reconectar com o pai. Porém, meu maior medo é que ele escolha ficar aqui. Que Tim faça como minha mãe e receba Josh de braços abertos só por saber que essa é a única coisa que não quero que aconteça.

— Posso ir com você se quiser — ofereço, ainda que seja a última coisa que quero fazer.

Por causa do meu irmão mais novo, vou precisar ficar diante daquele sujeito e fingir que não quero dar um soco na cara dele.

Josh nem se mexe por algum tempo. Estou olhando o celular, tentando parecer paciente enquanto ele cria coragem, mas quero ligar o carro e tirá-lo daqui.

Por fim, sinto seu dedo roçar por um instante uma velha cicatriz no meu braço, então volto os olhos para ele. Josh está encarando meu braço, assimilando as marcas das cicatrizes que restaram das merdas que suportei vivendo com Sutton e com Tim. Josh, porém, nunca me perguntou a respeito delas.

— Foi Tim quem fez isso?

Cerro o punho e assinto.

— Foi, mas há muito tempo. O jeito como ele trata um filho talvez seja totalmente diferente do jeito como ele trata um enteado.

— Isso não deveria fazer diferença, né? Se ele te tratava assim, por que deveria ter outra chance comigo?

É a primeira vez que Josh chega perto de admitir que o pai não é um herói.

Não quero ser a pessoa que ele venha a culpar no futuro por não falar com o pai, mas quero dizer que ele tem razão. O pai dele *não deveria* ter outra chance. Ele foi embora e nunca olhou para trás. Nada justifica o abandono de um filho.

Existe uma crença tóxica de que a família precisa permanecer unida simplesmente porque é família. Porém, a melhor coisa que já fiz por mim mesmo foi ir embora. Tenho medo só de pensar em onde poderia estar se não tivesse feito isso. Tenho medo só de pensar em onde Josh pode ir parar caso ele *não* faça isso.

Josh olha para o outro lado, na direção da casa. Seus olhos se arregalam um pouco, fazendo com que eu me vire e olhe.

Tim está ali fora, indo da porta para a picape. Josh e eu observamos num silêncio mutuamente perplexo.

Ele parece frágil — mais velho e menor. Ou talvez seja porque não sou mais criança.

Está virando o restinho de uma lata de cerveja quando abre a porta da frente da picape. Joga a lata vazia na caçamba e em seguida se inclina dentro da cabine, procurando alguma coisa.

— Não sei o que fazer — murmura Josh.

Neste momento, ele realmente parece ter doze anos. Sinto meu coração se partir um pouco ao vê-lo tão nervoso. Os olhos de Josh imploram por verdade quando ele olha de volta para mim, como se precisasse que eu o guiasse no momento.

Nunca lhe disse nada de ruim a respeito de Tim, mas saber que não estou sendo absolutamente sincero com ele a respeito do que sinto me dá a sensação de estar prestando um desserviço a Josh como irmão. Talvez meu silêncio nesse ponto seja mais nocivo do que seria minha verdade.

Suspiro e largo o celular, dando minha atenção plena a este momento. Não que Josh não tivesse minha atenção antes, mas eu estava tentando lhe dar espaço. Porém, não parece que é isso o que ele quer. O que ele quer é sinceridade brutal, e para que serve um irmão mais velho senão para isso?

— Não conheço meu pai — admito. — Sei o nome dele, mas nada mais. Sutton disse que ele foi embora quando eu era mais novo, provavelmente quando eu tinha a mesma idade que você quando Tim foi embora. Eu costumava ficar chateado por não conhecer meu pai. Eu me preocupava com ele. Imaginava que alguma coisa terrível o mantinha longe, como se ele estivesse trancafiado numa prisão em algum lugar, condenado injustamente. Costumava inventar histórias mirabolantes que justificavam o fato de ele saber que eu existia, mas não estar na minha vida. Afinal, que tipo de homem poderia ter um filho e *não* querer conhecê-lo?

Josh ainda está olhando Tim do outro lado, mas percebo que está assimilando cada palavra.

— Meu pai nunca pagou um centavo de pensão. Nunca fez o menor esforço. Nunca se deu ao trabalho de jogar meu nome no Google, porque, se tivesse feito isso, teria facilmente me encontrado. Cacete, *você* fez isso com *doze* anos. Você me achou, e você é uma criança. Ele é um adulto.

Eu me mexo para ter a atenção de Josh.

— Tim também. Ele é um homem capaz, crescido, e, se ele se importasse com algo além de si mesmo, teria feito um esforço. Ele sabe o seu nome, sabe em que cidade você mora, sabe a sua idade.

Os olhos de Josh começam a lacrimejar.

— Acho impressionante que esse homem tenha você como filho e você *queira* estar na vida dele, mas ainda assim ele não faça nada. Você é um privilégio, Josh. Acredite em mim: se eu soubesse da sua existência, eu teria revirado o mundo para te encontrar.

Assim que digo isso, uma lágrima escorre do seu olho, por isso Josh rapidamente olha através da janela, desviando o olhar de mim e da casa do pai. Vejo-o enxugar os olhos, e isso acaba comigo.

Também tenho muita raiva por eles o terem mantido longe de mim deliberadamente. Minha mãe sabia que eu teria sido um bom irmão para ele, e é por isso que ela escolheu não permitir que fôssemos parte da vida um do outro. Ela sabia que o meu amor por ele superaria sua capacidade de amar, e assim ela, egoísta como é, nos manteve separados.

Porém, não quero que a raiva que sinto da minha mãe, do Tim ou até do meu pai influencie na decisão de Josh. Ele já tem idade bastante para decidir, então pode considerar a minha sinceridade e a esperança dele, e eu vou apoiar o que quer que decida fazer com tudo isso.

Quando Josh finalmente me olha outra vez, seus olhos ainda estão repletos de lágrimas, de perguntas e de indecisão. Ele me olha como se eu precisasse ser aquele que vai decidir em seu lugar.

Eu simplesmente balanço a cabeça.

— Eles tiraram doze anos de nós, Josh. Não sei se consigo perdoá-los por isso, mas não vou ficar chateado se você quiser perdoá-los. Só quero ser sincero com você, mas você é quem sabe de si mesmo, e, se quiser dar ao seu pai uma oportunidade para te conhecer, vou abrir um sorriso e te acompanhar até a porta da casa dele. É só você me dizer o que quer que eu faça, e eu farei.

Josh assente e usa a camisa para enxugar outra lágrima. Ele inspira e, ao expirar, diz:

— Ele tem uma picape.

Não sei o que ele quer dizer com isso, mas sigo seu olhar até a picape de Tim.

— Esse tempo todo eu achei que ele fosse muito pobre, que não tivesse como voltar para Boston — revela. — Até achei que talvez ele nunca viesse porque não era fisicamente capaz de dirigir, como se de repente não enxergasse direito, sei lá. Mas ele tem uma picape e nem sequer tentou.

Não interfiro no raciocínio dele. Só quero apoiá-lo quando ele terminar.

— Ele não me merece, né? — constata, mais afirmando do que perguntando.

— Nenhum dos dois te merece.

Josh não se mexe por um minuto inteiro enquanto olha pela janela do carro atrás de mim. Mas então ele me encara com firmeza, endireitando a postura.

— Sabe aquele dever de casa em que estou meio atrasado? A árvore genealógica? — Josh puxa o cinto de segurança e começa a afivelá-lo. — Nunca disseram qual deveria ser o tamanho da árvore. Vou só desenhar uma plantinha. Sem ramos. — Ele dá um tapa no painel. — Vamos.

Dou uma gargalhada. Por essa eu não esperava. O jeito como esse garoto traz humor para os momentos mais melancólicos me faz ter esperanças em relação a ele. Acho que Josh vai ficar bem.

— Uma plantinha, é? — Dou a partida no carro e afivelo meu próprio cinto. — Acho que vai colar.

— Posso desenhar uma plantinha com dois raminhos. O seu e o meu. Nós estaremos na nossa árvore genealógica pequenininha, novinha, e é assim que ela começa.

Sinto os olhos arderem, então pego os óculos escuros no painel e os coloco.

— Uma árvore genealógica totalmente nova, com a gente, e é assim que ela começa. Gostei.

Ele assente.

— E nós vamos nos sair muito melhor em mantê-la viva do que os nossos pais de merda.

— Não deve ser tão difícil.

Estou incrivelmente aliviado com essa decisão. Josh pode mudar de ideia no futuro, mas tenho a forte suspeita de que mesmo que ele procure o pai a partir de agora, nunca vai escolhê-lo no meu lugar. Josh me lembra muito de mim mesmo, e a devoção é um traço que temos para dar e vender.

— Atlas? — chama Josh, exatamente na hora em que ajeito o câmbio.

— Sim?

— Posso mostrar o dedo pra ele?

Olho de novo para Tim, para sua picape e para sua casa. É um pedido imaturo, mas ao qual respondo com um enfático "por favor".

Josh vai até minha janela o máximo que seu cinto de segurança permite. Abaixo o vidro e buzino. Tim nos encara bem na hora em que o carro começa a se mover.

Josh mostra o dedo para ele e berra "*palhiaço*" pela janela. Assim que estamos longe da vista de Tim, Josh descansa no assento, rindo.

— É *palhaço*, Josh. Sem a letra i.

— Palhaço — repete ele, pronunciando corretamente.

— Obrigado. Agora pare de xingar, você só tem doze anos.

32. Lily

Está em casa?

A mensagem é de Atlas, então respondo:

De saída. Por quê?

Guardo a papinha de bebê na bolsa de Emmy e ando apressada pelo quarto, pegando outra roupa para ela. Também coloco uma lata de fórmula, já que não estou mais amamentando, e então a coloco no colo.

— Está animada para ver a Rylee?

Emmy sorri quando digo o nome da prima.

Quando a busquei hoje de manhã na casa de Allysa, conversei com ela e Marshall sobre tudo que aconteceu com Ryle. Allysa concordou que foi uma boa ideia repassar para minha advogada as mensagens que ele me mandou. Também concordou que está na hora de termos uma conversa séria com o irmão. Estou nervosa, mas saber que ela e Marshall estão do meu lado é extremamente reconfortante.

Assim que chegamos à porta do meu apartamento, ouço alguém bater. Confiro pelo olho mágico e fico aliviada ao ver que é Atlas. Mas Josh não está com ele, então imediatamente sinto um aperto no coração. *Será que ele realmente preferiu ficar com o pai, e não com Atlas?* Escancaro a porta.

— O que aconteceu? Cadê o Josh?

Atlas sorri, e a tranquilidade de seu sorriso me enche de um alívio instantâneo.

— Está tudo bem. Ele está lá em casa.

Suspiro pesadamente.

— Ah. Por que está aqui então?

— Estou indo para o restaurante. Estava passando aqui perto e pensei em subir e roubar um abraço.

Sorrio, e ele segura a porta para mim. Não posso abraçá-lo direito porque estou com Emerson acomodada no meu quadril, então ele me dá um beijo rápido na lateral da cabeça.

— Que mentira. Meu apartamento não fica no seu caminho. E é domingo, o restaurante está fechado.

— Detalhes — diz ele, balançando a mão. — Para onde está indo?

— Para a casa de Allysa. Vamos jantar com eles hoje.

Ponho a bolsa maternidade no ombro, mas ele a pega para mim.

— Eu te acompanho até lá embaixo.

Ele joga a bolsa maternidade no ombro. Emmy estende os braços para ele, e acho que nós dois ficamos um pouco surpresos quando ela vai voluntariamente para seu colo. Ela encosta a cabeça no peito dele, e ver isso é algo que me faz parar por um segundo. Atlas também para. Mas depois ele sorri para mim e começa a me acompanhar até o carro. Ele segura minha mão o tempo todo.

Pego Emmy do colo dele e a coloco na cadeirinha. Finalmente Atlas pode me abraçar direito, então ele me puxa para perto. Seu abraço parece mais uma conversa inteira. Ele está me segurando de uma maneira que me faz achar que está precisando de forças, como se ele quisesse levar uma parte de mim consigo.

— Para onde é que você realmente vai? — pergunto, afastando-me.

— Vou mesmo para o restaurante — responde ele. — Pedi para Sutton me encontrar lá. Precisamos conversar sério sobre

Josh, e quero fazer isso quando estivermos sozinhos. Ela adora uma plateia, então me recuso a lhe dar uma.

— Nossa. E eu na verdade estou indo para a casa de Allysa para ter aquela conversa com Ryle que eu comentei que queria ter. Domingo é o dia de resolver problema, é?

Atlas ri baixinho.

— Espero que sim.

Dou um beijo nele.

— Boa sorte — digo.

Ele sorri com carinho.

— Pra você também. Tome cuidado e me ligue assim que puder. — Ele encosta a boca na minha uma última vez e, quando se afasta, diz: — Te amo, linda.

Atlas entra no carro, e não sei por que suas palavras me afetam tanto, mas entro no carro com um sorriso no rosto. *Te amo, linda.* Continuo sorrindo enquanto começo a dirigir. Meu bom humor me surpreende, considerando o que estou prestes a fazer e o fato de que vai ser mais uma intervenção espontânea do que uma conversa planejada. Eu *realmente* estou indo jantar na casa de Allysa e Marshall, mas Ryle não faz ideia de que minha visita tem um objetivo.

— Lasanha? — pergunto a Marshall quando ele abre a porta da frente.

Senti o cheiro de alho e de tomate do corredor.

— É o prato favorito de Allysa — responde, fechando a porta depois que entro. Ele estende os braços para Emerson. — Vem com o tio Marshall — diz ele, pegando-a.

Emmy ri assim que ele faz uma careta para ela. Marshall é uma de suas pessoas preferidas, mas acho que seria bem difícil achar uma criança que não goste dele.

— Allysa está na cozinha?

Marshall assente.

— Está. Ele também — avisa, sussurrando. — Não mencionamos que você estava vindo.

— Está bem.

Deixo a bolsa de Emmy e vou para a cozinha. Vejo a mãe de Ryle e de Allysa sentada com Rylee na sala de estar quando passo. Aceno e ela sorri, mas não paro para bater papo. Vou atrás de Allysa.

Quando entro na cozinha, vejo Ryle inclinado por cima da bancada, conversando descontraído com Allysa, mas, assim que ele me vê, suas costas enrijecem e ele endireita a postura.

Nem reajo. Não quero que Ryle ache que ainda tem qualquer influência sobre mim.

Allysa estava me esperando. Ela me cumprimenta com a cabeça, depois fecha o forno com a lasanha dentro.

— Chegou bem na hora. — Ela põe o pegador de panela na bancada e aponta para a mesa. — Temos quarenta e cinco minutos até que fique pronta — avisa, guiando Ryle e eu na direção da mesa.

— O que é isso? — pergunta Ryle, alternando o olhar entre nós duas.

— Apenas uma conversa — diz Allysa, estimulando-o a sentar.

Ryle revira os olhos, mas se senta relutantemente de frente para mim e Allysa. Ele se encosta na cadeira, cruzando os braços na frente do peito. Allysa me olha, passando a palavra para mim.

Não sei muito bem por que não estou com medo neste momento. Talvez a maior parte das minhas preocupações tenha passado depois da conversa que Atlas teve com Ryle. A presença de Allysa e Marshall no apartamento também parece uma dose extra de proteção. E tem ainda a mãe de Ryle, embora ela não faça ideia do que vai acontecer. Mas Ryle se comporta quando a mãe está por perto, então me sinto grata por ela estar aqui.

Não contesto o que quer que esteja me dando forças neste momento, apenas tiro proveito.

— Ontem você perguntou se eu tinha falado com minha advogada — informo a Ryle. — Falei, sim. Ela tem algumas sugestões.

Ryle morde o lábio inferior por alguns segundos. Depois ergue a sobrancelha, indicando que está ouvindo.

— Quero que você faça um curso de controle de raiva.

Assim que as palavras saem da minha boca, Ryle ri. Ele se levanta, preparado para empurrar a cadeira e encerrar a conversa, mas, assim que o faz, Allysa diz:

— Sente-se, por favor.

Ryle olha para ela, depois para mim e então para Allysa de novo. Vários segundos se passam enquanto ele assimila o que está acontecendo. É visível que está se sentindo enganado no momento, mas não estou aqui para tratá-lo com empatia, nem Allysa.

Ryle ama e respeita a irmã, então acaba se sentando de novo, apesar de seu estado de raiva.

— Enquanto você faz o curso, prefiro que seus encontros com Emerson sejam aqui ou em algum lugar na presença de Marshall ou Allysa.

Ryle desvia o olhar para ela, e a forma como a encara, como se tivesse sido traído, teria me deixado arrepiada no passado, mas agora não me afeta em nada.

Prossigo:

— Dependendo das suas interações comigo a partir de agora, nós vamos decidir, como uma família, o momento em que nos sentiremos à vontade para que você veja as meninas sem supervisão.

— As *meninas*? — repete Ryle incredulamente, olhando para Allysa. — Ela te convenceu de que minha própria sobrinha não está segura comigo? — diz ele, erguendo a voz.

A porta da cozinha se escancara, e Marshall entra. Ele se senta na ponta da mesa e olha de Ryle para Allysa.

— Sua mãe está com as meninas na sala de estar — informa a Allysa. — O que foi que eu perdi?

— Você estava sabendo disso? — pergunta Ryle para Marshall.

Marshall o encara por um instante, depois se inclina para a frente.

— Estava sabendo de quê? Que você se descontrolou com Lily na semana passada e a imprensou contra uma porta? Das mensagens que mandou para ela? Ou das ameaças que fez quando ela disse que ia conversar com a advogada?

Ryle encara Marshall inexpressivamente. Seu rosto se enrubesce, mas ele não reage de imediato. Ele está encurralado e sabe disso.

— Uma maldita intervenção — murmura Ryle, balançando a cabeça.

Ele está se sentindo incomodado, irritado, um pouco traído. É compreensível. Porém, ou ele aceita cooperar, ou vai acabar com os poucos relacionamentos que lhe restam na vida.

Ryle crava os olhos em mim com cinismo.

— O que mais? — pergunta, um tanto presunçosamente.

— Já mostrei muita boa vontade em relação a você, Ryle. Você sabe disso. Mas, a partir de agora, por favor, saiba que o que importa para mim é Emerson. Se você fizer qualquer coisa que represente uma ameaça ou um perigo para mim ou para a nossa filha, vendo tudo o que tenho para enfrentá-lo na Justiça.

— E eu a ajudo — diz Allysa. — Eu te amo, mas a ajudo.

Ryle contrai o maxilar. À exceção disso, está inexpressivo. Ele olha para Allysa e depois para Marshall. A tensão na cozinha é palpável, mas o apoio também. Eu poderia chorar de tanto que sou grata a eles.

Poderia chorar por todas as vítimas que *não* têm pessoas como eles.

Ryle reflete a respeito de tudo por um longo instante. O silêncio se prolonga, mas eu disse o que queria e deixei evidente que não havia espaço para negociações.

Por fim, ele se afasta da mesa e se levanta. Põe as mãos nos quadris e encara o chão. Depois inspira demoradamente antes de se dirigir à porta da cozinha. Antes de ir embora, ele olha na nossa direção, mas não faz contato visual com ninguém.

— Estou de folga na quinta-feira. Posso chegar aqui umas 10 horas, se você quiser trazer Emerson.

Ele vai embora e, assim que sai, minha armadura se estilhaça e eu desabo. Allysa põe os braços ao meu redor, mas meu choro não é de raiva, é de um enorme alívio. Realmente parece que conseguimos algo importante.

— Não sei o que eu faria sem vocês — digo em meio às lágrimas, abraçando Allysa.

Ela passa a mão no meu cabelo e diz:

— Você seria tão triste, Lily.

Nós duas começamos a rir. De alguma maneira.

33. Atlas

Liguei para Sutton depois de deixar Josh em casa e pedi para ela me encontrar no Bib's. Cheguei aqui uma hora antes do horário marcado. Nunca cozinhei para ela, então espero que o fato de que vou lhe preparar uma refeição a comova de alguma maneira. Que ela goste, que fique de bom humor. Tudo para deixá-la menos reativa.

Ouço uma notificação do celular, então me afasto do fogão e olho a tela. Pedi que me mandasse uma mensagem ao chegar para que eu pudesse deixá-la entrar. Ela está cinco minutos adiantada.

Atravesso o restaurante escuro e acendo algumas luzes no caminho. Ela está parada perto da frente, fumando um cigarro. Ao ver a porta se abrir, ela joga o cigarro na rua e entra atrás de mim.

— Josh está aqui? — pergunta.

— Não. Somos só nós dois. — Gesticulo na direção de uma mesa. — Sente-se. O que gostaria de beber?

Ela me olha em silêncio por um instante, depois diz:

— Vinho tinto. Qualquer um que esteja aberto.

Ela se senta à mesa, e vou servir nossa comida. Preparei camarão ao coco porque sei que é seu prato favorito. Vi-a se apaixonar por ele quando eu tinha nove anos.

Foi a única viagem que fiz com ela. Fomos a Cape Cod, que não é tão longe de Boston, mas é a única lembrança que tenho da minha mãe fazendo algo comigo num dia de folga.

Ela costumava dormir ou beber nos dias de folga, então nossa viagem de bate e volta para Cape Cod, onde provamos camarão ao coco pela primeira vez, ficou marcada na minha memória.

Deposito nossos pratos e bebidas numa bandeja e a levo até a mesa. Coloco a comida e o vinho à sua frente, depois me sento do outro lado da mesa. Empurro os talheres para o seu lado.

Ela encara o prato por um instante.

— Foi você que fez?

— Foi. É camarão ao coco.

— Por que isso? — pergunta ela, abrindo o guardanapo. — Vai se desculpar por ter achado que daria conta de cuidar de um menino como ele?

Sutton ri como se tivesse contado uma piada, mas devido ao silêncio do restaurante, sua risada não surte efeito. Ela balança a cabeça, pega a taça de vinho e toma um gole.

Sei que ela cuida de Josh há doze anos a mais do que eu, mas aposto que já o conheço melhor do que ela. E Josh provavelmente *me* conhece melhor do que ela — e olha que morei com Sutton durante dezessete anos.

— Qual era minha comida preferida na infância? — pergunto.

Ela me encara inexpressivamente.

Talvez essa pergunta tenha sido difícil.

— Tudo bem. E meu filme preferido? — Nada. — Cor preferida? Música?

Dou mais algumas opções, esperando que ela saiba a resposta de pelo menos uma.

Ela não sabe. Dá de ombros, colocando a taça na mesa.

— Que tipos de livros Josh gosta de ler?

— Isso é uma pergunta capciosa? — retruca ela.

Eu me recosto, tentando disfarçar minha inquietação, mas a sinto por todo o corpo.

— Você não sabe nada a respeito das pessoas que gerou.

— Eu fui mãe solo nos dois casos, Atlas. Não tinha tempo de me preocupar com o que vocês liam enquanto estava ocupada tentando sobreviver. — Ela solta o garfo que estava prestes a usar. — Meu Deus.

— Eu não te chamei aqui para fazer você se sentir mal — digo. Tomo um gole de água e passo o dedo na borda do copo. — Não preciso de um pedido de desculpa. Nem ele. — Olho-a com atenção, chocado com o que estou prestes a dizer. Não era de jeito nenhum o que eu estava planejando, mas não são os motivos egoístas que me trouxeram até aqui que estão me incomodando. — Quero te dar uma chance de ser uma mãe melhor para ele.

— Talvez o problema seja que ele deveria ser um filho melhor.

— Ele tem doze anos. É tão bom quanto precisa ser. Além disso, a relação que você tem com Josh não é responsabilidade dele.

Ela coça a bochecha e balança a mão.

— O que é isso? Por que estou aqui? Quer que ele volte a morar comigo porque está achando que é trabalho demais?

— Pelo contrário — afirmo. — Quero que ceda seus direitos para mim. Se não fizer isso, vou colocá-la na Justiça, e nós dois gastaremos uma fortuna que nem eu nem você queremos pagar. Mas eu pagaria. Se for necessário, eu recorro à Justiça, e o juiz vai dar uma olhada no seu passado e obrigá-la a fazer um curso de criação durante um ano, e nós dois sabemos que isso é algo que você não tem a menor vontade de fazer. — Inclino-me para a frente, cruzando os braços. — Quero ter a guarda dele, mas não vou pedir que você suma da vida dele. Não quero que suma. A última coisa que eu quero é que aquele menino cresça sem sentir nenhum amor vindo de você, como aconteceu comigo.

Ela fica paralisada com as minhas palavras, então pego o garfo e como um pouco do meu jantar.

Sutton me encara enquanto mastigo, e ainda está me encarando quando tomo um gole de água para acompanhar a comida. Tenho certeza de que o cérebro dela está a mil por hora, procurando algum insulto ou alguma maneira de me ameaçar também, mas ela não consegue pensar em nada.

— Toda terça à noite, nós vamos jantar juntos aqui como uma família. Você será mais do que bem-vinda. Tenho certeza de que ele gostaria disso. Não vou te cobrar um centavo. Peço apenas que apareça aqui uma noite na semana e se interesse por quem ele é, mesmo que precise fingir.

Noto os dedos trêmulos de Sutton quando ela vai pegar a taça de vinho. Ela também deve percebê-los, pois cerra o punho antes de segurá-la e põe a mão de volta no colo.

— Se acha que fui uma mãe tão terrível assim, nem deve se lembrar de Cape Cod.

— Eu me lembro de Cape Cod — declaro. — É a única lembrança a que tento me apegar para não me ressentir completamente de você. Mas enquanto você acha que fez algo maravilhoso ao me dar essa nossa única lembrança, estou me oferecendo para dar isso a Josh todos os dias da vida dele.

Sutton olha para o colo quando digo isso. É a primeira vez que parece sentir algo além de raiva e irritação.

Talvez eu também esteja sentindo algo. Quando decidi ter essa conversa com ela enquanto voltava da casa de Tim hoje, meu plano era tirá-la por completo de nossa vida. Mas nem mesmo monstros conseguem sobreviver sem um coração batendo dentro do peito.

Tem um coração em algum lugar lá dentro. Talvez ninguém nunca tenha lhe dito que apreciava o fato de ele ainda estar batendo.

— Obrigado — digo.

Seus olhos se voltam para os meus. Ela acha que esse comentário é para testá-la.

Balanço a cabeça, dividido quanto ao que estou prestes a dizer.

— Você foi mãe solo, e sei que os pais não te ajudaram de nenhuma maneira. Deve ter sido muito difícil. Talvez você esteja se sentindo só. Talvez esteja deprimida. Não sei por que você não consegue enxergar a maternidade como o presente que ela é, mas você está aqui. Você veio hoje, e esse esforço merece um agradecimento.

Ela olha para a mesa, e sua reação é completamente inesperada — seus ombros começam a tremer, mas ela se segura com todas as forças para não chorar. Leva as mãos à mesa e mexe no guardanapo, mas não chega a precisar usá-lo porque nenhuma lágrima escorre.

Não sei o que foi que ela vivenciou que a deixou tão insensível. Tão aversa à vulnerabilidade. Talvez um dia ela me conte, mas antes que cheguemos a esse ponto, ela tem muito o que provar para Josh como mãe.

Ela joga os ombros para trás, endireitando a postura.

— Que horas serão os jantares às terças?

— Às 19 horas.

Ela concorda e parece estar prestes a se levantar da mesa.

— Posso embalar a comida para viagem se você quiser levar.

Sutton assente rapidamente.

— Eu gostaria. Esse sempre foi meu prato preferido.

— Eu sei. Eu me lembro de Cape Cod.

Levo seu prato para a cozinha e o embalo.

* * *

Josh está dormindo no sofá quando finalmente volto para casa. Tem um anime passando na TV, então aperto o pause e deixo o controle na mesa de centro.

Observo-o dormir por um tempinho, repleto de alívio depois do dia que tive. As coisas podiam ter tomado um rumo bastante diferente. Comprimo os lábios, contendo a exaustão emocional enquanto o vejo dormir tranquilamente. Ao encará-lo, percebo que estou olhando para ele da mesma maneira como Lily olha para Emerson, cheia de orgulho.

Tiro a manta do encosto do sofá e o cubro, depois vou até a mesa onde está seu dever de casa. Está tudo feito, até mesmo a tarefa da árvore genealógica. Ele desenhou uma sementinha brotando na terra com dois pequenos galhos. Um diz *Josh*, e o outro diz *Atlas*.

34. Lily

Quase não vi a carta de tão apressada que estava. Ela foi colocada debaixo da minha porta e ficou presa sob o tapete.

Eu estava com Emmy no colo, com a bolsa maternidade em um ombro, minha própria bolsa no outro e com um café na mão. Consegui me abaixar e pegar a carta sem derramá-lo. *Supermãe.*

Precisei esperar por um momento mais calmo no trabalho para poder abri-la. Quando abro e vejo a letra de Atlas, sinto uma onda de alívio percorrer meu corpo. Não porque duvidei que fosse de Atlas. Já faz vários meses que estamos juntos e ele me escreve cartas o tempo todo. Mas esta é uma das primeiras vezes que não senti nenhum medo de que fosse de Ryle.

Reparo a importância deste momento.

Faço muito isso. Reparo coisas importantes que são sinais de que minha vida finalmente está voltando aos eixos. Já não faço com a mesma frequência de antes, mas isso é uma coisa boa. Agora Ryle é uma parte tão pequena da minha vida que às vezes esqueço que achava que nossa situação nunca se resolveria.

Ele ainda faz parte da vida de Emmy, mas tenho exigido mais estrutura dele. De vez em quando Ryle tenta me fazer diminuir minhas exigências em relação às visitas, mas só vou me sentir à vontade quando ela puder me contar com as próprias palavras como são seus encontros com ele. Espero que as aulas de controle da raiva estejam ajudando, mas isso só o tempo dirá.

O contato que eu e Ryle temos ainda é ríspido de vez em quando, mas tudo que eu queria com o divórcio era me libertar do medo, e realmente acho que consegui isso.

Estou escondida no armário do meu escritório, sentada de pernas cruzadas no chão porque queria ler a carta sem ser interrompida. Faz meses que obriguei Atlas a se esconder aqui dentro, mas ainda sinto seu cheiro.

Abro a carta e contorno o coraçãozinho aberto que ele desenhou no canto superior esquerdo da primeira página. Já estou sorrindo quando começo a ler.

Querida Lily,

Não sei se você está ciente da data, mas agora já estamos namorando oficialmente há seis meses. É metade de um ano! As pessoas comemoram meio ano de namoro? Eu até teria comprado flores para você, mas não gosto de dar trabalho demais para a florista.

Então decidi te dar esta carta.

Dizem que toda história tem dois lados, e li algumas histórias suas que, apesar de terem acontecido como você diz, me proporcionaram uma experiência completamente diferente.

Você mencionou brevemente o momento nos seus diários, mas sei que ele foi importante para você e inspirou uma tatuagem. Porém, não sei se você tem ideia do quanto aquele momento foi relevante para mim.

Você diz que nosso primeiro beijo aconteceu na sua cama, mas não é esse que eu considero o nosso primeiro beijo. Nosso primeiro beijo aconteceu numa segunda-feira, no meio do dia.

Foi naquela vez que adoeci e você cuidou de mim. Você percebeu que eu estava doente assim que entrei pela sua janela. Lembro que você agiu na mesma hora. Você me deu remédio, água, cobertores e me obrigou a dormir na sua cama.

Não me lembro de nenhum outro momento na minha vida em que me senti tão doente. Acredito que você testemunhou o pior dia que já tive. E olha que já tive alguns dias péssimos. Mas quando a pessoa está lidando com uma terrível infecção estomacal, parece que não há nada pior do que isso.

Não me lembro de muita coisa daquela noite, mas me lembro das suas mãos. Elas sempre estavam perto de mim, ou conferindo minha temperatura, ou enxugando meu rosto com um pano ou segurando meus ombros nas várias vezes que precisei me virar para o lado no meio da noite.

É delas que eu me lembro, das suas mãos. Você estava com um esmalte rosa-claro, e me recordo até do nome da cor porque eu estava ao seu lado quando você as pintou. Ela se chamava Surpresa da Lily, e você me disse que o escolheu por causa do nome.

Eu mal conseguia abrir os olhos, mas, sempre que os abria, lá estavam elas, suas mãos esguias e prestativas com as unhas pintadas de Surpresa da Lily, segurando minha garrafa de água, me dando remédio, fazendo carinho em meu queixo.

Sim, Lily. Eu me lembro desse momento, apesar de você não ter escrito sobre ele.

Após horas passando mal, lembro que acordei, ou pelo menos percebi melhor os arredores. Minha cabeça latejava e minha boca estava muito seca e minhas pál-

pebras estavam pesadas demais para que eu as abrisse, mas eu senti você.

Senti sua respiração na minha bochecha. As pontas dos seus dedos estavam no meu maxilar, e elas foram descendo até o meu queixo.

Você achou que eu estava dormindo, que eu não conseguia sentir você me tocando, me observando, mas eu nunca tinha sentido nada tão intensamente.

Foi naquele exato momento que percebi que te amava. Eu meio que odiei perceber algo tão fenomenal no meio de um dia tão péssimo, mas aquilo mexeu tanto comigo que achei que eu fosse chorar pela primeira vez em anos, e eu não sabia o que fazer com aquele sentimento.

Mas, caramba, Lily, eu tinha passado a vida inteira sem conhecer o amor. Eu não sabia o que era o amor de uma mãe pelo filho, de um pai pelo filho, de um irmão pelo outro. E até você aparecer, eu nunca tinha passado muito tempo com alguém que não fosse parente meu, ainda mais uma garota. Não tempo o bastante para conhecer uma garota, ou para que ela me conhecesse, ou para que nós dois criássemos um vínculo e o aprofundássemos... e para que a garota se mostrasse afetuosa e prestativa e bondosa e preocupada e tudo o que você foi para mim.

Não estou dizendo que foi naquele momento que percebi que estava apaixonado por você. Foi apenas o primeiro momento em que percebi que eu amava alguma coisa, alguém, na minha vida. Foi a primeira vez que meu coração reagiu de alguma maneira. Pelo menos de uma forma positiva. Por tudo que havia sido feito comigo no passado, meu coração já tinha se encolhido, mas nunca se expandido daquele jeito. Enquanto seus dedos tocavam meu queixo como delicadas gotas de chuva, achei que meu coração fosse inchar a ponto de explodir.

Fingi que estava acordando devagar naquele momento. Coloquei o braço em cima dos olhos, e você afastou a mão com rapidez. Lembro que virei o pescoço e olhei pela janela para ver se já tinha amanhecido. Faltava pouco, então comecei a me levantar da sua cama, fingindo não saber que você estava acordada. Você se sentou e perguntou se eu ia embora, e precisei engolir em seco antes de conseguir falar. Quase não consegui. Disse algo do tipo: "Daqui a pouco seus pais vão acordar."

Você me disse que ia sair mais cedo da aula e voltar para me ver em algumas horas. Assenti sem dizer nada, pois ainda estava passando mal, mas eu precisava sair do seu quarto antes de fazer ou dizer alguma coisa que me envergonhasse. Não confiava no sentimento que estava zumbindo sob minha pele. Ele estava criando uma necessidade enorme de olhar para você e dizer: "Eu te amo, Lily!" É engraçado que, assim que a gente sente amor pela primeira vez, de repente passa a ter o imenso desejo de professá-lo. As palavras pareciam estar se formando bem no centro do meu peito, e apesar de eu jamais ter me sentido tão fraco, nunca levantei sua janela e saí com tanta rapidez.

Eu a fechei, me recostei na parede fria da sua casa e expirei. Minha respiração condensou, e fechei os olhos, e depois das piores oito horas da minha vida inteira, de algum modo fui capaz de sorrir.

Passei o resto da manhã pensando em amor. Mesmo depois de você ter ido me buscar após seus pais saírem e de eu ter passado mais várias horas doente na sua casa, fiquei pensando em amor. Toda vez que suas unhas de cor Surpresa da Lily passavam diante dos meus olhos quando você conferia minha temperatura, eu pensava em amor. Toda vez que você entrava no quarto e ajustava os cobertores, encaixando-os debaixo do meu queixo, eu pensava em amor.

E então, quando finalmente comecei a me sentir um pouco melhor na hora do almoço, fiquei parado no boxe do chuveiro, fraco e desidratado por causa da infecção, mas me sentindo mais seguro do que nunca.

Naquela manhã inteira e no resto do dia, eu soube que algo importante tinha acontecido. Pela primeira vez, eu tinha vislumbrado como eu sabia que a vida poderia ser. Antes daquele momento, eu nunca tinha pensado muito em me apaixonar, em construir uma família ou até mesmo em ter uma carreira de sucesso. Para mim, a vida sempre tinha parecido mais um fardo. Algo pesado e turvo que fazia com que fosse difícil acordar e um pouco assustador adormecer. Mas era assim porque eu tinha passado dezoito anos sem saber como era se importar tanto com uma pessoa a ponto de querer que ela fosse a primeira coisa que você vê ao abrir os olhos. Tive até vontade de ser alguém na vida, pois você foi a primeira pessoa por quem eu quis melhorar.

Aquele foi o dia em que a gente se deitou juntos no sofá e você disse que queria que eu assistisse ao seu desenho favorito. Foi a primeira vez que você se aconchegou em mim, com suas costas no meu peito e meu braço ao seu redor, com nós dois debaixo do cobertor. Foi difícil me concentrar na televisão porque as palavras eu te amo *ainda estavam formigando na minha garganta, e eu não queria dizê-las, eu não podia dizê-las, pois não queria que você pensasse que eu estava sendo precipitado ou que aquelas palavras significavam pouco para mim. Elas eram a coisa mais importante da minha vida.*

Mas penso muito naquele dia, Lily, e não sei se o amor é assim para todo mundo, como se fosse um avião que simplesmente despenca do céu e esmaga a gente. Porque o amor se infiltra na vida da maioria das pessoas. Elas nascem cercadas de amor e passam a infância inteira protegidas por ele, e outras pessoas aceitam receber o amor delas, então não sei se ele as atinge como me atingiu: de maneira tão colossal em um momento qualquer.

Você estava usando uma camiseta que eu amava; ela estava grande demais em você, e a manga ficava caindo do seu ombro. Eu devia estar assistindo ao desenho, mas não conseguia tirar os olhos da pele exposta entre seu pescoço e seu ombro. Enquanto a observava, senti mais uma vez uma imensa vontade de dizer eu te amo, *e as palavras estavam bem na ponta da língua, então me inclinei para a frente e as pressionei em sua pele.*

E foi lá que elas ficaram, escondidas e quietas, até eu criar coragem de dizê-las em voz alta para você seis meses depois.

Eu não fazia ideia de que você se lembrava daquele beijo e de todas as vezes que te beijei naquele local depois daquele dia. Mesmo quando li sobre isso no seu diário, você mencionou o assunto por alto, querendo chegar logo ao que você considerava nosso primeiro beijo de verdade, então foi apenas quando vi sua tatuagem que percebi que aquilo teve alguma importância para você. Agora sei que você tem o nosso coração no exato local onde uma vez enterrei secretamente um eu te amo, *e nem tenho palavras para descrever o que isso significa para mim.*

Quero que me prometa uma coisa, Lily: quando você vir a tatuagem, não quero que pense em nada além das palavras que escrevi nesta carta. E toda vez que eu te beijar ali, quero que se lembre do motivo que me fez te beijar ali em primeiro lugar: amor. Eu o estava descobrindo, dando-o, recebendo-o, vivendo-o, e foi ele que me fez ir embora.

Estou escrevendo esta carta sentado no chão do quarto do Josh. Foram meus momentos com Josh hoje à noite que meio que trouxeram esta lembrança de volta. Ele está com uma infecção estomacal. Talvez não esteja tão doente quanto eu no dia em que percebi que te amava, mas ainda assim ele está bastante doente. Theo também ficou mal do estômago alguns dias atrás.

Nunca cuidei de alguém doente antes, então não tenho nenhum remédio aqui. Acho que vou dar uma passada na farmácia. No caminho até lá, talvez eu coloque esta carta debaixo da sua porta.

Não é divertido cuidar de um doente. Os barulhos, o cheiro, a falta de sono... É quase igualmente ruim para quem está prestando os cuidados. Toda vez que confiro sua temperatura ou o obrigo a beber água, penso em você e em como cuidou de mim com um instinto parental tão afetuoso. Estou tentando imitá-la quando cuido de Josh, mas acho que não sou tão bom nisso quanto você foi comigo.

Você era tão nova, tinha apenas alguns anos a mais do que Josh tem agora. Mas tenho certeza de que você se sentia bem mais velha. Eu me sentia mais velho. Nós tínhamos passado por coisas que nenhuma criança deveria vivenciar. Assim, me pergunto se Josh sente que tem a idade que tem ou se ele se sente mais velho por causa de tudo pelo que passou.

Quero que Josh se sinta jovem pelo máximo de tempo possível. Quero que ele aproveite esse tempo comigo. Quero que conheça o amor muito antes do que eu conheci. E espero que esse amor vá se infiltrando lentamente nele, para que ele não seja atingido de supetão como eu fui. Quero que ele cresça com ele, cercado por ele, envolto por ele. Quero que ele o testemunhe.

Quero servir de exemplo para ele. Quero que a gente sirva de exemplo para ele e para Emerson. Eu e você, Lily.

Já se passaram seis meses.

Venha morar comigo.

Com amor,
Atlas

Assim que termino de ler a carta, largo-a e enxugo os olhos. Se já estou chorando tanto assim quando ele me chamou para morar com ele, não faço ideia de como vou sobreviver a um pedido de casamento.

Ou aos nossos votos de casamento, aliás.

Pego o celular e faço uma chamada de vídeo para Atlas. Espero tocar durante dez longos segundos, e quando Atlas enfim atende, ele está deitado no sofá da sala. Está sorrindo, obviamente exausto após ter passado a noite acordado com Josh.

— Oi, linda — cumprimenta, com a voz sonolenta.

— Oi. — Estou com o punho cerrado e com a bochecha apoiada nele, pressionando meu enorme sorriso. — Como está Josh?

— Está indo bem — responde. — Ele está dormindo, mas acho que passei tanto tempo acordado que meu cérebro está agitado demais para desligar.

Ele cobre a boca e contém um bocejo.

— *Atlas* — digo seu nome com carinho, pois ele parece exaurido. — Precisa que eu passe aí para te dar um abraço?

— Quer saber se preciso que você venha *para casa* e me dê um abraço?

Sorrio quando ele diz isso.

— Sim. É exatamente o que eu quis dizer. Precisa que eu vá *para casa* e te dê um abraço?

Ele assente.

— Preciso, Lily. Venha para casa.

35. Atlas

— Você não é rico? — pergunta Brad. — Não pode contratar um pessoal para fazer isso por você?

— Eu tenho dois restaurantes, estou longe de ser rico. E por que eu contrataria alguém se tenho vocês dois?

— Pelo menos não vamos *subir* nenhuma escada — observa Theo.

— Aprenda com seu filho, Brad. Veja o lado positivo.

Não temos muito o que levar. Lily não precisou de muitas das suas coisas, pois minha casa já está mobiliada, então doou a maior parte a um abrigo para vítimas de violência doméstica da região. Acho que à tarde seu apartamento já estará completamente vazio.

Brad é a única pessoa que conheço que tem uma picape, então ele e Theo estão nos ajudando a levar as coisas que não couberam em nossos carros. O berço de Emerson, a televisão da sala de estar de Lily, alguns quadros que estavam pendurados nas paredes.

Josh deu sorte. Ele está no treino de beisebol, então não precisou ajudar com a mudança.

Fiquei surpreso quando cheguei em casa alguns meses atrás e ele me contou que tinha se inscrito para participar dos testes para o time. Ele entrou e tem se dedicado bastante. Lily e eu não perdemos nenhum jogo.

Mandei a programação dos jogos para a mãe dele, mas até agora ela não compareceu a nenhum. Ela só foi uma vez para os nossos jantares de terça. Estava torcendo para que ela quisesse se envolver mais, mas não me surpreende o fato de ela não querer. Também duvido que Josh esteja surpreso. Não prestamos muita atenção ao que não está dando certo em nossa vida. Prestamos atenção ao que *está* dando certo, e temos muito o que agradecer. As duas principais coisas são: consegui obter a guarda dele, e Lily e Emerson estão vindo morar com a gente. Engraçado como a vida pode mudar drasticamente em um piscar de olhos.

O Atlas do ano passado não saberia o que pensar do Atlas deste ano.

Lily está começando a subir a escada quando chego à base dela. Ela sorri e me dá um beijo ao passar, depois sobe o restante dos degraus correndo.

Theo balança a cabeça.

— Ainda não consigo acreditar que você chegou tão longe com ela.

Ele ergue a caixa com o joelho e pressiona as costas na porta do prédio para abri-la. Ele a segura para Brad e para mim, mas paro quando chegamos ao estacionamento.

Tem um carro parecido com o de Ryle parando a algumas vagas de distância da picape de Brad.

Sou tomado por uma sensação de apreensão. Não interagi com Ryle nem uma vez desde o dia em que ele tentou brigar comigo no meu restaurante, mas isso já tem meses. Não faço ideia do quanto ele aceitou a ideia de Lily e eu, mas, pelo olhar que lança na minha direção, não parece ter aceitado muito.

Tem mais alguém com ele. Um homem sai do banco do passageiro. Pelo que Lily me contou, deve ser o cunhado de Ryle. Eu conheci a mãe da Lily, e conheci Allysa e Rylee, mas não Marshall.

Vou até a picape de Brad e coloco nela a caixa que estou carregando, mas sem tirar os olhos do carro de Ryle. Theo e Brad entram no prédio de novo, alheios à presença dele. Marshall tira Emerson do banco de trás e fecha a porta. Ryle continua no carro enquanto Marshall vem com Emerson na minha direção.

Ele estende a mão.

— Oi. Atlas, não é? Sou o Marshall.

Aperto sua mão.

— Isso. É um prazer conhecê-lo.

Ele assente, mas, quando Emerson me vê, Marshall precisa segurá-la com mais força, pois ela se joga em cima de mim. Dou um passo à frente e a pego.

— Oi, Emmy. Você se divertiu hoje?

Marshall me observa com ela por um instante, depois diz:

— Tome cuidado. Ela vomitou em Ryle duas vezes hoje.

— Ela não está se sentindo bem?

— Está, mas passou o dia inteiro com a gente. As duas meninas comeram açúcar no café da manhã. E no lanche. *E também* no almoço *e* no segundo lanche e... — Ele acena a mão. — Lily e Issa estão acostumadas com isso.

Emerson ergue o braço e tira os óculos escuros do meu rosto. Tenta colocá-los no próprio rosto, mas eles ficam tortos, então a ajudo a ajustá-los até ficarem na posição certa. Ela sorri para mim, e eu sorrio de volta.

Marshall olha para o carro onde Ryle está e depois para mim.

— Desculpe por ele não querer sair. Isso tudo ainda é um pouco estranho para Ryle... Ela ir morar com você.

Quando Marshall diz *ela*, não está se referindo a Lily. Está olhando para Emerson. Assinto compreensivamente, pois eu realmente entendo.

— Tudo bem. Imagino que não deva ser fácil mesmo.

Marshall bagunça o cabelo de Emmy e diz:

— Vou me mandar para que vocês possam terminar a mudança. Foi um prazer finalmente te conhecer.

— Digo o mesmo — respondo.

E estou sendo sincero. Marshall parece o tipo de pessoa de quem eu poderia ser amigo, se as circunstâncias fossem outras.

Ele se vira para voltar até o carro de Ryle, mas para e me olha de novo antes de se afastar.

— Obrigado — diz. — Lily é muito importante para a minha esposa, então... é isso. Obrigado por fazê-la feliz. Ela merece. — Assim que Marshall diz isso, ele balança a cabeça e ergue as mãos, dando um passo para trás. — Agora eu vou mesmo antes que a situação fique muito constrangedora.

Ele segue para o carro de Ryle, mas eu meio que queria que ele não tivesse se afastado tão depressa. Também teria lhe agradecido. Sei o quanto o apoio dele significou para Lily.

Marshall fecha a porta do passageiro, e Ryle dá partida e vai embora.

Olho para Emmy, que agora está mordendo meus óculos.

— Quer ir dar um oi para a mamãe?

Começo a andar na direção do prédio, mas paro quando vejo Lily encostada na porta da escada.

Assim que me vê, ela se vira e enxuga os olhos rapidamente. Não sei por que está chorando, mas ando mais devagar para que ela possa limpar as lágrimas antes de cumprimentar a filha. E de fato, vários segundos depois, ela se vira com um sorrisão e pega Emmy dos meus braços.

— Você se divertiu com o papai hoje? — pergunta, pouco antes de sufocar a menina com vários beijos.

Quando me olha, encaro-a curioso, perguntando-me por que estaria chorando. Lily gesticula na direção do estacionamento onde o carro de Ryle estava alguns momentos antes.

— Foi um momento importante — revela. — Quer dizer, sei que Marshall estava com ele, mas o fato de que Ryle sentiu que podia deixá-la com você... — Ela está começando a lacrimejar de novo, o que a faz suspirar e revirar os olhos devido à própria reação. — É bom saber que os homens da minha vida conseguem pelo menos *fingir* se dar bem por causa de Emmy.

Sendo honesto, também acho isso bom. E que bom que ela estava lá em cima quando eles chegaram. Sei que Ryle estava no carro quando Marshall trouxe Emmy, mas foi um passo na direção certa. Talvez Ryle e eu estivéssemos precisando de uma interação assim tanto quanto Lily.

Acabamos de provar que a cooperação é possível, mesmo que magoe.

Enxugo a bochecha molhada de Lily e depois lhe dou um beijo rápido.

— Eu te amo. — Coloco a mão na cintura de Lily e a levo na direção da escada. — Mais uma viagem e aí você terá que me aturar para sempre.

Lily ri.

— Não vejo a hora de te aturar para sempre.

36. Lily

Estou encolhida no sofá de Atlas, exausta da mudança.

No *nosso* sofá.

Ainda preciso me acostumar.

Pedi para Theo e Josh me ajudarem a desempacotar o resto das minhas coisas e das coisas de Emerson, pois Atlas trabalha até tarde esta noite. Eu acordo cedo, ele chega tarde, mas é incrível que agora teremos mais um do outro, mesmo que seja só de passagem. E temos os domingos juntos.

Mas hoje é sexta e amanhã é sábado, os dois dias mais ocupados de Atlas, então estou entretendo Josh e Theo até minha mãe voltar com Emerson. Nós três estamos assistindo a *Procurando Nemo*, que já está quase no fim.

Sinceramente, não achei que eles fossem aguentar ver tudo, pois estão na idade em que os pré-adolescentes tendem a fugir dos desenhos da Disney. Mas estou aprendendo que a geração Z é uma espécie diferente. Quanto mais tempo passo com esses dois, mais acho que eles se distinguem de todas as gerações que os antecederam. São menos suscetíveis à pressão dos outros e apoiam mais a individualidade. Tenho um pouquinho de inveja deles.

Josh se levanta quando os créditos começam a subir na tela.

— Gostou?

Ele dá de ombros.

— Foi bem engraçado, considerando que começou com o massacre brutal de todo aquele caviar.

Josh leva o saco vazio de pipoca para a cozinha, mas Theo ainda está encarando a televisão. Ele balança a cabeça devagar.

Ainda não superei a descrição de Josh do início do filme...

— Eu não entendi — Theo comenta.

— O comentário sobre o caviar?

Ele olha da televisão para mim.

— Não. Não entendi por que Atlas te disse aquilo de finalmente chegar à costa. Não foi nem uma frase do filme. Ele me disse que foi por causa de *Procurando Nemo*. Passei o filme inteiro esperando alguém falar essa frase.

Tenho certeza de que terei de me acostumar a muitas coisas agora que moro com Atlas, mas o fato de que ele conversa com esse menino sobre o nosso relacionamento provavelmente vai ser uma das coisas às quais nunca vou me acostumar.

A confusão nos olhos de Theo desaparece de repente.

— Ah. *Ah*. É porque quando a vida fica difícil, eles continuam a nadar, então Atlas estava dizendo que a vida não vai mais... *saquei*. — Sua mente ainda está a mil por hora atrás de seus olhos. Ele começa a balançar a cabeça enquanto se levanta do chão. — Ainda acho que foi brega — murmura. Seu celular vibra na hora em que ele fica de pé. — Preciso ir, meu pai chegou.

Josh volta para a sala de estar.

— Não vai dormir aqui?

— Hoje não posso, tenho uma coisa pra fazer amanhã de manhã.

— Também quero fazer uma coisa amanhã — diz Josh.

Theo está se calçando e hesita:

— É, não sei.

— Aonde você vai?

Os olhos de Theo se voltam para mim rapidamente, depois para Josh de novo.

— A uma parada — diz ele baixinho, mas também como se fosse um alerta.

— Uma parada? — Josh inclina a cabeça. — Por que está todo estranho? Que tipo de parada vai ser? Uma parada LGBTQIA+?

Theo engole em seco como se talvez ele e Josh não tivessem conversado sobre isso, então fico nervosa por ele. Mas depois do tempo que passei com Josh nos últimos meses, sei que ele valoriza sua amizade com Theo.

Josh pega os sapatos, senta-se do meu lado no sofá e começa a calçá-los.

— O que você quer dizer? Que não posso ir porque gosto de meninas?

Theo transfere o peso do corpo para o outro pé.

— Você pode ir. É que... eu não sabia se você sabia.

Josh revira os olhos.

— Dá pra conhecer muito bem uma pessoa pelas preferências dela de mangá, Theo. Não sou burro, cacete.

— *Josh* — censuro.

— Foi mal. — Ele pega um casaco no armário. — Posso dormir na casa do Theo hoje?

O jeito casual de Josh neste momento monumental entre os dois me lembra muito Atlas.

Josh atencioso.

No entanto, eu fico um pouco perdida com sua pergunta sobre ir para a casa do Theo. Meus olhos se arregalam um pouco. Moro aqui há apenas quatro dias. Josh nunca me pediu permissão para nada antes, e Atlas e eu não falamos ainda sobre essas coisas.

— Sim, claro. Mas avise ao seu irmão onde você está.

Não acho que Atlas vá se incomodar. Agora que moramos juntos, vamos ter que lidar com as coisas de Josh e Emerson dessa maneira. Quem cuida de quem, quando, como. É empolgante. Gosto de ir descobrindo a vida com Atlas.

Minha mãe ainda não voltou com Emerson, então, depois que Josh e Theo saem, a casa fica quieta e vazia pela primeira vez desde que nos mudamos para cá. Nunca fiquei sozinha aqui antes. Aproveito esse momento para andar pelos cômodos, olhando o que tem nos armários e me familiarizando com minha nova casa.

Minha nova casa. Que divertido dizer isso.

Vou para os fundos e me sento numa cadeira no deque, olhando o quintal. É o quintal perfeito para uma horta. É quase impossível achar algo assim tão no meio da cidade. É como se Atlas tivesse procurado especificamente uma casa com um espaço perfeito para uma horta, para o caso de eu reaparecer em sua vida. Sei que não foi por isso que ele a escolheu, mas é engraçado pensar que seu motivo foi esse.

Meu telefone toca e me sobressalta. É Atlas retornando uma chamada minha pelo FaceTime.

— Oi.

— O que está fazendo?

— Escolhendo uma área para a minha horta. Josh quis ir dormir na casa do Theo, então deixei que ele fosse. Espero que não tenha problema.

— Nenhum problema. Eles chegaram a te ajudar?

— Sim, resolvemos quase tudo.

Atlas parece aliviado. Passa a mão na lateral do rosto como se estivesse relaxando. Parece ter sido um dia agitado, mas Atlas disfarça com um sorriso.

— Cadê Emerson?

— Minha mãe está voltando com ela.

Ele suspira como se estivesse triste por não poder vê-la.

— Estou começando a ficar com saudade de Emmy — revela. Suas palavras saem tão baixo e rápido que é como se ele tivesse um pouco de medo de admitir que está começando a amar minha filha. Mas eu as ouvi, e vou guardá-las com todas as outras coisas meigas que ele já me disse. — Volto daqui a umas três horas. Vai estar acordada?

— Se eu não estiver, você sabe o que fazer.

Atlas balança um pouco a cabeça, e o canto da sua boca se ergue.

— Eu te amo. Daqui a pouco estou em casa.

— Também te amo.

Assim que encerramos a chamada, ouço a voz doce de Emerson, então me viro de imediato. Minha mãe está parada na porta, com Emerson no colo. Ela sorri como se tivesse ouvido parte da conversa.

Eu me levanto para pegar Emerson, que se agarra em mim. Acho que a noite vai ser tranquila. Quando ela fica mais grudada assim, significa que já está pronta para dormir. Gesticulo para que minha mãe se sente ao meu lado.

— Que gracinha de lugar — elogia.

É a primeira vez dela aqui. Eu até lhe mostraria mais a casa, mas Emerson já está esfregando o rosto no meu peito, tentando lutar contra o cansaço. Quero ver se ela dorme antes de eu me levantar.

— Que lugar esplêndido para uma horta — diz minha mãe. — Acha que ele escolheu este lugar de propósito, na esperança de que você voltasse para a vida dele?

Dou de ombros.

— Eu já me perguntei isso, mas não quis presumir nada.

Paro, então me viro e olho para ela depois que assimilo melhor sua pergunta. *Voltar para a vida dele?* Nunca contei a ela que Atlas era um amigo da época do Maine. Simplesmente presumi que ela não se lembrava dele.

Presumi que ela não fazia ideia de que o Atlas na minha vida agora era alguém do meu passado.

Ela percebe a surpresa no meu rosto e diz:

— É um nome incomum, Lily. Eu me lembro dele.

Sorrio, mas também estou confusa, sem saber por que ela nunca mencionou isso antes. Faz mais de seis meses que estamos namorando, e ela já o encontrou algumas vezes.

Porém, acho que eu não deveria estar surpresa. Sempre foi um pouco difícil fazer minha mãe se abrir mais. Dá para entender. Ela passou anos com um homem que calava sua voz, então tenho certeza de que é difícil reaprender a usá-la.

— Por que não disse nada? — pergunto.

Ela dá de ombros.

— Imaginei que você mencionaria o assunto se quisesse que eu soubesse.

— Eu queria, mas não queria que você se sentisse constrangida com Atlas. Devido ao que o meu pai fez com ele.

Ela desvia o olhar e seus olhos percorrem o quintal. Ela passa um instante em silêncio.

— Nunca te contei, mas falei com Atlas uma vez. Mais ou menos. Voltei cedo do trabalho, e vocês dois estavam dormindo no sofá. Imagina o meu susto — diz ela, rindo. — Eu te achava tão doce e inocente, e lá estava você, no sofá da minha sala dormindo com um garoto qualquer. Estava prestes a gritar com vocês, mas, quando ele acordou, parecia tão assustado. Parando para pensar, não parecia ser medo de mim, na verdade. Ele parecia estar com mais medo da possibilidade de te perder. Enfim, ele saiu bem apressado, então fui atrás dele porque queria ameaçá-lo e dizer para ele nunca mais voltar. Mas ele apenas... Ele fez uma coisa tão estranha, Lily.

— O que ele fez?

Sinto o coração na garganta.

— Atlas me abraçou — responde, com um sorriso se insinuando na voz.

Fico de queixo caído.

— Ele te *abraçou*? Você o pegou no flagra com sua filha e ele te abraçou?

Ela assente.

— Foi. E foi um abraço solidário. Como se ele sentisse uma tristeza genuína por mim, e percebi isso em seu abraço. Como se estivesse me incentivando ou me consolando. E depois ele apenas... foi embora. Nunca tive a oportunidade de gritar com ele por estar na minha casa com você sem supervisão. Talvez tenha sido um plano dele, uma tática de manipulação, não sei.

Balanço a cabeça.

— Não foi tática.

Atlas atencioso.

— Eu sabia que você estava se encontrando com ele. E sabia que você o estava escondendo do seu pai, e não de mim, então não levei para o lado pessoal. Nunca interferi porque achava bom ver que você tinha alguém, Lily. — Ela gesticula na direção da casa atrás da gente. — E agora veja só. Você o tem para sempre.

Essa história me faz apertar Emerson um pouquinho mais.

— Fico feliz de saber que tem um homem na sua vida que dá abraços intensos como aquele — diz minha mãe.

— E olha que não é só abraço bom que Atlas sabe dar — digo séria.

Minha mãe ri.

— Lily! — Ela se levanta. — Depois dessa, vou pra casa.

Fico rindo sozinha enquanto ela vai embora. Depois uso a mão livre para mandar uma mensagem para Atlas.

Eu te amo tanto, seu idiota.

37. Atlas

— Vai mesmo fazer isso? — pergunta Theo.

Estou na frente de um espelho, ajeitando a gravata. Theo está sentado no sofá, tentando me convencer a deixá-lo ler meus votos antes do casamento.

— Não vou ler os votos para você.

— Você vai é passar vergonha — provoca.

— Não vou. Eles estão bons.

— Atlas, para com isso. Estou tentando te ajudar. Do jeito que você é, provavelmente vai concluir com algo do tipo: *Só mais uma coisinha... quer ser minha peixinha?*

Rio. Não sei como ele ainda consegue inventar mais dessas rimas depois de dois anos.

— Você fica praticando seus insultos no meio da noite, é?

— Não, eles surgem naturalmente.

Alguém bate à porta e a abre um pouco.

— Cinco minutos.

Dou outra olhada no espelho antes de me virar para Theo.

— Cadê o Josh? Preciso confirmar se ele está pronto.

— Eu não deveria te contar.

Inclino a cabeça para o lado.

— Cadê ele, Theo?

— Da última vez que o vi, ele estava no jardim com a língua na garganta de alguma garota. Você vai virar vovô em breve.

— Sou irmão dele. Eu seria tio, não avô. — Olho pela janela, mas o jardim está vazio. — Vá atrás dele, por favor.

Josh e eu somos muito parecidos, mas ele é um pouco mais confiante com as garotas do que eu na sua idade. Ele acabou de completar quinze anos, e até agora essa é a idade de que menos gostei. Tenho certeza de que vou envelhecer uma década inteira no próximo ano, quando ele tiver idade para dirigir.

Tenho que pensar em outra coisa. Já estou ficando nervoso. Talvez Theo tenha razão e eu devesse dar outra olhada nos meus votos para conferir se não tem nada que eu queira mudar ou acrescentar.

Tiro a folha de papel do bolso e a desdobro, depois pego uma caneta caso eu queira fazer alguma mudança de última hora.

Querida Lily,

Estou acostumado a escrever cartas para você que ninguém mais vai ler, e talvez seja por isso que tive dificuldade quando comecei a escrever estes votos. Achei um pouco assustadora a ideia de lê-los para você em voz alta na frente de outras pessoas.

Mas votos não se fazem em particular. O propósito dos votos é fazer uma promessa intencional que é testemunhada, seja por Deus ou pelos amigos e familiares.

Imagino, porém, que as pessoas se perguntem — ou pelo menos eu me perguntei — por que os votos em público são necessários. Não pude deixar de pensar no que deve ter acontecido no passado para criar essa necessidade de o amor ser testemunhado.

Será que isso significa que, em algum momento, uma promessa foi descumprida? Um coração foi partido?

Quando realmente paramos para pensar no motivo de os votos existirem, ficamos decepcionados. Se acreditássemos que todos vão cumprir a palavra, os votos não seriam necessários. As pessoas se apaixonariam e con-

tinuariam apaixonadas, fielmente, para todo o sempre e ponto final.

Mas é justamente essa a questão, imagino. Somos pessoas. Somos humanos. E às vezes as pessoas nos decepcionam.

Perceber isso fez meus pensamentos tomarem outro rumo enquanto escrevia estes votos. Comecei a me perguntar: se as pessoas costumam ser tão decepcionantes e raramente são bem-sucedidas no amor, o que podemos fazer para garantir que nosso amor vai durar? Se metade dos casamentos termina em divórcio, isso significa que metade dos votos já feitos acabaram sendo descumpridos. Como assegurar que não seremos um dos casais que entram para essa estatística?

Infelizmente, Lily, não podemos fazer isso. Podemos ter esperança, mas não podemos garantir que as palavras que dissermos um para o outro aqui hoje não terminarão na pasta de um advogado especializado em divórcios daqui a alguns anos.

Desculpe, percebo que estes votos estão dando a impressão de que o casamento é um ciclo extremamente melancólico que só tem final feliz na metade das vezes.

Mas, para alguém como eu, isso é meio que incrível.

Metade das vezes?

Cinquenta por cento de chance?

Um a cada dois casamentos?

Quando eu era adolescente, se alguém tivesse me dito que eu teria cinquenta por cento de chance de passar a vida inteira com você, eu teria me sentido o cara mais sortudo do mundo.

Se alguém tivesse me dito que eu teria cinquenta por cento de chance de ser amado por você, eu teria me perguntado o que diabos fiz para ter tamanha sorte.

Se alguém tivesse me dito que um dia nós nos casaríamos, que eu teria a oportunidade de te dar a sua lua de mel dos sonhos na Europa e que nosso casamento teria cinquenta por cento de chance de dar certo, eu teria perguntado na mesma hora que tamanho de anel você usa para que pudéssemos dar o primeiro passo.

Talvez a ideia de que o fim do amor é uma coisa negativa seja apenas uma questão de perspectiva. Pois, para mim, a ideia de que um amor acabou significa que, em um dado momento, um amor existiu. E houve um momento na minha vida, antes de você, em que nenhum amor chegava até mim.

O Atlas adolescente não teria achado ruim a possibilidade de ter o coração partido. Eu tinha inveja de todos aqueles que já tinham amado bastante uma coisa e sentido como é perdê-la. Antes de você, eu jamais tinha conhecido o amor.

Mas aí você chegou e mudou isso. Não só eu tive a oportunidade de ser a primeira pessoa a se apaixonar por você, mas também pude ficar de coração partido junto com você. E então, milagrosamente, tive a oportunidade de me apaixonar de novo por você desde o começo.

Duas vezes numa só vida.

Como um homem pode ter tanta sorte?

Considerando tudo, o fato de eu ter chegado até aqui, o fato de nós dois termos chegado até aqui, ao dia do nosso casamento, é francamente muito mais do que sonhei que a vida me daria. Um sussurro, um beijo, um dia, um ano, uma vida inteira. Aceito o que quer que você me dê, e prometo que vou apreciar cada segundo que eu tiver a sorte de passar ao seu lado de agora em diante, assim como apreciei cada segundo que já passei com você antes deste momento.

Sendo otimista, pode ser que passemos a vida inteira juntos, felizes, até ficarmos velhos e frágeis e eu precisar de um dia inteiro só para conseguir alcançar seus lábios para te dar um beijo de boa-noite. Se isso acontecer, prometo que serei imensamente grato pelo amor que nos acompanhou ao longo da nossa vida juntos.

Sendo pessimista, pode ser que a gente parta o coração um do outro mais uma vez amanhã. Sei que não vamos fazer isso, mas, mesmo que fizéssemos, prometo que, até meu último dia de vida, serei imensamente grato pelo amor que antecedeu tal sofrimento. Se entrar para aquela estatística faz parte do meu destino, é você que eu quero que faça parte dela comigo.

No entanto, certa vez você me disse que sou realista, então é assim que quero encerrar meus votos. No meu coração, eu acredito que nós vamos sair daqui hoje e enfrentar uma jornada cheia de colinas, vales, picos e desfiladeiros. Às vezes você vai precisar que eu segure sua mão enquanto descemos uma colina, e às vezes vou precisar que você me guie enquanto subimos uma montanha. Mas a partir deste momento, vamos enfrentar tudo juntos. Somos eu e você, Lily. Na alegria e na tristeza, na saúde e na doença, na riqueza e na pobreza, no passado e para sempre, você é minha pessoa favorita. Sempre foi. Sempre será. Eu te amo. Amo tudo o que você é.

Atlas

Expiro, com a página tremendo na mão. Está exatamente como eu queria, então começo a dobrar o papel quando Josh chega. Ele está com Darin, Brad, Theo e Marshall.

Marshall está segurando a porta.

— Está pronto? Chegou a hora.

Assinto, mais do que pronto, mas antes de guardar os votos no bolso, decido fazer um pequeno ajuste. Não mudo nada do que já escrevi, mas acrescento uma frase bem no final.

P.S.: Só mais uma coisinha... quer ser minha peixinha?

Agradecimentos

É assim que acaba é o livro para o qual eu estive certa de que nunca faria uma sequência. Eu sentia que havia terminado onde precisava, e eu não queria fazer a Lily sofrer ainda mais.

Mas então o #BookTok aconteceu, e então uma petição on-line, e as mensagens e os vídeos, e percebi que a maioria de vocês não estava pedindo para que eu fizesse os personagens sofrerem mais. Vocês simplesmente queriam ver Lily e Atlas felizes. Quando comecei a me arriscar com um rascunho, não demorei a me dar conta do quanto eu também precisava ver Lily e Atlas felizes. Para todos que pediram por mais, obrigada. Este livro não existiria sem vocês.

Tenho tantas pessoas a agradecer, e não necessariamente pela existência de *É assim que começa*, e mais pelo apoio constante durante os anos que resultaram na escrita de um livro que eu nunca achei que teria a coragem de completar. De família a blogueiros, leitores, editores e agentes, em nenhuma ordem específica, eu só queria dizer OBRIGADA por todo o apoio, e por garantir que eu continue a amar escrever.

Levi Hoover, Cale Hoover, Beckham Hoover e Heat Hoover. Meus quatro homens favoritos no planeta. Eu não conseguiria fazer nada disso sem o seu incentivo e apoio.

Lin Reynolds, Murphy Fennel e Vannoy Fite. Minhas três mulheres favoritas no planeta.

Para toda a equipe e membros da diretoria da Bookworm Box e Book Bonanza. Obrigada por tudo que vocês fazem!

Para minhas agentes, Jane Dystel e Lauren Abramo, e toda a equipe da Dystel, Goderich & Bourret.

Obrigada a minha editora, Melanie Iglesias Pérez; minha relações-públicas, Ariele Stewart Fredman; e a minha publisher Libby McGuire; e toda a equipe da Atria.

A Stephanie Cohen e Erica Ramirez, obrigada por ajudarem a tornar meus sonhos realidade e sempre pensarem no melhor para mim. Amo vocês duas mais do que é possível expressar em palavras, e todas as vezes que entro no escritório de vocês, sinto como se estivesse voltando para casa.

Obrigada a Pamela Carrion e Laurie Darter por tudo o que fazem e por me divertirem todos os dias.

Obrigada à equipe da Simon & Schuster Audio por trazer meus livros à vida.

Obrigada a Susa Stoker por ser uma defensora para outros autores e por sempre nos manter informados com as suas mensagens semanais de parabéns.

E um imenso obrigada a estas pessoas por sempre estarem por perto: Tarryn Fisher, Anna Todd, Lauren Levine, Shanora Williams, Chelle Lagoski Northcutt, Tasara Veja, Vilma Gonzalez, Anjanette Guerrero, Maria Blalock, Talon Smith, Johanna Castillo, Jenn Bernardo, Kristin Phillips, Amy Fite, Kim Holden, Caroline Kepnes, Melinda Knight, Karen Lawson, Marion Archer, Kay Miles, Lindsey Domokur e tantos outros.

Obrigada ao CoHorts, BookTok, Weblich, blogueiros, livreiros e a qualquer um que se dedique a espalhar o amor pela leitura.

Acima de tudo, obrigada a cada pessoa que tira um pouco do seu tempo para mandar uma mensagem ou um e-mail para fazer um autor saber o que o livro dele significa para você. Você é uma parte imensa da razão pela qual nós escrevemos.

Este livro foi composto na tipografia Minion Pro,
em corpo 10/16, e impresso em papel off-white
na Gráfica Geográfica.